Secrets of My Eyes

Widmung

Für alle, die meine Bücher so sehr lieben! <3

SAMANTHA J. GREEN

SECRETS
of my Eyes

Roman

Samantha J. Green
c/o
Papyrus Autoren-Club,
R.O.M. Logicware GmbH
Pettenkoferstr. 16–18
10247 Berlin.
Samantha.Green@gmx.de

Korrektorat:
Lektorat Bücherseele

Buchcoverdesign:
Sarah Buhr / www.covermanufaktur.de
unter Verwendung von Bildmaterial von Evgeny Dubinchuk; foxaon1987; Fer Gregory / www.shutterstock.com; alisher / depositphotos.com; catherinechin / depositphotos.com: Den.Barbulat / depositphotos.com; flanker-d / depositphotos.com sowie Forgiss / depositphotos.com

Konvertierung, Satz & Layout:
Samantha J. Green

Bibliografische Information der Deutschen Nationalbibliothek:
Die Deutsche Nationalbibliothek verzeichnet diese Publikation in der Deutschen Nationalbiografie; detaillierte bibliografische Daten sind im Internet über http://dnb.de abrufbar.

Herstellung und Verlag: BoD – Books of Demond, Nordstedt
ISBN: 9783744886253

−1−
Happy Birthday
<u>LP</u>

Mein Leben begann, als ich zehn Jahre alt war. Nach einem Unfall, der alles verändern sollte. Nur leider kann ich mich an nichts davon erinnern, alles, was ich weiß, ist, wie ich zu Hause aufgewacht bin. Ich hatte große Schmerzen, jeder Muskel und jeder Knochen tat mir weh. Es brauchte Monate, bis ich wieder ganz genesen war, und die gähnende Leere in mir machte es mir nicht leichter. Keine Erinnerung, nicht einmal ein Gefühl oder irgendetwas, das mich an meine Vergangenheit erinnern konnte. Mein Zuhause, meine Eltern, meine Freunde von damals. Alles war mir fremd. Meine Mutter hat alles dafür getan, dass es mir gut ging, und gleichzeitig hat sie begonnen, mich in einen goldenen Käfig zu sperren. Denn der Tag des Unfalls nahm mir nicht nur meine Vergangenheit, er nahm mir auch meinen Bruder und ihr den Sohn. Sosehr meine Mutter mich auch vergötterte, mein Vater gab mir die Schuld an allem. Er hatte nie ein Wort dazu gesagt, und doch sprachen seine Taten für sich. Keine Umarmung, keine lieben Worte, nichts, was sich ein Kind wünschte.

Doch heute ist der Tag der Tage!

Es ist mein sechzehnter Geburtstag, und nachdem wir vor zwei Jahren zurück nach New York gezogen sind – laut meiner Mutter haben wir hier meine ersten zehn Lebensjahre verbracht –, ist es das erste Mal, dass ich unser Anwesen verlasse. Bisher lief mein ganzes Leben zu Hause ab. Freunde hatte ich nach dem Unfall keine mehr, und mit einem Privatlehrer, der zu mir nach Hause kam, hatte ich auch nie die Möglichkeit, das Haus zu verlassen. Egal was anstand, ich durfte unsere vier Wände nicht verlassen. Nur der Garten versprach etwas Ablenkung, doch der konnte mir nicht gerecht werden. Nicht wenn draußen das Leben auf mich wartete.

Alles, was ich von der Außenwelt kenne, ist das, was ich im Internet und im Fernsehen finden konnte. Natürlich bin ich in den sozialen Netzwerken angemeldet, dort spielt sich mittlerweile mein ganzes Leben ab. Dort habe ich Freunde gefunden, mit denen ich mich austauschen kann, und ich wünsche mir nichts sehnlicher, als sie einmal im realen Leben zu sehen.

So habe ich auch Stunden im Internet verbracht, bis ich das perfekte Restaurant gefunden habe, in dem ich heute mit meiner Mutter essen gehen werde. Sie wollte nicht mit mir raus, doch diesen Wunsch konnte sie mir endlich einmal nicht abschlagen. Was sollte mir dabei auch geschehen? Die ganze Welt lebte da draußen, sie wird mich nicht für immer einsperren können. Also stehe ich schon seit Stunden vor dem Spiegel und überlege, was ich anziehen möchte. Mein Schrank quillt über, und doch habe ich das Gefühl, nichts zu besitzen. Zumindest nichts, was mir gefällt. Dabei habe ich so viele Ideen im Kopf, was ich mir selbst schneidern könnte, wenn ich nur wüsste, wie. Doch da ich nicht einmal eine Nähmaschine besitze, wird das ein Traum bleiben. Also greife ich frustriert in den Schrank, hole eine enge Jeans und eine weiße Bluse heraus und schlüpfe hinein. Danach umrande ich meine grünen Augen, die mir intensiv entgegenblicken, mit schwarzem Kajal und lege noch etwas Mascara auf. Ich hatte eine Zeit, in der ich mein ganzes Gesicht unter einer Schicht Make-up verborgen habe. Doch diese Phase ging nur wenige Wochen, denn eigentlich mag ich mich viel lieber, wenn ich natürlich wirke. Und was ist natürlicher als lange, blonde Locken und diese Augen? Augen, die außer mir niemand in meiner Familie hat und die mich irgendwie zu etwas Besonderem machen. Zumindest bilde ich mir das gerne ein, denn ist es nicht das, was jeder sein möchte? Etwas Besonderes?

Manchmal träume ich, dass ich hier gefangen bin und das hier eigentlich nicht mein Leben ist. Ich träume, dass meine Mutter und ich entführt wurden und ich irgendwo noch eine andere Familie habe. Eine Familie, die mich liebt und die genauso grüne Augen hat wie ich. Ich weiß, es klingt verrückt, doch die Vorstellung erfüllt mich irgendwie. Es ist, als wäre mein jetziges Leben nicht genug. Als würde da draußen so viel mehr auf mich warten.

»Bist du so weit?«, ertönt die ruhige Stimme meiner Mutter von der Tür her, und ich wende mich zu ihr um. Sie sieht so ganz anders aus als ich. Sie hat einen südländischen Touch, dunkelbraune Haare und braune Augen. Ich weiß nicht, wo das Latinohafte bei mir hin ist, doch irgendwie scheint es bei unseren Vorfahren jemanden gegeben zu haben, der aus der Reihe gefallen ist, und das hat sich vollkommen in mir widergespiegelt.

»Ja, ich bin fertig!« Strahlend laufe ich zu ihr und schließe sie in die Arme. Ich bin größer als sie, irgendwie fühlt sich das seltsam an.

»Und du bist dir sicher, dass du heute in dieses Restaurant gehen möchtest?«

Genervt schnaube ich auf. »Ja, Mum! Es war mein einziger Wunsch!« Wenn sie jetzt doch noch einen Rückzieher macht, drehe ich durch!

»Ich weiß. Es ist nur, dass gerade ein Anruf kam, ich muss wohl noch mal weg.«

Mein Herz verkrampft sich schmerzhaft, und ich muss mich mehr als zusammenreißen, um nicht in Tränen auszubrechen. Als meine Mutter mir dann auch noch ein kleines Päckchen entgegenstreckt, weiß ich, dass wir wieder einmal nicht weggehen werden.

»Was ist das?«, frage ich vorsichtig.

»Dein Geschenk. Ich wollte es dir beim Essen geben, doch da ich jetzt wegmuss, bekommst du es eben so.«

Mit zitternden Händen nehme ich es und packe es aus. Eine Diamantkette, wie ich sie massenhaft habe. Nichts, was ich anziehen würde, weil es einfach nichts für ein junges Mädchen ist. Nichts, was mit dem Ausflug in das Restaurant heute vergleichbar wäre. Unendliche Trauer überkommt mich. Klar, in zwei Jahren werde ich achtzehn, dann kann ich tun und lassen, was ich will. Doch bis dahin ist es noch so lange, und ein Teil in mir ist sich sicher, dass mein Alter nichts ändern wird. Sie werden mich weiter hier einsperren, aus Angst vor der Welt da draußen. Nur dass ich keine Angst habe. Ich will die Welt sehen, will wissen, wie es sich anfühlt, durch die Straßen zu laufen. Will Menschen kennenlernen und Freundschaften knüpfen. Will in eine normale Schule gehen und studieren. Und da entscheide ich, dass ich das nicht mehr mit mir machen lassen werde. Ich werde mich nicht weiter einsperren lassen, das kann ich einfach nicht!

»Danke«, sage ich ruhig und atme einmal tief durch. Jetzt bloß keinen Fehler machen, sonst ist alles vorbei. Dann kann ich meinen Plan vergessen.

»Also verstehst du es?«, fragt meine Mutter besorgt, und ich schenke ihr ein falsches Lächeln.

»Klar, ich weiß doch, dass du viel zu tun hast. Ich werde einfach mit ein paar Freunden chatten.«

Meine Mutter kommt zu mir und drückt mir einen Kuss auf die Stirn. Dazu muss ich mich zu ihr herunterbeugen. »Du bist ein wundervolles Kind. Du weißt gar nicht, wie glücklich ich bin, dich zu haben.«

»Ich weiß«, antworte ich leise und warte darauf, dass sie mein Zimmer verlässt. Als sie draußen ist, stürme ich zu meinem

Schreibtisch und schmeiße die Kette achtlos darauf. Schnell öffne ich Facebook und entscheide, dass ich heute alle Tabus brechen werde. Die Abmachung war, dass ich online sein darf, wenn ich niemals Fotos von mir poste, doch heute ist mein Geburtstag. Ich werde nicht mehr um Erlaubnis fragen. Ich werde mein Leben so leben, wie ich mir das vorstelle. Also rubble ich den Aufkleber von der Kamera meines Computers, mache einen Kussmund, wie ich es immer sehe, und poste ein Bild von mir.

Sechzehn Jahre alt und endlich bereit, die Welt kennenzulernen! Ab heute lass ich mir nichts mehr sagen, ab heute bin ich eine von euch!!! <3

Nachdem ich den Post gemacht habe, stürme ich zu meinem Schrank und ziehe die wichtigsten Sachen raus. Jeans, Tops, Pullis und Unterwäsche. Nicht zu viel, aber genug, um wenigstens mal eine Woche zurechtzukommen. Als auch noch die wichtigsten Hygieneartikel in der kleinen Tasche gelandet sind, greife ich nach meinen Ersparnissen, die in meinem Sparschwein versauern, weil ich sie nie gebraucht habe. Was will man auch mit Geld, wenn man das Haus noch nie verlassen hat? So bepackt, ziehe ich meine bequemsten Schuhe an, schnappe mir meine Jacke und schleiche aus meinem Zimmer. Schon oft habe ich mir überlegt, wie es wäre, einfach abzuhauen. Nie hätte ich gedacht, dass ich es wirklich tun würde. Dennoch habe ich schon lange einen Fluchtweg gesucht. Durch die Terrassentür nach draußen, dann durch die Büsche, damit mich die Kamera nicht erwischt. Das Haus ist zwar gut bewacht, doch es ist kein Hochsicherheitstrakt wie in Prison Break. Daher schaffe ich es, hinter einem Busch verdeckt über die Mauer zu klettern, und springe auf der anderen Seite gekonnt runter. Ein kurzer Schmerz zieht durch meine Füße, und ich frage mich, wieso ich das als kleines Kind dauernd machen konnte, ohne dieses Ziehen. Klar, damals bin ich nicht über Mauern geklettert. Doch ich weiß, dass ich viel auf unseren Bäumen im Garten war und immer hinuntergesprungen bin, wenn ich reinmusste. Wenn ich doch nur mehr Erinnerungen hätte, denn eigentlich kann ich mich nicht mal richtig an die Bäume erinnern. Es ist eins der wenigen Dinge, an die ich mich aus meiner Kindheit erinnern kann. Schemenhaft, doch immerhin etwas.

Da ich nicht weiß, wann sie meine Flucht bemerken werden, renne ich die Straße entlang. Die Luft, die um mein Gesicht weht, und die Sonne auf meinem Kopf lassen mich innerlich jubeln. Ohne lange darüber nachzudenken, bin ich endlich den Weg gegangen, den ich schon so lange vor Augen hatte. Den Weg, der mir meine Zukunft zeigt, das weiß ich genau!

Zwei Straßen weiter schnaufe ich wie ein Pferd und lehne mich gegen eine Hauswand. Das Gefühl, auf offener Straße herumzulaufen, ist gigantisch. Ich liebe es wie nichts anderes. Aber ist das nicht natürlich? Nach sechzehn Jahren im goldenen Käfig? Ich meine, mir hat es nie an etwas gefehlt. Ich hatte alles Materielle, was ich gebraucht habe. Kleider, Essen, Schmuck, einen Fernseher, zig Spielekonsolen, einen Computer, einen Laptop und sogar ein Handy, das ich mit Absicht zu Hause gelassen habe. Ich bin nicht blöd, ich habe genug Filme gesehen, in denen man vermisste über das Handy orten konnte. Ich werde mir von meinem Ersparten einfach ein Neues kaufen. Denn auch wenn ich nie draußen war, um mein Geld ausgeben zu können, habe ich immer Taschengeld bekommen, und auch zu Geburtstagen und Weihnachten wurden mir unzählige Scheine zugesteckt. Bei zehntausend Dollar habe ich damals aufgehört zu zählen. Zwar habe ich jetzt nicht meine gesamten Ersparnisse dabei, doch es müsste reichen, um ein paar Tage in Freiheit zu überstehen. Lange werde ich mich sowieso nicht verstecken können, Jugendliche, die von zu Hause abhauen, werden fast immer irgendwann von der Polizei aufgegriffen. Doch ein paar Tage möchte ich mir gönnen.

Um nicht zu sehr aufzufallen, laufe ich langsam weiter die Straße entlang. Am nächsten Einkaufsladen hole ich mir eine Cap, unter der ich meine Haare verstecke. Zu einfach will ich es ihnen ja auch nicht machen. Da meine Mutter keine Ahnung hat, welches Restaurant ich für heute ausgesucht hatte, blicke ich mich suchend nach dem nächsten Taxi um. Ich könnte auch laufen, doch ich würde das Restaurant wohl niemals finden. Immerhin war ich noch nie auf der Straße, um irgendwohin zu laufen. Zig Autos und Taxis fahren an mir vorbei, doch irgendwie wollen die Taxis mich einfach nicht bemerken. Sie fahren massenhaft an mir vorbei, ohne dass auch nur ein Fahrer einen Blick auf mich wirft. Irgendwann habe ich die Schnauze voll, laufe zu einem Zebrastreifen und stelle mich mitten auf die Straße. Als das Taxi, das gerade angerast kommt, eine Vollbremsung macht, um mich nicht zu überfahren, schleicht sich ein überhebliches Lächeln auf meine Lippen. Geht doch!

»Sag mal, spinnst du?«, brüllt der Fahrer, der den Kopf aus dem Fenster streckt.

»Nein, ich wollte nur ein Taxi.« Damit steige ich einfach auf der Rückbank ein und strecke ihm den Zettel mit der Adresse entgegen. »Können Sie mich da hinfahren?«

Der Taxifahrer blickt mich verstört an, nickt aber. »Hast du denn auch genug Geld dabei? Das ist am anderen Ende der Stadt.«

»Klar, das wird kein Problem.«

Er sieht nicht überzeugt aus, dennoch fährt er los. »Und wo kommst du her?«, fragt er interessiert. Da ich nicht vorhabe, ihm die Wahrheit zu erzählen, zucke ich mit den Schultern. »Ich komme gerade aus Seattle, ich besuche hier meine Oma, mit der ich erst mal essen gehe.«

»Du hast gar keinen Seattler Dialekt.«

»Stimmt, ich habe gar keinen Dialekt. Dafür bin ich zu viel rumgekommen. Meine Eltern und ich sind schon oft umgezogen, und ich habe wohl schon in jedem Teil Amerikas gewohnt. Nächstes Jahr wollen wir nach Kanada.«

Wieder nickt der Taxifahrer, es scheint eine logische Erklärung für ihn zu sein.

»Und deine Oma wohnt schon lange hier?«

»Ja, schon vor meiner Geburt. Ich komme jedes Jahr für ein paar Wochen hierher, damit meine Eltern Zeit für sich haben.«

»Und was ist mit der Schule?«

»Meine Eltern unterrichten mich zu Hause. Früher bin ich noch zur Schule gegangen, doch durch die dauernden Umzüge kam ich nicht mehr mit, und seit sie mich selbst unterrichten, bin ich weit vor dem Plan, den wir zugeschickt bekommen haben.«

Eine ganze Weile unterhalten wir uns über die Schule und was ich schon alles gelernt habe, bis er endlich an einer Straßenecke hält. Das Lügen fällt mir so viel einfacher, als ich gedacht hätte, und ich wünschte, es wäre die reinste Wahrheit. Ich wünschte, ich wäre schon überall in den USA gewesen und hätte mehr von der Welt gesehen.

»Das macht dann sechzig Dollar.«

Schnell krame ich in meiner Tasche, ohne ihn sehen zu lassen, wie viel Geld ich dabeihabe. Dann strecke ich ihm einen Schein entgegen. Mein erster Impuls ist zu sagen, dass er den Rest behalten soll. Doch das würde wohl kaum zu einem jungen Mädchen passen, also nehme ich das Restgeld entgegen.

»Dann wünsche ich dir noch viel Spaß mit deiner Oma«, verabschiedet er sich, und ich winke ihm hinterher. Glücklich, die erste Hürde geschafft zu haben, gehe ich hoch erhobenen Hauptes in das Restaurant hinein. Als ich es im Internet gesehen habe, war ich sofort begeistert. Der Blick nach draußen aufs Meer, die gemütliche Einrichtung. Fast habe ich das Gefühl, schon einmal hier gewesen zu sein.

Drinnen begrüßt mich eine junge Frau. Nachdem sie erfährt, dass ich allein essen werde, blickt die mich komisch an, sagt aber nichts dazu. Stattdessen führt sie mich zu meinem Platz, mit direkter Sicht nach draußen.

»Darf ich dir denn schon etwas zu trinken bringen?«, fragt sie freundlich, und ich bestelle eine Coke. Zu Hause bekomme ich immer nur Wasser, weil meine Mutter möchte, dass ich auf meine Figur achte. Umso glücklicher bin ich, dass ich heute essen kann, was ich will. Wäre sie dabei, wäre das nicht möglich gewesen.

Eine ganze Weile träume ich vor mich hin und lasse den Blick nach draußen schweifen. Es ist toll, das Treiben der Menschen zu beobachten, während hier die Zeit stillzustehen scheint. Am liebsten beobachte ich Familien. Kinder, die Vögeln hinterherjagen. Eltern, die sie an der Hand führen. Verliebte Paare, die sich ungeniert küssen. Es ist das Leben, das ich mir wünsche.

»Sag mal, kenn ich dich nicht?«, reißt mich die Stimme eines Mannes aus den Gedanken. Erschrocken blicke ich zu ihm auf und stelle fest, dass er mich aus warmen braunen Augen mustert. »Darf ich mich zu dir setzen?«

Er ist viel zu alt, um mich anzumachen, so viel steht fest. Aber irgendwie habe ich das Gefühl, ihn wirklich zu kennen, also nicke ich. »Klar. Darf ich fragen, wer Sie sind?«

Der Mann setzt sich zu mir und mustert mich eine Weile. Dann schleicht sich ein Lächeln auf sein Gesicht. »Ich bin Lance, mir gehört der Laden hier. Als du noch klein warst, hast du mich sogar zu dir eingeladen, wenn ich nur Vanille- und Erdbeereis mitbringe. Damals war dein Bruder bei dir, ist der heute nicht mit dabei?«

Entsetzen macht sich in mir breit. Er kennt mich wirklich! Dieser Fremde weiß etwas über meine Vergangenheit. Über die Zeit, über die meine Eltern nie mit mir sprechen, weil es sie an den Verlust ihres Sohnes erinnert. »Nein, er ist vor sechs Jahren gestorben. Ich … ich kann mich kaum an ihn erinnern, würdest du mir vielleicht was von ihm erzählen?«

Lance lächelt mich freundlich an. »Hm, was gibt es da denn zu erzählen? Ihr wart ein paarmal hier, zusammen mit seiner Freundin. Ich habe mitbekommen, wie sie ihn immer Age nannte und er herausfinden wollte, was der Name zu bedeuten hat. Ich glaube ja, dass es etwas mit seinen grünen Augen zu tun hatte, die deinen so gleichen.«

Mein Bruder hatte also auch grüne Augen? Auf den Bildern sehen sie immer braun aus, seltsam. »Weißt du auch, wie sie hieß?«, frage ich interessiert.

»Nein, an ihren Namen kann ich mich leider nicht erinnern. Doch ich weiß, dass du sie sehr mochtest. Und sie dich. Wie ist er denn gestorben?«

Ich schlucke schwer und weiß gar nicht, was ich genau erzählen soll. »Es war ein Gasleck in unserem Haus. Aber ich erinnere mich an nichts, ich habe damals mein Gedächtnis verloren.«

Lance sieht mich mit einem mitleidigen Gesichtsausdruck an, lächelt aber gleich wieder. »Das tut mir leid. Ich mochte ihn.«

Ich muss daran denken, dass er von seiner Freundin Age genannt wurde. »Hast du denn eine Idee, was Age bedeuten könnte? Also du meintest, dass es etwas mit seinen grünen Augen zu tun haben könnte?«

Da mich meine Cap stört und es unhöflich ist, sie im Haus zu tragen, ziehe ich sie ab und schüttle meine Haare aus. Das bringt Lance zum Lachen. »Hm, wenn ich mir dich so ansehe, denke ich an einen Engel mit grünen Augen. Vielleicht hat sie das bei deinem Bruder ja auch gedacht?«

Ein Engel mit grünen Augen? Der Gedanke gefällt mir. Vielleicht könnte ich mir diesen Spitznamen ja auch zulegen, da mein Bruder ihn nicht mehr für sich beanspruchen kann. »Das hört sich schön an.«

Die Bedienung bringt mir mein Steak mit Pommes, und mein Magen beginnt zu knurren. Peinlich berührt, senke ich den Kopf und schiebe mir eine Pommes in den Mund. »Hört sich so an, als hättest du großen Hunger. Möchtest du danach denn wieder ein Vanille- und Erdbeereis mit Smarties?«

Vor meinen Augen erscheint ein großer Eisbecher mit Smarties verziert. Das Bild ist einfach da, als wäre es schon immer da gewesen, und ich stocke. »Den hab ich damals gegessen, oder?«

Lance nickt. »Jedes Mal, wenn ihr hier wart.«

Mein Herz macht einen Satz, und ich springe ihm um den Hals. »Danke, du hast mir eben eine ganz kleine Erinnerung geschenkt!« Mein Gegenüber lacht und drückt mich einen Moment.

»Ich sehe schon, du hast dich kaum verändert. Also sorge ich dafür, dass du einen Becher bekommst. Brauchst du denn sonst noch etwas?«

»Nein«, sage ich und lasse ihn beschämt los. So verhält man sich doch nicht in der Öffentlichkeit! »Und danke!«

»Nicht dafür. Vielleicht kommst du ja öfter vorbei, ich freue mich immer, dich zu sehen. Allerdings bin ich die nächsten drei Wochen unterwegs. Mein Bruder und ich machen eine Tour durch Kanada, wie jedes Jahr.«

Kanada. Wie gerne ich dieses Land auch einmal sehen würde. Am liebsten würde ich fragen, ob er mich mitnimmt, doch ohne Ausweis kann ich die Grenze nie passieren. Im Gegenteil, sie würden feststellen, dass ich eine Ausreißerin bin.

»Dann komm ich einfach, wenn du wieder zurück bist. Und danke.«

»Lass es dir schmecken, L. A.«

»L. A.?«

»Little Angel. Wenn dein Bruder 'nen coolen Spitznamen hatte, brauchst du auch einen.«

Das Strahlen in meinem Gesicht kann ich kaum unterdrücken, und mein Herz macht einen Satz. Mein erster Tag in Freiheit ist um so vieles besser, als ich erwartet hätte. L. A., das gefällt mir zu gut, um wahr zu sein.

Lance verlässt schmunzelnd meinen Tisch und lässt mich glücklich zurück.

–2–
♛ Zusammenstoß
LP

Nachdem ich einen riesigen Eisbecher als Nachtisch verdrückt habe, rolle ich mich praktisch auf die Straße hinaus. Obwohl es noch hell ist, wird es langsam spät, und ich sollte schauen, wo ich heute Nacht einen Platz zum Schlafen finde. So schwer kann das ja nicht sein, wenn man bedenkt, wie viele obdachlose Menschen in New York leben. So laufe ich orientierungslos durch die Straßen und halte Ausschau nach einem kleinen Hotel oder etwas Ähnlichem. Ich kann nur hoffen, dass ich mit genug Geld keinen Personalausweis brauche. Zumindest klappt das in Filmen immer so.

Gleichzeitig hänge ich meinen Gedanken nach. Seit ich die Erinnerung an den Eisbecher vor Augen hatte, wärmt mich ein Gefühl von innen. Es ist, als wäre da mehr als nur dieser Becher, als würde es hierbei um ein großes Stück meiner Vergangenheit gehen. Einen Teil, der ausbrechen will, aber es noch nicht schafft, die Mauern zu überwinden, die ich nach dem Unfall aufgebaut habe. So in Gedanken verloren, laufe ich um die nächste Ecke und knalle gegen eine Wand.

»Au!«, beschwere ich mich, taumle einen Schritt zurück und reibe meinen Arm, der das meiste abbekommen hat.

»So schlimm war das jetzt aber auch nicht«, antwortet die Wand. Ähm, nein, eher der Typ, der sich schmunzelnd vor mir aufbaut. War das wirklich der, in den ich reingerannt bin? Ich hätte schwören können, dass es eine Mauer war.

»Klar, du bestehst ja auch nur aus Muskelmasse, ich dagegen habe noch so etwas wie ein Schmerzempfinden.«

Der Typ schmunzelt und mustert mich, während ich versuche, ihn zu ignorieren. Wobei das fast unmöglich ist. Immerhin ist er einen guten Kopf größer als ich – dabei bin ich schon nicht klein mit meinen eins siebzig –, und wie soll ich sagen? Shit, er hat nicht nur einen hammermäßigen Body, wie man ihn aus Unterwäsche-werbung kennt. Muskulös, aber nicht zu breit. Er hat Augen, die man nie wieder vergisst, wenn man sie erst einmal gesehen hat. Ein dunkler bernsteinfarbener Ton mit einem Goldrand. Dazu dieses kantige Gesicht und Lippen, die mich faszinieren. Noch nie bin ich einem Jungen näher gekommen, ich hatte ja nicht mal die Chance, einen aus der Nähe zu betrachten. Alles, was ich weiß, weiß ich aus Filmen. Umso mehr irritieren mich mein plötzlich rasendes Herz und das seltsame Gefühl, das sich in meiner Magengegend ausbreitet, während er mich weiter mustert.

»Glaub mir, Kleines, wehtun würde ich dir nie freiwillig. Doch da du nun mal in mich reingelaufen bist, solltest du dich vielleicht entschuldigen?«

Fassungslos blicke ich ihn an und schüttle den Kopf. Wie sehr von sich überzeugt kann man denn eigentlich sein? So wie er mit den Augenbrauen wackelt, will er mehr als nur eine Entschuldi-gung, so viel steht fest.

»Klar, du rennst mich um und behauptest jetzt, dass ich in dich gerannt wäre.«

Scheiße, was für einen Mist labere ich hier eigentlich? Ich sollte hier weg, und zwar ganz schnell. Doch bevor ich diesen Gedanken beenden kann, greift der Typ nach mir, zieht mich an sich und grinst verwegen. »Wie du willst, dann entschuldige ich mich eben bei dir.«

Ohne Vorwarnung legen sich seine Lippen auf meine. Ganz automatisch schließe ich die Augen und seufze. Seine Lippen sind weich und hart zugleich. Dabei riecht er nach Parfüm, einfach nur unheimlich gut. Lecker, würde ich fast sagen. Ich weiß, dass ich mich wehren sollte, doch meine Synapsen funktionieren nicht mehr, und so drücke ich mich gegen ihn, anstatt ihm eine reinzuhauen, wie er es verdient hätte. Seine Zunge streift leicht über meine Lippen, und als ich meine Lippen ablecken will, um zu erfahren, wie er schmeckt, findet seine Zunge ihren Weg in meinen Mund. Mein ganzer Körper wird zu Pudding, während ich seine Bewegungen nachahme, meine Zunge an seiner reibe und zu seufzen beginne.

»Holy shit, bist du lecker«, stöhnt er, als er sich einen Moment von mir löst. Doch dieser Moment reicht aus, um wieder klare Gedanken fassen zu können. Voller Wut stoße ich ihn von mir. Okay, ich stoße mich wohl eher von ihm ab, da er sich keinen Millimeter rührt. Ist der Mann aus Stahl, oder was?

»Sag mal, spinnst du?«, fauche ich ihn an. »Du kannst mich doch nicht einfach so küssen!«

Auf seine Lippen schleicht sich ein überhebliches Lächeln, das ich hasse. Ich hasse überhebliche Menschen abgrundtief, auch wenn ich sie eigentlich nur aus dem Fernsehen kenne. »Ach nein?«, fragt er herausfordernd und zieht mich schon wieder an sich. Diesmal küsst er mich gleich richtig. Seine Zunge erobert meinen Mund, während seine Hände zu meinem Rücken gleiten und mich eng an ihn ziehen. Es ist wie ein Rausch, ein Wirbel, der mir die Sinne verwirrt. Ich kann nicht anders, ich ergebe mich ihm und erwidere seinen Kuss. Aber im Ernst, er schmeckt einfach zu gut! Ich könnte nicht mal beschreiben, wonach. Es ist süßlich und doch kein Zucker. Minzig und doch nichts, was ich je geschmeckt habe. Es ist einfach er. Ein Typ, dessen Namen ich nicht einmal kenne.

Dennoch lasse ich meine Hände bis zu seinem Kopf gleiten. Seine Haare sind höchstens drei Millimeter lang, und das Gefühl, wie sie unter meinen Fingern reiben, ist unbeschreiblich. Ich weiß nicht, wie lange wir so beisammenstehen, bevor er sich von mir löst. Noch immer dieses überhebliche Grinsen auf seinem Gesicht.

»Und damit du dich nicht beschweren kannst, dass du nicht mal meinen Namen kennst. Ich bin Lincoln.«

Shit, was geht mit mir ab? Warum schlage ich ihm nicht eine rein, dafür, dass er mich einfach küsst? Warum erwidere ich diesen Kuss auch noch? »Arsch würde besser zu dir passen«, erwidere ich, drehe mich um und lasse ihn stehen.

»Kleines, du darfst mich nennen, wie du willst!«, ruft er mir noch hinterher. Boah, ich kann nur hoffen, dass er mir nicht folgt. Ich meine … verdammt, was war das denn eben? Klar, ich habe schon lange davon geträumt, geküsst zu werden. Aber das? Ich kenne Lincoln ja nicht mal. Außerdem passt der Name nicht zu seinem Äußeren. Er müsste Michael heißen, denn er sieht Michael aus Prison Break viel ähnlicher als Lincoln. Und doch … der Name hat etwas, das kann ich nicht bestreiten.

Eine ganze Weile laufe ich noch ziellos durch die Straßen, und langsam wird es dunkel. Da es mich fröstelt, ziehe ich meine Jacke über. Meine Tasche wird von Minute zu Minute schwerer, und meine Füße schmerzen. Aber was will ich auch erwarten? Ich bin noch nie viel draußen gewesen. Wie auch, ich war ja in meinem goldenen Käfig gefangen. Woher sollte ich dann auch das Laufen gewohnt sein?

Das Donnern in der Ferne lässt mich sorgenvoll nach oben schauen. Kleine Quellwolken hängen tief am Himmel. Wenn ich Pech habe, beginnt es zu regnen, bevor ich was für die Nacht gefunden habe. Mit flauem Gefühl im Bauch laufe ich weiter durch die Straßen. Immer wieder entdecke ich kleine Pensionen, in die ich mich nicht traue. Nachdem ich vorhin in einer war und die ohne Personalausweis überhaupt nichts machen wollten, traue ich mich nicht, noch einmal in eine zu gehen. Die Gefahr, dass sie die Polizei holen und mein Abenteuer beenden, bevor es begonnen hat, ist zu groß. Vielleicht sollte ich die Stadt verlassen. Heute noch ein Busticket kaufen und über Nacht fahren, dann hätte sich die Frage nach einer Unterkunft erst einmal erledigt. Die Idee gefällt mir besser, und ich muss auch nicht lange überlegen, wohin ich fahren will. L. A. hat Lance mich genannt. Damit ist das der Ort, an den ich möchte. Denn ich möchte die Welt sehen, möchte endlich einmal frei sein. Okay, die Welt ist L. A. vielleicht nicht, doch es ist ein Anfang.

Noch bevor ich auch nur in die Nähe eines Bahnhofes komme, fallen die ersten Tropfen auf meinen Kopf. Ich weiß, dass ich auf meinem Handy eine App habe, mit der ich mich navigieren könnte. Doch mein Handy habe ich nicht bei mir. Damit habe ich nicht einmal die Möglichkeit, im Internet den nächsten Busbahnhof zu suchen. Ich werde also weiter ziellos umherirren und hoffen müssen. Dennoch, nicht einen Moment stelle ich meine Entscheidung infrage. Ich weiß, dass ich das Richtige tue. Wie sonst sollte ich lernen, was Leben bedeutet? Trotzdem ist mir schon jetzt bewusst, dass ich manches anders hätte machen sollen. Vor allem hätte ich mir zu allererst ein Handy kaufen sollen. Immerhin brauche ich eins, um mich in dieser fremden Welt zurechtzufinden.

Der Regen wird langsam dichter, und ich bin längst durchnässt. Die Cap kann da auch nicht viel helfen, dennoch bin ich froh, dass mir das Wasser nicht direkt ins Gesicht fällt. Langsam beginne ich zu frieren und schließe die Arme um meinen Körper. Die Kleider in meiner Tasche dürften auch bald durchnässt sein, ich werde morgen nicht einmal etwas Trockenes zum Anziehen haben. Dabei weiß ich nicht einmal, ob morgen besseres Wetter ist. Es könnte genauso gut sein, dass es mehrere Tage nicht aufhört, zu regnen.

»Das Leben meint es heute gut mit mir«, ertönt plötzlich eine dunkle Stimme hinter mir. Noch bevor ich mich umgedreht habe, weiß ich, wer sich mir gegenüber befindet. Mein Herz macht einen Satz, als ich ihn ansehe. Das Wasser rinnt in kleinen Bächen über sein Gesicht, während er mich überheblich angrinst. Im Dunkeln scheinen seine Augen regelrecht zu glühen. Sie erinnern mich an die Katze, die uns ab und an besuchen kommt.

»Schön für dich, mich scheint es heute zu hassen«, erwidere ich und wende mich von ihm ab.

»Ach ja? Warum denn, hast du keinen Platz zum Pennen?«

Toll, was soll ich darauf antworten? Wenn ich ihm die Wahrheit sage, könnte er die Polizei rufen oder mir sonst was antun. »Mein Freund verspätet sich, ich muss einfach nur länger warten, bis er mich hier abholt.« Die Lüge kommt mir wieder problemlos über die Lippen.

»Ich frage mich, wie es ihm gefallen würde, wenn ich ihm verrate, wie gut du küssen kannst.«

Hitze steigt mir ins Gesicht, während ich zu zittern beginne. Warum macht dieser Arsch das nur?

»Er würde dir wohl eine reinschlagen. Glaub mir, du willst ihm nicht begegnen.«

Lincoln lacht leise und läuft weiter hinter mir her. »Kleines, bleib mal stehen.« Er greift nach meinem Handgelenk, und ich drehe mich ruckartig zu ihm um, um es ihm zu entziehen. »Fass mich ja nicht an!«

Meine Worte bewegen ihn dazu, dass er seine Hände beschwichtigend nach oben nimmt, dennoch funkeln seine Augen weiter belustigt. »Keine Angst, ich werde dir nichts tun. Aber im Ernst, wir wissen beide, dass da kein Freund kommt, der dich abholt. Das Wetter wird heute nicht mehr besser, und wenn du nicht bald in trockene Sachen kommst, holst du dir noch den Tod. Vielleicht hatten wir vorhin nicht den besten Start, doch im Ernst, wie hätte ich dich nicht küssen können? Wo du mich so süß entsetzt angesehen hast?« Wieder wackelt er mit den Augenbrauen, und ich muss mir ein Grinsen verkneifen. Lincoln kommt einen

Schritt zu mir und schließt seine Arme um mich. Wie vorhin auch reagiert mein Körper instinktiv, und ich sauge seine Wärme regelrecht auf. »Meinst du, du kannst mir vertrauen?«

Kann ich das? Eigentlich nicht, doch was für eine Wahl habe ich? Die einzige Alternative wäre, die Nacht auf der Straße zu verbringen, denn nach Hause werde ich noch nicht gehen. »Ich warne dich. Wenn meine Eltern erfahren, dass du mir wehgetan hast, bist du tot.«

Lincoln lacht leise. »Es wäre schlimm, wenn es anders wäre.«

—3—
Unterkunft
Lincoln

Nur wenige Minuten später führt Lincoln mich durch eine Seitenstraße. Der Eingang, den wir nutzen, sieht so aus, als würde er in einen Keller führen. Umso überraschter bin ich, als wir die Treppen nach oben steigen und uns in einer großen, hellen Maisonettewohnung wiederfinden. Verwundert blicke ich ihn an. Er ist höchstens drei Jahre älter als ich, wie kann er sich so eine Wohnung leisten? »Und hier wohnst du?«

Lincoln zieht mich ins Bad, nimmt ein Handtuch, zieht mir die Cap aus und beginnt, mir die Haare zu trocknen. Es ist seltsam, dass er sich so um mich kümmert, nicht einmal meine Mutter hat mich früher so abgetrocknet. »Die Wohnung gehört einem Freund von mir. Er hat sie früher selbst genutzt, dann eine Zeit lang vermietet. Letztendlich stand sie mehrere Jahre frei, bis er mich unter seine Fittiche genommen hat.«

»Also wohnst du hier kostenlos?«

Lincoln zieht mir die Jacke und die Bluse aus, sodass mir die Röte ins Gesicht steigt. So fast nackt vor ihm zu stehen, ist mir unangenehm, und ich achte darauf, dass er meinen Rücken nicht zu sehen bekommt. »Nichts auf dieser Welt ist kostenlos, doch ich arbeite gerne für ihn.«

So ist das also, er arbeitet für diesen Freund und kann dafür hier wohnen. Mit dem Handtuch trocknet er mir zuerst die Arme und die Schultern ab, dann schlingt er es um mich, was mich sogleich beruhigt. Wie komme ich überhaupt dazu, ihm das zu erlauben? Warum lasse ich zu, dass er mich so weit ausgezogen hat? »Ich hol dir was Frisches zum Anziehen, dann kannst du in Ruhe duschen gehen. Und nein, ich habe nicht vor, mit dir unter die Dusche zu steigen.« Er zwinkert mir schmunzelnd zu und lässt mich allein im Bad zurück. Mein Herz klopft mir bis zum Hals, und ich atme viel zu schnell. Dazu diese verflixten Schmetterlinge oder was auch immer da in meinem Bauch Saltos schlägt. Verdammt, ich habe einfach viel zu wenig Erfahrung im Umgang mit Menschen. Gerade verachte ich meine Mutter für ihre Fürsorglichkeit. Durch sie werde ich mich niemals im Leben zurechtfinden. Oder auch nur wissen, wann ein Mann mit mir flirtet und wann es ein normales Miteinander ist.

»Woran denkst du?«, fragt mich Lincoln, als er das Bad wieder betritt. Er legt ein Shirt und Boxershorts auf das Waschbecken und mustert mich eindringlich.

»Nichts Wichtiges. Aber ich wollte noch Danke sagen.«

Das nimmt er natürlich als Stichwort, kommt auf mich zu und schließt mich in seine Arme. »Nicht dafür, es ist doch für mich von Vorteil, wenn ich dich bei mir habe. Immerhin habe ich ernste Absichten.«

Mein Herzschlag setzt für einen Moment aus, und ich halte den Atem an. Meint er das wirklich ernst? Oder will er mich nur ärgern? Bevor ich darüber nachdenken kann, haucht er mir einen Kuss auf den Mund, dreht sich um und lässt mich im Bad zurück. Ich brauche einen ganzen Moment, um wieder zu Sinnen zu kommen. Da ich nicht weiß, wie Lincoln drauf ist, schließe ich die Tür ab, bevor ich mich ganz ausziehe. Zu spät wird mir bewusst, dass ich meine Tasche neben der Wohnungstür abgestellt habe. Verdammt, all mein Duschzeug ist darin. Erst überlege ich, ob ich mich noch mal anziehen soll, doch dann entscheide ich mich dagegen. Lincoln wird schon etwas haben, mit dem ich mich waschen kann. Also stelle ich das Wasser in der Dusche warm und stelle mich darunter. Die Wärme, die in meine Glieder dringt, tut unendlich gut, und ich bin dankbar, dass Lincoln mich mit hierhergenommen hat. Die Nacht auf der Straße zu verbringen, wäre definitiv nichts für mich gewesen. Eine Weile lasse ich nur das warme Wasser über meinen Körper perlen, bevor ich mich nach Shampoo und Duschgel umschaue. Beides finde ich auf einer Ablage, und als ich das Duschgel auf meinem Körper verteile, dringt der gleiche Duft in meine Nase, den ich schon an Lincoln wahrgenommen habe. Schon jetzt habe ich das Gefühl, ich könnte nach diesem Duft süchtig werden. Um nicht zu vergessen, womit er sich abduscht, merke ich mir, was auf dem Etikett steht, bevor ich auch noch meine Haare wasche. Da hier auch ein Rasierer liegt, entferne ich die Haare unter meinen Achseln und an meinen Beinen und schlinge mich danach in ein warmes Handtuch. Wie lange ich für alles gebraucht habe, weiß ich nicht, doch als ich in Lincolns zu weitem Shirt und seinen Boxershorts das Bad verlasse, steht er bereits vor der Tür. Er hat sein Shirt ausgezogen und steht nur in nasser Jeans vor mir. Fasziniert, wie ich bin, kann ich den Blick nicht von ihm nehmen. Von seiner Brust bis über seinen rechten Arm verläuft ein Tribal. Schwarze Farbe auf weißer Haut. Dazu ein Piercing in der linken Brustwarze. Nie habe ich etwas Schöneres gesehen.

»Du darfst mich gerne unter die Dusche begleiten, wenn dir gefällt, was du siehst«, zieht er mich auf, und ich komme auf den Boden der Tatsachen zurück.

»Träum weiter, es war schon dreist genug, mich einfach zu küssen.«

Lincoln schmunzelt und kommt auf mich zu. Es kostet mich alle Kraft, nicht auf seinen Body zu starren, an dem jeder Muskel wohl definiert scheint, ohne zu protzig zu wirken. Dennoch weiß ich, wie stahlhart sich seine Brust anfühlt, immerhin bin ich heute dagegen gelaufen und dachte wirklich, ich wäre gegen eine Wand geknallt.

»Also willst du sagen, es hat dir nicht gefallen?«, fordert er mich heraus. Er steht direkt vor mir, ich kann seinen Atem auf meinem Gesicht fühlen und muss den Kopf in den Nacken legen, um ihm in die Augen blicken zu können. Augen aus dunklem Bernstein.

»Ich will sagen, dass es sich nicht gehört, eine Frau ungefragt zu küssen.«

»Hättest du es mir denn erlaubt, wenn ich gefragt hätte?« Er beugt den Kopf immer weiter zu mir herunter, und ich schlucke schwer. Die Erinnerung, wie gut er schmeckt, wie gut sich seine Lippen auf meinen anfühlen, steigt in mir auf, und ich wünsche mir so sehr, ihm noch einmal so nahe zu sein.

»Nein, das hätte ich nicht.«

»Dann bin ich froh, nicht gefragt zu haben.« Er kommt mir immer näher, und bevor ich auch nur noch einen klaren Gedanken fassen kann, küsst er mich. Sanft, fast schüchtern streifen seine Lippen über meine. Seine Hände gleiten über meinen Rücken, doch er zieht mich nicht an sich heran. Stattdessen lässt er von mir ab und zieht einen Mundwinkel nach oben. »Ich werde duschen gehen. Fühl dich hier ganz wie zu Hause.«

Damit lässt er mich stehen und verschwindet im Bad. Atemlos lehne ich mich gegen die Wand und schließe einen Moment die Augen. Mein Verräterherz pocht wie wild, und ich weiß nicht, was ich denken oder gar fühlen soll. Was ist das, warum reagiere ich so heftig auf Lincoln? Ist es, weil er das erste männliche Wesen in meinem Alter ist, dem ich begegnet bin? Hätte ich auf jeden anderen Typ genauso reagiert? Ich weiß es nicht, doch ich habe fest vor, es herauszufinden. Da er gesagt hat, ich soll mich ganz wie zu Hause fühlen, gehe ich von Raum zu Raum, bis ich ein Wohnzimmer finde. Dort lasse ich mich auf der Couch nieder und schalte den Fernseher ein. Ich muss nicht lange überlegen, was ich schauen möchte, und bin erleichtert, dass Lincoln Netflix hat. Dort schalte ich meine Lieblingsserie ein und lehne mich in die Kissen zurück.

»Was schaust du Schönes?«, fragt Lincoln, als er aus dem Bad kommt. Noch immer ist er oberkörperfrei, doch jetzt trägt er anstatt einer nassen Jeans eine Jogginghose.

»Prison Break. Kennst du das?«

Lincoln schmeißt sich neben mir auf die Couch, als wäre es das Normalste der Welt, dass ich hier bei ihm bin. »Klar, wie könnte ich nicht? Wobei mir ja schon einige Male gesagt wurde, dass ich mich in Michael umtaufen lassen soll, weil ich keinerlei Ähnlichkeit mit Lincoln habe.«

»Ja, das wäre ein Plan.«

»Weißt du, dass du mir noch immer nicht verraten hast, wie du heißt?«, wechselt er das Thema.

»Stimmt. Aber du hast auch noch nicht danach gefragt.«

Lincoln legt den Kopf schief und mustert mich eine Weile. »Kann man solche Augen eigentlich kaufen? Sie sind der Hammer! Bisher hab ich so ein intensives Grün nur auf Fotografien gesehen, und ich dachte immer, das wäre gefakt.«

Seine Worte bringen mich zum Lachen. »Ich wüsste nicht, wo man solche Augen kaufen kann, doch ich kann dir versichern, dass sie echt sind.«

Lincoln springt auf und schlägt sich mit der flachen Hand gegen die Stirn. »Ich bin doch echt ein beschissener Gastgeber. Möchtest du was essen oder trinken?«

Er sieht lustig aus, wie er sich so über sich selbst ärgert, und ich pruste regelrecht los. »Ne Coke und Chips?«

»Kommt sofort!«

Während Lincoln in die Küche verschwindet, ziehe ich die Decke, die am anderen Ende der Couch liegt, zu mir und kuschle mich hinein. Meine Augen sind schon jetzt schwer wie Blei, ich habe keine Ahnung, wie spät es ist. Dennoch, ich fühle mich wohl und habe nicht vor, so schnell einzuschlafen. Mein erster Kontakt zur Außenwelt, und ich finde, ich schlage mich gar nicht mal so schlecht.

»Hier.« Lincoln streckt mir eine Coke entgegen und stellt eine Schale mit Chips auf den Tisch. »Ich hoffe, du stehst nicht auf Light, das hab ich nämlich nicht.«

»Nö, das mochte ich noch nie.«

Dankend nehme ich die kleine Flasche entgegen und trinke einen Schluck. »Wieso hast du mich vorhin eigentlich mitgenommen?«

Lincoln mustert mich, wieder legt er den Kopf dabei etwas schief. »Weiß nicht. Du sahst irgendwie verloren aus. Als hättest du deinen Platz in der Welt noch nicht gefunden. Außerdem hat es in Strömen geregnet, was wäre ich für ein Mensch, hätte ich dich mitten in der Nacht allein auf der Straße zurückgelassen?«

Verloren, das trifft es nicht ganz. Eher suchend, denn ich möchte wirklich einen Platz in dieser Welt finden. Ich will meine Eltern dazu bekommen, dass sie mich in eine normale Schule gehen lassen, und ich will Freunde haben! Nicht nur online. Und da fällt mir ein, dass ich ja was gepostet habe.

»Sag mal, kann ich vielleicht kurz dein Internet benutzen?« Ob meine Mum wohl einen Aufruf gemacht hat? Oder ob ich schon in der Zeitung als vermisst stehe? Gerade überkommt mich fast schon Panik, doch ich versuche, ruhig zu bleiben.

»Klar, ich hol schnell meinen Laptop. Hast du kein Handy mit Internet?«

»Mein Handy wurde geklaut, ebenso wie mein Geldbeutel.«

Das ist wohl die beste Ausrede, warum ich nicht mal einen Personalausweis bei mir trage. Lincoln zieht die Augenbrauen zusammen, seine Miene wird hart, und mir kommt es so vor, als würde er wütend werden. »Hast du gesehen, wie der Dieb aussah?«

»Nein, die Sachen waren einfach weg.«

Kopfschüttelnd verlässt er den Raum und kommt kurz darauf mit einem Laptop zurück. »Also stehst du jetzt auch noch ohne Geld da?«

»Nicht ganz, mein Geld war nicht im Portemonnaie. Ich kann dir also auch was für die Nacht geben. Ich meine, weil ich ja hier übernachten darf.«

Lincoln lacht leise und schaltet den Computer an. Nachdem er das Passwort eingegeben hat, öffnet er ein Browserfenster und reicht ihn mir. »Wirst du mir auch irgendwann die Wahrheit sagen, warum du mitten in der Nacht allein durch die Straßen irrst?«

Mein Herz beginnt zu rasen, und ich richte die Aufmerksamkeit auf das Gerät auf meinem Schoß. »Wüsste nicht, was dich das angeht.«

Lincoln lacht leise und macht es sich neben mir bequem. Natürlich schaut er auf den Bildschirm, was mir irgendwie unangenehm ist. Gut, dass ich mich nicht unter meinem Namen im Internet anmelden durfte. Bisher steht da nur Lizzy Who. Doch gerade habe ich das Bedürfnis, meinen Namen zu ändern. Also logge ich mich auf Facebook ein und ändere den Namen in L. A. So zufriedengestellt lese ich die Kommentare unter meinem Bild. All meine Freunde freuen sich mit mir, dass ich mein Leben endlich in die Hand nehme. Von meiner Mutter steht kein Kommentar darunter. Ich habe auch einige Nachrichten, doch die ignoriere ich für den Moment. Stattdessen gehe ich auf Google und schaue mir die neusten Tagesmeldungen an. Von einer Ausreißerin steht da noch nichts, was mir nur zugutekommt.

»Wofür steht denn L. A.?«, fragt Lincoln, als ich den Laptop schließe.

»Wüsste nicht, was dich das angeht.«

Lincoln schüttelt den Kopf, nimmt den Computer und stellt ihn auf den Tisch. Dann reicht er mir die Schüssel mit den Chips. »Du bist schon 'ne Granate, das weißt du, oder?«

War das jetzt ein Kompliment oder eine Beleidigung? Da ich es nicht weiß, gehe ich nicht auf die Bemerkung ein und schiebe mir eine Handvoll Chips in den Mund. Als Lincoln mich in seine Arme zieht, lasse ich auch das zu und konzentriere mich auf die Serie. Es ist eine der ersten Folgen. Michael ist auf der Suche nach Verbündeten und weiß noch nicht, ob er seinem Zellengenossen glauben kann, weswegen er ihn auf die Probe stellt.

Nach der Folge springt Lincoln auf. »Brauchst du auch 'ne Zahnbürste oder hast du eine in deiner Tasche?«

Eigentlich würde ich gerne direkt die Augen schließen. Doch ohne Zähne zu putzen, sollte ich auch nicht ins Bett. »Hab eine dabei«, antworte ich und gähne laut. Ich hole die Zahnbürste aus meiner Tasche und nehme auch ein paar Kleidungsstücke heraus. Eigentlich sollte ich sie alle aufhängen, doch ich möchte mich hier nicht zu sehr ausbreiten. Was Frisches für morgen muss also reichen. Die Kleidung hänge ich über die Badewanne, dann stelle ich mich vors Waschbecken und putze mir die Zähne. Lincoln stellt sich neben mich, als wäre es das Normalste der Welt, und putzt ebenfalls seine Zähne. Immer wieder huscht mein Blick über den Spiegel zu seinem schönen Gesicht. Als ich sein schiefes Grinsen entdecke, weiß ich, dass er mich erwischt hat, und ich fühle, wie mir die Hitze ins Gesicht steigt.

»Du bist noch schöner, wenn du rot wirst«, sagt er, nachdem er sich den Mund ausgespült hat. »Und jetzt komm, ich muss morgen früh raus. Langsam sollten wir schlafen.«

Ich kann gerade noch meinen Mund ausspülen, da zieht er mich auch schon mit sich. Als mir bewusst wird, dass er mich ins Schlafzimmer führt, steigt Panik in mir auf. »Ich glaube, ich schlafe lieber auf der Couch.«

Lincoln bleibt stehen und mustert mich intensiv. »Du bist noch ganz schön unerfahren, oder? Aber keine Angst, ich habe nicht vor, über dich herzufallen. Das hätte ich sonst vorhin im Bad schon gemacht. Wenn du nicht mit mir in einem Bett schlafen willst, werde ich auf die Couch gehen.«

»Nein«, entfährt es mir zu laut. »Ich kann doch auf der Couch schlafen. Das musst du nicht.«

Lincoln lächelt überheblich. »Glaub ja nicht, dass ich eine schöne Frau wie dich auf der Couch schlafen lasse. Du bekommst das Bett, so viel steht fest.«

»Dann schlafen wir beide darin.«

Als hätte er genau das hören wollen, zieht er mich mit sich. Das Bett ist größer als meins zu Hause. Außerdem liegen zwei Decken darin. Ob Lincoln oft Besuch über Nacht hat? Lange brauche ich darüber nicht nachzudenken, als ich den BH entdecke, der in einer Ecke liegt. Auch Lincoln sieht ihn, und ich habe das erste Mal das Gefühl, dass er peinlich berührt ist. Schnell schnappt er ihn und verstaut ihn in einer Schublade, bevor er mir die rechte Seite vom Bett zuweist. Als ich liege, beugt er sich noch einmal zu mir rüber. Den Kopf stützt er auf der Hand ab. »L. A. passt nicht zu dir. Ich glaube, ich werde dich LP nennen.«

»LP?«, frage ich verwundert und wende ihm den Kopf zu.

»Ja, ganz eindeutig LP. Schlaf gut, LP.« Damit beugt er sich zu mir, haucht mir einen Kuss auf den Mund, legt sich zurück und löscht das Licht. Mein Herz rast, und mir ist irgendwie auf eine gute Weise schlecht. Was verdammt noch mal ist nur los mit mir? Und was verdammt noch mal soll LP heißen? Jetzt bin ich gerade mal einen Tag unterwegs, und das ist der dritte Spitzname, den ich bekomme. Den Ersten habe ich mir selbst gegeben. Er erinnert mich an meinen Bruder: Age. Den Zweiten hat mir Lance gegeben, Little Angel. Und jetzt soll ich noch LP heißen? Warum nur gefällt mir der Gedanke so gut? Fast so, als wäre das hier der wirklich perfekte Name für mich? Jedenfalls fühlt er sich besser an als Lizzy, wie mich meine Mutter getauft hat. Schon immer fühlte sich der Name fremd an, als wäre es nicht wirklich meiner.

−4−
Geheimnisvolle Prinzessin

Lincoln

W as für einen Scheiß treibe ich hier eigentlich? Ich kann doch nicht ein wildfremdes Mädchen einfach mit zu mir nehmen! Nur gut, dass Luca die nächsten zwei Wochen unterwegs ist, in der Zwischenzeit kann ich mir was für sie überlegen. Es ist klar, dass sie von zu Hause abgehauen ist. Ein behütetes Zuhause, keins, in dem sie geschlagen oder misshandelt wird, würde ich tippen. Wenn sie wüsste, wie sehr sie da draußen mit ihren Markenkleidern und ihrem unschuldigen Aussehen auffällt. Klar wurde sie gleich ausgeraubt, das ist die Verlockung pur.

Mit einem flauen Gefühl, weil ich sie nicht allein lassen will, ziehe ich mich leise an. Es ist noch weit vor Sonnenaufgang, ich habe viel zu wenig geschlafen. Doch wenn ich mich nicht an die Arbeit mache, bringt Luca mich um, wenn er zurück ist. Wenn er etwas nicht leiden kann, ist das Unzuverlässigkeit. Und ich bin nun mal derzeit seine rechte Hand. Immer wieder wird mein Blick von dieser schlafenden Schönheit angezogen. Noch nie habe ich sie hier in der Stadt gesehen, das wüsste ich. Anhand ihrer Aussprache könnte ich auch nicht sagen, wo sie aufgewachsen ist, da ist kein Dialekt oder irgendetwas rauszuhören. Doch diese Augen. Ich fürchte, wenn sie länger um mich herum ist, machen mich diese Augen verrückt. Es ist, als wäre tief in ihnen etwas verborgen. Ein

Geheimnis, dass sie selbst noch nicht gelüftet hat. Dazu diese Unschuld. Schon gestern, als ich einfach über sie hergefallen bin, musste ich mich fragen, ob ich ihr ihren ersten Kuss gestohlen habe. Sie war so unsicher und gleichzeitig so neugierig. Genauso, wie sie sich mir gegenüber immer gibt. Als wäre sie neugierig auf alles, als wäre alles neu für sie. Wenn ich es nicht besser wüsste, würde ich sagen, sie kommt aus einer anderen Zeit und muss sich hier erst noch eingewöhnen. Wie man es in so manchem Film sieht.

Das Schlimmste aber ist, ich bin mir sicher, dass sie wirklich unschuldig ist. Ich kann mir nicht vorstellen, dass sie irgendwelche sexuellen Erfahrungen hat. Es wird hart für mich werden. Immerhin bin ich kein Lamm. Wenn mir nach Sex ist, suche ich mir eine Frau, die mich will. Doch sie … Vom ersten Moment an hat sie mich in ihren Bann gezogen, ich will sie so unbedingt. Aber das braucht Zeit, viel Zeit. Und ich weiß nicht, ob ich die Art von Mann bin, die sie sich als Freund vorstellen kann. Oder ob ich ein Mann bin, der warten kann.

Kopfschüttelnd wende ich mich von ihr ab und schreibe eine kurze Nachricht. Ich würde mir ja Sorgen machen, dass sie einfach verschwindet. Doch innerhalb kürzester Zeit werden alle hier in New York wissen, dass sie unter meinem Schutz steht. Selbst wenn sie von hier abhaut, werde ich immer wissen, wo sie sich aufhält. Sie ist nicht gerade zu übersehen.

Mein Blick gleitet nach draußen zu dem wolkenbehangenen Himmel, es sieht nicht so aus, als würde es heute noch einmal besser werden. Daher ist die Chance groß, dass sie meiner Einladung folgt und hierbleibt.

Verdammt, ich muss mich echt zusammenreißen! Es könnte genauso gut sein, dass sie aus New York verschwindet, bevor ich sie besser kennenlernen kann. Wäre ja nicht die Erste, die einfach verschwindet, ohne sich zu verabschieden.

Mit einem flauen Gefühl mache ich mich auf den Weg zum Bäcker. Ich habe keine Ahnung, was sie zum Frühstück so mag, also nehme ich alles, was ich finde. Selbst so ein dunkles Brot, von dem ich normalerweise Abstand halte. Dazu noch einen Kaffee, den sie sich zur Not nachher in der Mikrowelle warm machen kann. Ich würde ihr ja einen kochen, doch da meine Kaffeemaschine vor einigen Wochen den Geist aufgegeben hat, muss ich mich mit gekaufter Brühe über Wasser halten. Vielleicht ist heute der Tag, an dem ich mir eine neue kaufe, es wäre an der Zeit.

Damit sie sich auch wohlfühlt, decke ich sogar den Tisch und frage mich zum hundertsten Mal, was ich hier überhaupt mache. Ich benehme mich wie so ein Vollpfosten, dabei muss ich in zehn Minuten bei der Arbeit sein. Trotzdem gehe ich noch ein letztes Mal ins Schlafzimmer. Ihr goldenes Haar verbirgt ihr Gesicht, dennoch kann ich ein Lächeln auf ihren Lippen erkennen. Wovon sie wohl träumt? Es kann nichts Schlimmes sein, sonst würde sie nicht so friedlich hier liegen. Ohne mir zu große Gedanken darüber zu machen, hauche ich ihr einen Kuss auf die Stirn, dann mache ich mich endgültig auf den Weg. Sie wird nachher hoffentlich noch da sein.

–5–
Grüne Augen
LP

raußen ist es dunkel, als ich die Augen öffne. Unsicher blicke ich mich um, als mir sein Duft in die Nase steigt. Der Duft von Lincoln. Mein Herz macht einen Satz, als ich mich daran erinnere, wo ich bin, und ich blicke mich suchend um. Doch von Lincoln ist keine Spur zu sehen. Ein Blick aus dem Fenster verrät mir, dass es schon Tag ist, nur eben graue Wolken den Himmel verdecken. Im Moment scheint es nicht zu regnen, doch das kann sich jede Sekunde ändern. Seufzend stehe ich auf und merke, dass ich Muskelkater vom Laufen habe. Ich will schon das Zimmer verlassen, als ich eine Nachricht auf dem Nachttisch entdecke. Mit klopfendem Herzen gehe ich dorthin zurück, um sie zu lesen.

Ich wünsche dir einen schönen Morgen, Little Princess.
Das Wetter ist scheiße, und ich würde lieber zu Hause bleiben. Du siehst übrigens noch bezaubernder aus, wenn du schläfst, LP passt perfekt!
Frühstück findest du in der Küche, und wenn deine Sachen noch nass sind, kannst du den Trockner benutzen. Bleib hier, so lange du willst, ich komme irgendwann am Abend wieder.
Linc

Die Nachricht ist nicht lange, und doch ist sie so toll. Das flatternde Gefühl in meiner Brust wird von Sekunde zu Sekunde stärker, und ich frage mich, ob sich so Verliebtsein anfühlt. Glücklich, wie ich bin, verlasse ich das Schlafzimmer und schaue mich in seiner Wohnung um. In der Küche finde ich einen kalten Kaffee, mit der Notiz, dass ich ihn mir in der Mikrowelle aufwärmen kann. Ich bin kein Fan von kaltem Kaffee, also versuche ich mich daran. Zu meiner Schande muss ich gestehen, dass ich in meinem ganzen Leben noch nie eine Mikrowelle bedient habe. Wieder habe ich hier all mein Wissen nur aus dem Fernsehen. Also betrachte ich das Ding eine ganze Weile und beiße dabei auf den Innenseiten meiner Wangen herum, wie ich es so oft tue. Nach eingehender Inspektion finde ich sogar den Knopf, mit dem ich die Tür öffnen kann, und mache fast einen Freudensprung, als ich die erste Hürde genommen habe. Überglücklich stelle ich den Pappbecher hinein, schließe die Tür und stelle die Mikrowelle auf zehn Minuten ein. Das reicht hoffentlich, um den Kaffee warm zu bekommen.

Um die Zeit zu überbrücken, greife ich mir einen Bagel und beiße hinein. Zu Hause bekomme ich selten was Süßes zu essen, umso mehr genieße ich das hier gerade. Weil ich nichts Besseres zu tun habe, durchsuche ich die Schränke, um zu sehen, was Linc so alles zu essen hat. Als ich aber einen Slip zwischen den Tellern finde, schließe ich die Schublade schnell wieder, die ich gerade aufgerissen habe. Das ist definitiv nicht das, was ich erwartet hatte. Sofort fällt mir ein, dass gestern auch ein BH in seinem Schlafzimmer herumlag. Nicht dass er eine Freundin hat! Oder ob er einfach jede nimmt, die ihm zwischen die Finger kommt? Immerhin hat er mich einfach geküsst, ohne dass er mich auch nur kannte. Ist das seine Masche? Macht er das mit jeder? Sie zuerst küssen, dann mit zu sich nehmen und dann … Ich will gar nicht erst wissen, was er mit mir vorhat. Jedenfalls werde ich ihm nicht den Gefallen tun und ihn ranlassen! Das wäre ja noch schöner!

Das Piepsen der Mikrowelle reißt mich aus meinen Gedanken, und ich hole den Becher heraus. Dabei greife ich gedankenverloren danach und reiße meine Hand zurück, weil ich mich verbrenne. Die heiße Flüssigkeit läuft über meinen Arm, und ich schreie vor Schmerzen auf. Gott, wie dämlich kann man sich denn anstellen? Mit Tränen in den Augen renne ich ins Bad und lasse kaltes Wasser über meinen Arm laufen. Dabei lehne ich mich über die Badewanne und unterdrücke ein Schluchzen. Meine Haut brennt wie Feuer, und nicht mal das eisige Wasser kann dem entgegenwirken. Ich bleibe fast eine Stunde hier so sitzen und hoffe, dass es bald besser wird. Doch das tut es nicht. Stattdessen haben sich große Blasen gebildet, die sich mit Flüssigkeit füllen. Als mir irgendwann alle Muskeln wehtun, weil ich mich so verrenke, stelle ich das Wasser aus und mache mich auf die Suche nach der Hausapotheke. Als ich den ersten Schrank im Bad öffne, kommt mir erneut ein Slip entgegen, und ich frage mich, was Linc hier wirklich treibt. Betreibt er etwa einen Puff? So viele Slips, wie hier rumliegen, besitze ich nicht einmal! Noch immer unter Schmerzen lasse ich den Slip auf dem Boden liegen und krame weiter in dem Schrank. Dann endlich finde ich eine Wund- und Brandsalbe, die ich dick auf dem Arm auftrage. Ich bilde mir ein, dass sie hilft, doch ehrlich gesagt weiß ich nicht, ob das stimmt. Erschöpft gehe ich einfach ins Wohnzimmer und lasse mich dort auf der Couch nieder. Ich will mich nur zwei Minuten ausruhen …

Es ist wohl schon später Nachmittag, als ich wieder zu mir komme. Mein Arm brennt wie die Hölle, und ich seufze leise. Dass ich aber auch so blöd sein kann! Einen Moment überlege ich, ob ich mir was anziehen soll, um hier zu verschwinden. Doch dann entscheide ich mich anders. Trotzdem gehe ich ins Bad und hebe meine mittlerweile trockenen Kleider auf, um reinzuschlüpfen. Der weiche Stoff, der über die Brandblase streift, lässt mich zusammenzucken. Dennoch fühle ich mich wohler, wieder richtig angezogen zu sein. Die Erinnerung, wie mir Linc gestern die Bluse abgestreift hat, lässt mich kurz innehalten. Warum verdammt noch mal muss er ein beschissener Frauenheld sein? Ich meine, etwas anderes kann ich mir einfach nicht vorstellen, immerhin finde ich hier überall Slips und andere Damenunterwäsche. Ich will mir gar nicht ausmalen, was ich in den Schränken noch alles finden würde, würde ich darin herumstöbern.

Erst überlege ich, ob ich den Fernseher anmachen soll. Doch dann entscheide ich mich anders und mache mich auf den Weg durch die Wohnung. Wenn ich hierbleiben will, sollte ich mich etwas umsehen. Nicht dass er doch irgendwo Frauen versteckt, die er gefangen hält. Okay, vielleicht hab ich zu viele Filme gesehen, doch man weiß ja nie, ob es so was nicht auch in der Realität gibt. Mein erster Weg führt mich durch die Zimmer hier, in denen ich nichts Auffälliges entdecke. Ein Büro, das Schlafzimmer, nichts, was ich nicht schon gestern gesehen hätte. Dann mache ich mich auf den Weg nach oben, wo ich ein gigantisches Atelier entdecke. Es sieht so aus, als wäre hier schon lange keiner mehr gewesen, denn alles ist verstaubt und die Bilder, die an der Wand stehen, sind allesamt abgedeckt. Interessiert nehme ich ein Tuch von einem der Bilder und bin sofort begeistert. Es ist ein Werk, mit Bleistift gezeichnet. Die Silhouette einer Hüfte, die in einem Hintern endet. Auf der Hüfte ruht eine Hand, als würde sie die Haut darunter liebkosen. Irgendwie habe ich das Gefühl, dieses Bild schon einmal gesehen zu haben, doch ich komme nicht darauf, wo. Also nehme ich das nächste Tuch vom nächsten Bild und erstarre mitten in der Bewegung. Fassungslosigkeit und Panik ergreifen mich, und ich schlage mir die Hand vor den Mund. Das Bild zeigt so wenig und gleichzeitig so viel! Es ist …

Age. Der Name, ich kenne ihn! Aber … *Meine kleine Prinzessin.* Age. Isa. Erinnerungen strömen auf mich ein, die ich nicht greifen kann. Bruchstücke von Bildern und Tausende von Gefühlen. Allem voran das Gefühl, unendlich geliebt zu werden. Und diese Augen. Augen, die ich hier auf dem Bild wiedererkenne. Ich weiß, ich habe sie gesehen, weiß, dass sie Teil meines Lebens sind. Tränen rinnen mir über die Wange, als weitere Bilder auf mich einströmen.

»*Sarah*«, flüstert eine leise Stimme zu mir. Wer ist Sarah? Und warum fühle ich mich mit dem Namen so verbunden? Panik macht sich in mir breit, und ich renne nach unten. Ohne lange darüber nachzudenken, renne ich in Lincolns Büro, um dort den Laptop zu suchen. Sobald ich ihn habe, stürme ich damit auf die Couch und öffne ihn. Natürlich hat er ihn mit einem Passwort geschützt. Die Bilder, die meinen Kopf fluten, lassen nicht nach, und gleichzeitig wollen sie sich nicht zusammensetzen lassen. Wollen einfach keinen Sinn ergeben. Eine Nähmaschine. Ein großes Haus. Eine fremde Frau. Und diese grünen Augen. Augen, die meinen so sehr gleichen.

Mit tränennassem Gesicht gebe ich irgendwelche beliebigen Kombinationen ein, um den Computer zum Laufen zu bringen. Ich habe ja keine Ahnung, welche Kombination es sein könnte, doch ich weiß, dass ich das Internet brauche. Ich muss wissen, wer diese Sarah ist. Ist sie vielleicht meine Schwester? Haben meine Eltern mir vielleicht vorenthalten, dass auch sie bei dem Brand ums Leben gekommen ist? Und wer ist diese Frau? Fragen um Fragen, und ich kann mir keine davon beantworten.

Seit Ewigkeiten hämmere ich schon Kombinationen in den Computer ein, als hinter mir eine wütende Stimme ertönt.

»Was soll denn das werden?«

Ich beachte ihn nicht, noch immer bin ich im Strudel der Bilder gefangen, die auf mich einströmen. Bilder, die mich im Inneren berühren und gleichzeitig zerreißen. Immer wieder höre ich diesen Namen, diese Stimme, die mich zerreißt. »*Meine kleine Prinzessin.*«

War das mein Bruder? Hat er mich so sehr geliebt, dass er mich so genannt hat?

»Ich habe dich etwas gefragt!«, dröhnt Lincolns Stimme erneut, und endlich blicke ich zu ihm auf. Ohne Vorwarnung reißt er mir den Laptop aus der Hand, und ich breche endgültig in Tränen aus.

»Bitte, ich brauche Internet! Ich muss herausfinden, wer Sarah ist!«

Verwundert blickt er mich einen Moment an, dann ändert sich seine Miene.

»Sarah?«

»Ja«, schluchze ich. Bitte, ich muss herausfinden, wer sie ist. Wer sie alle sind! Diese Augen, ich sehe sie die ganze Zeit!«

Lincoln blickt mich an, als wäre ich durchgeknallt. Trotzdem gibt er den Code ein, öffnet mir ein Browserfenster und reicht mir das Gerät. »Wen genau suchst du denn?«

»Ich weiß es nicht«, schluchze ich und gebe wahllos Worte ein, die mir durch den Kopf gehen. Das Erste, worauf ich stoße, ist ein Buch mit dem Titel »Kleine Prinzessin Sarah«. Geht es hierbei um ein Buch? Hat mein Bruder mir daraus vorgelesen? Aber diese Augen! Auf all den Bildern hatte er braune Augen, warum sehe ich hier grüne Augen, die mir bis auf die Seele blicken? Augen, die ich selbst jeden Tag im Spiegel sehe?

»Kleines, wonach genau suchst du denn? Vielleicht kann ich dir ja helfen.«

Er will mir helfen. Aber wie, wenn ich doch selbst nicht weiß, was hier gerade passiert.

»Wer ist sie?«, schluchze ich, schmeiße mich in seine Arme und kralle mich an seinem Hemd fest. »Und wer ist er? Warum kann ich mich plötzlich an so vieles erinnern, ohne zu wissen, worum es sich handelt? Alessandro, mein Bruder! Er hatte doch keine grünen Augen, warum aber sehe ich dann diese grünen Augen? Die gleichen, die auch oben auf den Bildern sind?«

Endlich scheint er zu begreifen und zieht mich eng an sich. »Scht, es ist alles gut. Ich weiß nicht, was dir geschehen ist, doch hier bist du in Sicherheit.«

Sicher, bin ich das in meinem Zuhause denn nicht? Ein lauter Knall dröhnt durch meinen Kopf, und panische Angst macht sich in mir breit. Age. Mein Bruder. Warum ist er nicht bei mir? Warum hat er mich verlassen, wenn er mich doch so sehr geliebt hat?

Schmerz flutet meine Glieder, und mein ganzer Körper beginnt zu beben. Ich weiß einfach nicht, was ich sagen soll, kann mich nicht einmal mehr bewegen. Als Lincoln mich hochheben will, kommt er an meinen verbrannten Arm, und ich schreie auf. Doch der Schmerz ist nicht schlimm, im Gegenteil. Ich habe das Gefühl, dass er mich ins Hier und Jetzt zurückbringt.

»Verdammt, was hast du denn da gemacht?«, stößt Lincoln aus und betrachtet meinen Arm. Die Salbe ist längst eingezogen und hat nur weiße Reste hinterlassen.

»Verbrannt«, schluchze ich leise.

»Warte hier, ich hol was, um das zu verarzten.« Damit lässt er mich allein auf der Couch zurück, und ich kuschle mich in die warme Decke. Den ganzen Tag ist die Sonne kein einziges Mal herausgekommen und gerade schüttet es wie aus Kübeln. Passend zu meinem Gemütszustand, wie ich finde.

Wenige Minuten später ist Lincoln mit der Wund- und Brandsalbe zurück. »Das könnte etwas wehtun«, sagt er leise, als er die Salbe auf meinem Arm verteilt. Es brennt noch immer wie Hölle, doch gleichzeitig beruhigt mich dieser Schmerz. Er macht mir bewusst, welcher Schmerz im Moment real ist und welcher nicht. Mit Schrecken erinnere ich mich an die Zeit nach meinem Unfall zurück. Wenn Lincoln wüsste, wie mein Rücken aussieht. Den hat er gestern zum Glück nicht gesehen.

»Geht es?«, fragt er mit ruhiger Stimme, nachdem er die Salbe dick aufgetragen hat.

»Ja, damit komme ich zurecht.« Es ist die Wahrheit, ich habe schon Schlimmeres an Schmerzen erlebt.

»Möchtest du schlafen oder lieber etwas essen?«

»Etwas zu essen wäre perfekt.«

Lincoln lächelt beruhigt, als hätte er diese Antwort erhofft. »Dann warte hier. Ich wollte dich zwar vorhin schon ins Bett tragen, doch Essen ist wohl wirklich die bessere Entscheidung.«

Er lässt mich allein im Wohnzimmer zurück, und ich greife noch einmal nach dem Computer. Diesmal gebe ich andere Suchbegriffe ein. Brand, Sarah, Age. Doch ich werde nicht fündig. Wenn ich nur wüsste, wer diese Sarah ist und was sie mit meinem Leben zu tun hat? Warum nur habe ich das Gefühl, dass um mich herum nur Geheimnisse sind?

»Ich hoffe, du magst Asiatisch?«, will Linc wissen, als er wieder ins Wohnzimmer kommt. Ohne zu fragen, ob ich etwas ansehen möchte, macht er Prison Break an und öffnet die kleinen Kartons mit den Nudeln und der Soße. Ein köstlicher Duft steigt mir in die Nase, und erst jetzt wird mir bewusst, dass ich außer dem Bagel nichts gegessen habe. Und ein Bagel ist bestimmt nichts, was einen für den ganzen Tag satt macht.

»Asiatisch klingt fantastisch, danke!«

Ich nehme mir einen der Kartons, lehne mich in der Couch zurück und beginne, die Nudeln mit den Stäbchen zu essen. Meine Mutter hasst es, wenn ich das mache. Doch im Fernsehen habe ich gesehen, dass diese Nudeln genauso gegessen werden, und ich möchte es nicht anders machen. Eine ganze Weile sagen wir nichts und lauschen dem Fernseher. Wobei, so ganz stimmt das nicht. Ich lausche dem Fernseher nicht, ich bin in Gedanken die ganze Zeit bei den Bildern, die ich nicht mehr loswerde. Wenn ich nur wüsste, was das zu heißen hat. Oder wie ich sie zusammensetzen soll. Ich komme einfach nicht weiter. Als wir gegessen haben und die nächste Folge vorbei ist, macht Lincoln den Fernseher aus und blickt mich intensiv an.

»Willst du darüber reden?«

Ich schüttle energisch den Kopf. »Nein, ich wüsste ja nicht mal, worüber ich reden soll. Außerdem …« Ich habe das alles jahrelang durchgekaut. Dreimal die Woche war ein Psychiater bei mir. Ich bekam Tabletten, Hypnose und Gesprächstherapien. Doch alles hat nichts gebracht, ich konnte mich nicht an meine Vergangenheit erinnern, und mein Psychiater meinte, ich sollte nichts erzwingen und lieber die Vergangenheit ruhen lassen, wenn ich sie verdrängt habe. So hätte es dann schon seinen Grund.

»Was außerdem?«, fragt Linc und rutscht ein Stück näher zu mir. Seine Nähe ist so allgegenwärtig, so angenehm, so warm.

»Außerdem habe ich keine Lust, mir darüber Gedanken zu machen. Es gab einen Unfall, eine defekte Gasleitung. Mein Bruder kam ums Leben, ich verlor mein Gedächtnis, und das war es. Nichts, was man noch mal irgendwie aufwärmen muss.«

»Du hast dein Gedächtnis verloren?«, fragt er fassungslos, und ich zucke mit den Schultern. Dabei reibt der Stoff der Decke über die Brandblase, und ich stöhne leise auf.

»Verdammt«, knurrt Linc und nimmt meinen Arm zu sich. »Hast du das denn nicht gleich gekühlt?«

»Hältst du mich für bescheuert?«, wettere ich und ziehe meinen Arm zu mir. »Natürlich hab ich es gekühlt, ich hab mindestens eine Stunde kaltes Wasser darüber laufen lassen.«

»Dann hast du dich ganz schön arg verbrannt«, argumentiert er ruhig und zieht meinen Arm wieder zu sich. Mit vorsichtigen Bewegungen streicht er noch einmal Salbe darauf. »Wie ist das eigentlich passiert?«

»Hab den Kaffee zu heiß gemacht und ihn dann über mich geschüttet. Nur ein bisschen tollpatschig, sonst nichts.«

»Klar«, erwidert er sarkastisch und bindet einen Verband um meinen Arm. »Damit solltest du heute Nacht über die Runden kommen. Wenn es bis morgen nicht besser ist, bring ich dich ins Krankenhaus.«

»Vergiss es!« Schnell ziehe ich den Arm zurück und kuschle mich enger in die Decke. »Ich werde nicht ins Krankenhaus gehen. Außerdem schlaf ich heute auf der Couch, ich möchte ja niemandem in die Quere kommen.«

Linc zieht verwundert eine Augenbraue hoch. »Wem willst du denn in die Quere kommen?«

»Na der Frau, die hier überall ihre Unterwäsche verteilt hat. Im Schlafzimmer, im Bad und sogar im Schrank in der Küche.«

Als Linc tatsächlich rot anläuft, muss ich mir das Prusten verkneifen. Ich hätte ja nicht gedacht, dass so was möglich ist. »Da gibt es niemanden, die Wäsche ist alt.«

Damit steht er auf und nimmt mich einfach auf seine Arme. »Und du wirst ganz bestimmt nicht auf der Couch schlafen, das ist nicht gut für den Rücken.«

Noch bevor ich mich wehren kann, trägt er mich in sein Schlafzimmer und legt mich vorsichtig aufs Bett. Dabei achtet er peinlich genau darauf, meinen Arm nicht aus Versehen zu berühren. Als er sich neben mich gelegt hat, dreht er sich zu mir und mustert mich intensiv. Ich habe mich nicht einmal umgezogen. Doch da ich zu faul bin, noch einmal aufzustehen, ziehe ich einfach meine Jeans unter der Decke aus und schlüpfe aus meinem BH. Die Zähne putze ich, falls ich heute Nacht aufwache und auf Toilette muss. Linc scheint es ebenso zu sehen, denn er tut es mir gleich.

»Wie hieß noch mal dein Bruder?«, fragt er, als ich fast schon eingeschlafen bin.

»Alessandro.«

»Und du vermisst ihn?«

»Ich kenne ihn nicht. Wie sollte ich ihn dann vermissen?«

Linc seufzt. Dann zieht er mich einfach an sich, sodass ich mit dem Kopf in der Kuhle zwischen seiner Brust und seinem Arm liege. Die Kuhle ist perfekt, und obwohl er sehr hart ist, liege ich bequem. Die Müdigkeit, die mich überkommt, ist so stark, dass ich mir eh über nichts mehr Gedanken mache.

»Little Princess. Schlaf gut.«

Außer einem Brummen bekomme ich nichts mehr zustande, doch das Gefühl, das ich empfinde, ist unglaublich.

-6-
Neue Hoffnung
AGE

Eigentlich hatte ich keine Lust, nach Kanada zu reisen. Doch ich muss gestehen, das Land ist deutlich schöner, als ich gedacht hätte. Vor allem die Landschaft hat es mir angetan, sodass ich gerne mit Isa zelte. Dennoch tut es auch gut, heute in einer kleinen Pension unterzukommen. Die Nächte sind kalt, und irgendwie habe ich das Gefühl, dass es Isa in letzter Zeit nicht so gut geht. Erst letzte Woche hatte sie einen Magen-Darm-Infekt, und ich möchte, dass sie sich richtig erholt, bevor wir wieder unter freiem Himmel übernachten. Vorhin war sie noch in einer Apotheke, um sich ein paar Vitamine zu kaufen, die ihre Abwehrkräfte aufbauen sollen. Ich glaube ja nicht, dass so ein Zeug hilft, doch wenn sie sich damit besser fühlt, tue ich das auch.

Eng aneinandergekuschelt liegen wir in dem kleinen Bett. Ich liebe diese kleinen Betten, dadurch sind wir noch näher beieinander als in diesen übergroßen Dingern. Deswegen ziehe ich diese kleinen Pensionen großen Hotels vor. Überhaupt, in den letzten Jahren hat sich mein Leben grundlegend geändert. Das erste Jahr war nicht nur für mich die Hölle. Nachdem wir uns von den wenigen Menschen, die wussten, dass wir noch am Leben waren, verabschiedet hatten, gab es eine kleine Trauerfeier für Sarah. Noch heute kann ich es mir nicht verzeihen, sie allein gelassen zu haben. Es ist nicht so, als würde ich Nate Vorwürfe machen, das tut er schon selbst. Und doch, wäre ich bei ihr gewesen, vielleicht hätte ich sie retten können. Vielleicht wäre sie dann noch am Leben. Aber sie ist es nicht, und dank Isa habe ich ins Leben zurückgefunden. Ohne sie wäre mir das nicht gelungen. Ohne meinen Engel wäre ich wohl vor Trauer ebenfalls gestorben. So wie mein Vater, wie ich ein halbes Jahr später von Nate erfahren musste.

Ich habe nur noch selten Kontakt zu ihm. Zu Geburtstagen und an Weihnachten telefonieren wir, doch das war es auch schon. Ich weiß nicht mal, ob er eine Freundin hat oder nicht. Meistens reden wir nur über unsere Mutter, die in Einsamkeit ertrinkt. Sie baut von Jahr zu Jahr weiter ab, wenn sie weiter so macht, werde ich bald zurück in die USA reisen, um nach ihr zu sehen. Vielleicht würde es mir gelingen, sie aus ihrem Tief zu holen. Dennoch bin ich nicht erpicht darauf, zurückzukehren. Nicht nur dass ich gesehen werden könnte, es sind auch die Erinnerungen, denen ich entfliehen möchte. Ich kann mir nicht vorstellen, wie es wäre, in das Haus zurückzukehren, in dem mich alles an meine kleine Prinzessin erinnert. An all die schönen Jahre. Ihre ersten Schritte. Wie sie mich das erste Mal El genannt hat, weil sie Noel nicht aussprechen konnte. Ihr erster Geburtstag. Das erste Mal, dass sie von der Schaukel gefallen ist. Es hängen zu viele Erinnerungen an diesem Haus. Vielleicht wäre es besser, wenn ich meine Mutter zu uns hole. Ihr die Welt zeige und sie damit auf andere Gedanken bringe.

Um mich selbst auf andere Gedanken zu bringen, richte ich meine Aufmerksamkeit auf Isa, die schweigend in meinen Armen liegt. Seit ein paar Tagen schon habe ich das Gefühl, dass sie etwas beschäftigt, und wenn ich richtig mit meiner Vermutung liege, wird uns bald ein ernstes Gespräch bevorstehen.

»Worüber grübelst du die ganze Zeit, mein Engel?«

Ich ziehe sie eng an mich und genieße es, wie sie sich an mich schmiegt. Ihr Körper ergänzt meinen perfekt. Ihr Kopf liegt teils an meinem Hals, teils an meiner Brust. Ihr Hintern genau vor meinem Unterleib. Ihr Rücken an meiner Brust und meinem Bauch. Gemeinsam ergeben wir eine Einheit, die ich nie für möglich gehalten hätte.

»Ich vermisse Sarah«, gesteht sie leise, woraufhin sich mein Herz verkrampft. Ja, Isa kannte meine Tochter nur wenige Monate, hatte nur wenige Momente, die sie mit ihr teilt. Und doch haben sich die beiden von der ersten Minute an miteinander verbunden gefühlt. Nur durch Isa hatte Sarah den Mut, uns darum zu bitten, das Nähen zu lernen. Nur durch Isa ist sie ein kleines bisschen erwachsener geworden und hat sich von ihren Prinzessinnen-kleidchen getrennt, um sie gegen Jeans und T-Shirts einzutauschen.

»Das tue ich auch.«

»Age, ich muss mit dir reden. Und es hat in gewisser Weise mit Sarah zu tun.«

Etwas in mir sagt mir, dass ich diesem Gespräch nicht gewachsen bin. Nicht jetzt, da ich gerade so viel über meine Familie nachgedacht habe. Und doch weiß ich, dass ich für die Frau, die ich über alles auf dieser Welt liebe, da sein muss. »Was ist denn?«

Sie scheint eine Weile über ihre Worte nachzudenken, also lasse ich ihr alle Zeit, die sie braucht. Doch gerade als sie anfangen will, klopft es an der Tür. Seufzend stehe ich auf und öffne. Vor mir steht ein dunkelhaariger Mann, etwa in meinem Alter. Irgendwie kommt er mir bekannt vor, und ein flaues Gefühl breitet sich in meinem Magen aus.

»Oh, sorry«, sagt er, als ich ihn mit hochgezogener Augenbraue mustere. »Ich hab mich wohl in der Tür vertan. Ich wollte eigentlich zu meiner Freundin.«

»Klar, kein Problem.« Ich will die Tür schon wieder schließen, als er den Kopf leicht schief legt und mich intensiv mustert.

»Sag mal, kenne ich dich nicht?«, fragt der Fremde.

»Ich wüsste nicht, woher.«

»Doch klar!«, antwortet der Mann überschwänglich. »Ich kann mich so gut erinnern, weil ich die Kleine erst letzte Woche wiedergetroffen habe. Du warst doch früher immer mit deiner Schwester bei uns essen. Sie hat sich immer so über das Eis gefreut.«

Alles Blut weicht mir aus dem Kopf, und ich halte mich am Türrahmen fest, um nicht umzukippen. Alles in mir schreit danach, ihm zu glauben. Doch ich weiß es besser. Umso schlimmer ist dieser kleine Moment. Der Moment, in dem ich hoffe und zugleich bange.

»Welche Kleine hast du gesehen?« Isa steht bei mir, als sie den Mann direkt anspricht. Ich erinnere mich sogar an seinen Namen. Lance. Ich weiß das so genau, weil Sarah wirklich von ihm geschwärmt hat, weil sie immer wieder in dieses Lokal wollte, um das weltbeste Eis zu essen, wie sie meinte. Isas Hand schließt sich um meine, während ich wie erstarrt dastehe. Lance mustert Isa einen Moment, bevor er ihr ein Lächeln schenkt.

»Seine Schwester, die Kleine mit den grünen Augen. Solche Augen vergisst man nicht, vor allem, wenn sie einen so anstrahlen, wie ihre es immer tun.«

»Sarah.« Meine Stimme ist nur ein Hauchen.

»Nur eins verstehe ich nicht. Warum hat sie mir erzählt, du seist tot?« Lance mustert mich intensiv, und mir gefriert das Blut in den Adern. Irgendetwas geht hier vor sich, etwas, das ich nicht einmal geahnt habe. Ohne darüber nachzudenken, löse ich meine Hand aus Isas, packe den Mann vor mir und drücke ihn gegen die offene Tür.

»Wenn das ein Scherz sein soll, ist das nicht witzig, du Wichser!«

Lance' Augen weiten sich vor Schrecken, und er schüttelt panisch den Kopf. »Nein, kein Scherz! Ich hab sie Jahre nicht gesehen, und dann kam sie vor einer Woche in mein Lokal. Sie hat mir erzählt, dass es einen Unfall gab, bei dem du ums Leben gekommen bist und sie ihr Gedächtnis verloren hat.«

Blanke Wut steigt in mir auf, vor meinen Augen tanzen schwarze Punkte. Kann das sein? Kann es wirklich sein, dass meine kleine Prinzessin noch am Leben ist?

»Age«, wispert Isa in mein Ohr und greift sanft nach meiner Hand. »Lass ihn los, er kann nichts dafür.«

Das Blut rauscht durch meine Venen, und das Rauschen in meinen Ohren übertönt fast alles. Nur mit Mühe schaffe ich es, mich zu beruhigen, und lasse den Mann vor mir los, der mich wütend, aber auch voller Mitleid anblickt. »Du wusstest es nicht, oder?«, fragt er ruhig und streift sich das Shirt glatt.

»Sie ist tot«, flüstere ich und taumle einen Schritt zurück. Vor meinen Augen ziehen Bilder vorbei, wie ich sie das letzte Mal in den Armen gehalten habe. Wie ich an einem leeren Sarg stand, weil es durch die Explosion nichts gab, das man hätte beerdigen können. Wie meine Mutter vor dem Sarg zusammengebrochen ist. Wie ich Sarah am liebsten in die Ewigkeit gefolgt wäre, es aber um Isas Willen nicht getan habe.

»Und wenn nicht? Was, wenn er recht hat?«, holen mich Isas leise Worte in die Wirklichkeit zurück. Ja, was, wenn meine kleine Prinzessin noch am Leben ist? Was, wenn vor einer Woche nicht ihr Todestag war, sondern nur der Tag, an dem man sie mir entrissen hat?

Einen Moment atme ich tief durch, dann richte ich mich zu meiner vollen Größe auf, balle die Hände zu Fäusten und blicke Lance fest an. »Erzähl mir alles ganz genau. Ich will jede Einzelheit von dem Tag wissen, an dem sie in deinem Lokal aufgetaucht ist.«

–7–
Ängste

LP

Die Panik, die mich beherrscht, ist allgegenwärtig. Mein Puls rast, mein Herz schmerzt, und mein Atem geht viel zu schnell. Angstschweiß rinnt mir über den Körper, der unter heftigen Schüttelattacken erbebt.

»Kleines, es ist alles gut. Du hast nur wieder geträumt. Ich bin bei dir«, versucht mich eine Stimme zu beruhigen. Doch sie geht im Lärm der Explosion unter. Mein Kopf dröhnt, und in meinen Ohren rauscht es so laut, dass mir schwindelig wird. Ich will hier weg, will in Sicherheit kommen. Doch ich kann mich nicht bewegen, kann nicht einmal mehr die Augen öffnen. Wo bin ich hier, und was mache ich hier? Da ist nur gähnende Leere.

Jemand hält mich, zieht mich eng an sich. Dazu eine Stimme. Ich kenne sie, ich habe sie schon so oft gehört. »*Verdammte Scheiße, Sarah! Nein, Sarah, nein!*« Ich will antworten, bekomme aber keinen Ton raus. Auch meine Augen bekomme ich nicht auf. Wo bin ich nur? Warum hilft mir niemand? »*Ich hol dich hier raus, hab keine Angst! Ich bring dich zu Noel, und dann werdet ihr in ein neues und schönes Leben aufbrechen.*«

Diese Worte. Ich höre sie mittlerweile Nacht für Nacht.

»Kleines, komm zu dir, es ist alles gut«, dringt eine andere Stimme zu mir. Doch es ist alles so ein Durcheinander. Traum und Realität vermischen sich mit meiner Vergangenheit.

»*Sie ist deine Tochter, natürlich nimmst du sie mit dir, wenn du dir endlich ein Leben in Sicherheit aufbaust. Und jetzt geh!*« Diese Worte bescheren mir fast körperliche Schmerzen. Wessen Tochter bin ich? Wer will mich mit sich nehmen, wenn er sich endlich ein Leben in Sicherheit aufbaut? Warum überhaupt ein Leben in Sicherheit?

»Kleines, bitte, du machst mir Angst!«, holt mich die Stimme immer weiter in die Realität zurück, und langsam lichtet sich der beißende Qualm um mich. Die Schmerzen rutschen in den Hintergrund, und erst jetzt merke ich, wie ich mich wimmernd und schluchzend an ihm festkralle. »Lincoln!«, keuche ich und fühle, wie er mich noch enger an sich zieht.

»Ja, das bin ich. Ich bin hier, ich halte dich!«

Heiße Tränen rinnen über mein Gesicht, während mein Körper noch immer bebt. Diese Angst und diese Ungewissheit. Seit knapp über einer Woche bin ich nun schon hier. Seit knapp über einer Woche bin ich bei ihm, und seit ich oben in der Galerie die Bilder entdeckt habe, quälen mich Nacht für Nacht diese Träume. Träume, die so absolut keinen Sinn ergeben. Denn noch immer schaffe ich es nicht, die Bilder in meinem Kopf zusammenzufügen. Es ist ein einziges Durcheinander, dem ich nicht entkommen kann. Auch nicht mit den Übungen, die mir mein Psychiater mit auf den Weg gegeben hat. Übungen, in denen ich mich auf meine Mutter konzentriere. Auf die Momente, an die ich mich erinnern kann. Es ist, als wären diese Momente so falsch, während die anderen mir einfach zwischen den Fingern entgleiten und doch irgendwie mehr Wahrheit beinhalten als mein restliches Leben. Ich weiß, dass meine Eltern mich suchen. Lincoln hat es mir erzählt. Doch seltsam ist, dass sie die Polizei nicht eingeschaltet haben. Stattdessen wird es auf der Straße verbreitet. Im Geheimen. Warum machen sie das so? Warum gehen sie nicht zur Polizei, um eine Vermisstenanzeige aufzugeben? Immerhin bin ich abgehauen, ich habe keine Straftat begangen, vor deren Konsequenzen sie mich schützen müssen oder so.

»Vielleicht sollte ich zurückgehen«, schluchze ich und schmiege mein Gesicht an Lincolns Brust. Als er vor zwei Tagen kam, um mir zu erzählen, dass nach mir gesucht wird, habe ich ihm die Wahrheit gesagt. Dass ich ein verwöhntes Gör bin, das es im goldenen Käfig nicht mehr aushält. Lincoln hat daraufhin nur gelacht und gemeint, dass er sich das fast gedacht hätte, da ich es nicht mal geschafft habe, den Trockner zu bedienen. Doch für ihn war nicht mal die Belohnung, die sie auf mich ausgesetzt haben, ein Grund, mich zurückzubringen. Im Gegenteil. Er ist der Meinung, dass man sein Leben frei bestimmen sollte. Und dass sie mich sechzehn Jahre lang fast wie eine Gefangene behandelt haben, ist ihm zuwider. Deswegen lässt er mich weiter bei sich wohnen. Und wie ich hoffe, vielleicht auch, weil er mehr für mich empfindet.

Immer wieder küsst er mich und hält mich in seinen Armen. Er streichelt mich, seine Blicke gleiten über meinen Körper, und ich habe mehr als einmal gespürt, wie er im Schritt hart wurde, während ich mit dem Kopf beim Fernsehen in seinem Schoß lag. Nie habe ich etwas gesagt, und doch spüre ich ein immer größer werdendes Verlangen nach ihm. Nach mehr.

»LP, du sollst wissen, dass ich dich niemals davon abhalten würde, wenn du denkst, dass es das Richtige ist. Aber …«

Dieses Aber lässt mich stutzen, und ich blicke aus verquollenen Augen zu ihm auf. »Aber was?«

»Werde ich dich dann noch sehen können?«

Das ist es, was ihn beschäftigt? Ob er mich dann noch mal sehen kann, wenn ich erst wieder zu Hause bin? Allein der Gedanke, ich wäre erneut eingesperrt und könnte Lincoln nicht mehr um mich herum haben, zerreißt mir das Herz. Denn ja, die Wahrscheinlichkeit, dass sie mich einsperren und niemanden zu mir lassen, ist groß.

»Ich überlege nur, ob meine Mutter Licht ins Dunkel bringen könnte. Ob sie mir erklären könnte, was für Namen es sind, die mir immer und immer wieder durch den Kopf gehen. Ich fühle mich so machtlos und habe panische Angst, wenn ich von dem Unfall träume.«

Bisher habe ich ihm nicht gesagt, was genau ich träume. Und er drängt mich nicht dazu, es zu tun. Stattdessen hat er begonnen, sich auf der Arbeit Zeit freizuschaufeln, um mir die Stadt zu zeigen. Sobald ich das Haus verlasse, trage ich meine Cap und eine Sonnenbrille, um meine Augen zu verbergen, damit mich niemand erkennt. Bisher hat das ziemlich gut geklappt, vor allem, weil Lincoln anscheinend viele Menschen kennt, die hinter ihm stehen. Die mich um seinetwillen nicht verraten würden.

»Vielleicht könnte sie das. Und wenn es dir dadurch besser geht, ist es vielleicht wirklich eine Überlegung wert. Denn ich wünsche mir so sehr, dass du nicht jede Nacht in solche Angstzustände verfällst.«

Seufzend kuschle ich mich enger an ihn. Ich liebe seinen Duft, den Duft, der mich jeden Tag umfängt, wenn ich in seinem Bett oder in seinen Armen liege. »Meine Eltern sind nicht irgendwer«, flüstere ich fast und weiß nicht, was ich offenbaren darf. Ganz genau blicke ich selbst noch nicht durch, doch oft habe ich an der Tür gelauscht, wenn mein Vater Besuch hatte. Wenn Männer mit Waffen zu Besuch waren und sie ihm Waffen oder Drogen anboten. Auch die Streite meiner Eltern habe ich nicht überhören können. Wie es aussieht, war meine Familie früher unheimlich einflussreich. Doch durch den Unfall haben sie nicht nur ihren Sohn verloren. Sie haben ihr Imperium verloren und arbeiten seither daran, es wieder aufzubauen. Zumindest mein Vater, meine Mutter war froh, aus allem endlich draußen zu sein. Daher wollte sie auch nicht wieder zurück nach New York. Doch sie hatte dabei kein Mitspracherecht, und im Moment bin ich froh darüber, dass es so ist. Ich fühle mich hier wohl, vor allem, seit ich Lincoln getroffen habe. Selbst die Albträume können das nicht schmälern.

»Ich weiß«, antwortet er und erntet dabei einen verwirrten Blick von mir.

»Woher?«

»Weil ich Augen und Ohren habe. Es ist nicht normal, dass Eltern nicht die Polizei einschalten, wenn sie ihre Tochter vermissen. Ich habe noch nicht herausgefunden, wer sie wirklich sind, doch ich weiß, dass sie einige Kontakte zur Unterwelt haben. Ich wusste nur nicht, ob dir das bewusst ist.«

Kontakte zur Unterwelt. So hätte ich das nie ausgedrückt, doch im Endeffekt läuft es darauf hinaus. »Magst du mich jetzt weniger?«

Lincoln zieht mich an sich und haucht mir einen Kuss auf die Lippen. Es ist so schön, wenn er das tut. Ich kann mir gar nicht mehr vorstellen, wie es sein sollte, ihn nicht mehr bei mir zu haben.

»Weißt du, auch ich habe gewisse Kontakte. Was würde ich tun, wenn du damit ein Problem hättest?«

Will ich wirklich mehr wissen? Ich habe Angst vor dem, was er mir offenbaren könnte, also wechsle ich das Thema.

»Weißt du eigentlich, wer die Bilder oben in der Galerie gemalt hat?«

Lincoln blickt mich eine ganze Weile an, bevor er seufzt. »Es ist eine lange Geschichte, und ich kenne nur Bruchstücke davon. Soll ich sie dir erzählen?«

Ich nicke und schließe die Augen. »Ich liebe lange Geschichten.«

»Okay, wo fange ich am besten an? Ich war sechzehn, als ich orientierungslos durch die Straßen gelaufen bin und Luca auf mich aufmerksam wurde. Ich war ein Arsch, immer nur auf Ärger aus. Luca hat nicht lange gefragt. Er kam zu mir, hat mir eine Knarre in die Hand gedrückt und mir erklärt, ich hätte jetzt zwei Möglichkeiten. Entweder ich könnte mir die Kugel selbst in den Kopf jagen, weil mich genau dieses Schicksal bald ereilen würde, wenn ich so weitermache, oder ich könnte mit zu ihm kommen. Er würde mir einen Platz zum Schlafen geben und dafür sorgen, dass ich keinen Unfug mehr anstelle. Also ging ich zu ihm. Eine seiner ersten Aufgaben für mich war, die Galerie oben zu putzen und die Bilder ordentlich abzuhängen.«

Schon allein, dass er mir ein bisschen etwas von sich erzählt, erwärmt mir das Herz. Wie kann mir ein Mensch so nahe sein, den ich doch eigentlich nicht kenne?

»Und du warst bestimmt begeistert von der Aufgabe, oder?«, necke ich ihn, woraufhin er leise lacht.

»Ganz im Ernst? Ich hätte die Bilder lieber abgefackelt, als sie abzustauben. Doch als ich nach dem ersten Bild getreten habe, kam Luca auf mich zu. Der Mann ist alt, doch man sollte ihn nicht unterschätzen!«

Noch habe ich kein Bild von diesem Luca vor Augen. Doch in wenigen Tagen wird er zurückkommen, wovon auch immer, und wenn ich dann noch da bin, werde ich wohl nicht darum herumkommen, ihm zu begegnen.

»Jedenfalls hat er mir die Tracht Prügel versetzt, die ich in dem Moment verdient habe, und mir erzählt, wie wichtig ihm diese Bilder sind.«

Diese Bilder sind ihm also wichtig? Mittlerweile weiß ich, dass Luca die Galerie unter uns gehört. Daher ist es klar, dass er auf Kunst steht. Doch dass einem bestimmte Bilder am Herzen liegen, finde ich irgendwie seltsam. Ich habe nie an materiellen Dingen gehangen. Das war irgendwie schon immer so.

»Also, was hat es denn jetzt genau mit den Bildern auf sich?«

»Die Zeichnungen sind von seinem Patensohn. Er war unheimlich talentiert, und Luca hat ihn von Anfang an unterstützt. Luca selbst war einmal Teil der Mafia, ebenso wie Noel.«

Noel. Allein der Name geht mir durch und durch, und ich ziehe scharf die Luft ein. Woher kenne ich diesen Namen? Warum bewirkt er, dass ich schon wieder zu zittern beginne? Panik macht sich in mir breit, doch ich kämpfe dagegen an und bin froh, dass Lincoln mich hält. Er ist so in Gedanken versunken, dass er meine aufkommende Panik gar nicht erst bemerkt, und ich bin dankbar dafür.

»Noel wollte nie der Mafia angehören, und Luca hatte irgendwann auch keinen Bock mehr darauf. Als seine Familie bei einem Übergriff ums Leben kam, ist Luca ausgestiegen und hat die Galerie aufgebaut. Wie Noel ist auch Luca kunstbegeistert, und als sein Patensohn eines Tages mit Bildern ankam, die er unbedingt ausstellen sollte, konnte er ihm diesen Gefallen nicht abschlagen. Die Bilder waren von einer Frau, die ebenso begnadet war wie Noel, nur dass sie fotografierte, während er zeichnete. Natürlich waren sie ein Paar, und sie beide wollten sich eine gemeinsame Zukunft mit seiner Schwester aufbauen. Doch dann gab es viele Zwischenfälle, und das Ende vom Lied war, dass sie alle umkamen.«

Der Gedanke, dass der Mann die Menschen, die er geliebt haben muss, verloren hat, geht mir durch und durch. Irgendwie erinnert es mich an den Verlust meines Bruders, den ich doch nicht kenne. Weil ich niemanden kenne.

»Weißt du denn, wer der Mann mit den grünen Augen ist?«

»Nein. Doch eines weiß ich: Solche grünen Augen vergisst man nie.«

Lincoln zieht mich etwas zu sich hoch und mustert mich eingehend. »Deine Augen werde ich mein Leben lang nicht vergessen. Und dich auch nicht.«

Ich weiß nicht, was ich darauf antworten soll, und bin froh, dass ich auch nichts antworten muss. Denn Lincoln legt seine Lippen auf meine. Erst küsst er mich ganz sanft, liebevoll. Dann wird der Kuss berauschender, leidenschaftlicher, und ich gebe mich ihm mit jeder Faser meines Körpers hin. Genieße seine Hände auf meinem Körper, gleite mit der Zunge durch seinen Mund und weiß, dass ich verloren bin. Verloren in einem Meer aus Lincoln.

–8–

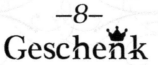

Geschenk

Was hast du da?«, frage ich Lincoln, der grinsend zur Tür hereinkommt und mir etwas entgegenstreckt.

»Etwas, damit du nicht noch mal auf die Idee kommst, meinen Computer knacken zu wollen. Übrigens ist das unmöglich, der wurde sehr gut geschützt.«

Freudestrahlend will ich nach dem Päckchen greifen, das er mir entgegenstreckt. Doch in letzter Sekunde zieht Lincoln es weg, greift mit der anderen Hand nach mir und zieht mich an sich. »Wollen wir gleich etwas rausgehen?«

»Gerne«, hauche ich und schließe die Augen in Erwartung eines Kusses. Sein Atem streift meine Lippen, sein Duft umfängt mich, und das Flattern in meiner Brust und in meinem Bauch macht mich ganz verrückt. Doch anstatt dass er mich küsst, rückt er von mir ab, und ich blicke ihn mit einem Schmollmund an.

»Hier, mach erst auf.« Diesmal reicht er mir das kleine Päckchen und funkelt mich aus seinen Augen an. Wie ich mich in diese bernsteinfarbenen Augen mit dem Goldrand verliebt habe. Ich könnte stundenlang darin versinken. Doch auch das Päckchen in meiner Hand macht mich neugierig, und so lenke ich meine Aufmerksamkeit darauf. Es ist in einfaches Zeitungspapier geschlagen, und als ich es öffne, halte ich die Luft an und schaue zu Lincoln auf. »Du hast mir aber kein Handy gekauft!«

»Doch, klar!«, erwidert er schulterzuckend, nimmt mir den Karton aus der Hand und öffnet ihn. Hervor kommt ein Smartphone, das recht teuer aussieht.

»Linc, das geht nicht! Das ist doch viel zu teuer!«

»Klar geht das. Immerhin möchte ich dich erreichen können, und du brauchst dringend eine Möglichkeit, ins Internet zu kommen.«

Unsicher lange ich nach dem Gerät, das er mir entgegenstreckt. Es ist bereits angeschaltet, und als ich seitlich auf den Knopf drücke, um den Bildschirm aufleuchten zu lassen, blicken mir meine grünen Augen entgegen.

»Neunundzwanzig, null, vier«, sagt Lincoln, und ich gebe die PIN ein.

»Hat die Zahl für dich eine Bedeutung?«, frage ich und gehe das Menü durch. In den Kontakten finde ich seine Nummer und einige Nummern vom Lieferservice, was mich zum Lachen bringt. Da ich nicht kochen kann und Lincoln nicht gerne kocht, lassen wir uns fast jeden Tag etwas kommen.

»Das war der Tag, an dem ich dich mit zu mir genommen habe«, antwortet er. Bei diesen Worten setzt mein Herz für einen Schlag aus, und ich blicke zu ihm auf. Ja, wir küssen uns. Ich schlafe Nacht für Nacht in seinen Armen. Und er beruhigt mich, wenn ich wieder einmal aus einem meiner Träume hochfahre. Doch bisher haben wir noch nicht darüber gesprochen, was das mit uns genau ist. Ich habe zu große Angst vor Ablehnung, als dass ich mich trauen würde, ihn darauf anzusprechen. Doch egal was das mit uns ist, das hier ist ein zu teures Geschenk.

»Lincoln, ich möchte dir das Geld für das Handy geben.« Gott, warum nur bin ich so unsicher? Warum fühle ich mich in seiner Gegenwart oft wie ein kleines Kind und habe Angst davor, etwas zu tun, was er belächelt?

»Nein, das ist ein Geschenk. Und es war auch gar nicht so teuer, wirklich!«

Ich glaube ihm nicht und entschließe mich, ihm einfach die nächsten Tage Geld zuzustecken, wenn ich über das Internet herausgefunden habe, wie viel dieses Handy kostet. Lincoln kommt einen Schritt zu mir, greift um meine Hüfte und zieht mich wieder an sich. »Wo wollen wir heute hin?«

»Weiß nicht, einfach in eine Mall und schauen, was es da Schönes gibt? Ich brauch auch wieder neues Shampoo und eine neue Zahnbürste.«

Lincoln lacht, und endlich küsst er mich. Seine Lippen auf meinen, seine Zunge, die meine umspielt, bevor der Kuss leidenschaftlicher wird. Meine Beine werden weich, und wieder einmal fürchte ich, ich würde umfallen, wenn Lincoln mich nicht halten würde. Eine ganze Weile geben wir uns dem Moment hin. Lincolns Hände auf meinem Körper, meine, die über seine kurzen stoppeligen Haare fahren. Seine Härte drückt sich fest gegen meinen Bauch, und ich fühle wieder einmal, wie ich zwischen den Beinen feucht werde. Ich bin noch nicht so weit, immerhin sind das hier meine allerersten Erfahrungen mit einem Mann. Und doch sehnt sich mein Körper nach mehr. Ebenso wie mein Herz.

»Holy shit!«, stöhnt Lincoln nach einer gefühlten Ewigkeit im Paradies, bevor er von mir ablässt und mich atemlos zurücklässt. Sein Blick gleitet über meinen Körper, seine Brust hebt und senkt sich viel zu schnell. Einen Moment schließt er die Augen, dann rückt er einen Schritt von mir ab. »Lass uns gehen, bevor ich noch komplett die Kontrolle über meinen Körper verliere.«

Ist das sein Ernst? Würde er meinetwegen die Kontrolle über seinen Körper verlieren? Der Gedanke gefällt mir genauso, wie er mich ängstigt. Was heißt das? Wie würde er aussehen, wenn er die Kontrolle verliert? Würde er einfach über mich herfallen, auch wenn ich Nein sage? Nein, das kann ich mir nicht vorstellen. Wenn er etwas in der Art vorhätte, hätte er es längst getan. Also nicke ich nur, gehe zu meiner leeren Tasche – meine Kleider haben längst einen Platz in seinem Schrank gefunden – und hole etwas Geld daraus hervor, das ich dort in der Seitentasche verstaut habe. Da ich nicht weiß, was ich heute alles kaufen will, nehme ich ein paar Hunderter und stecke sie in meine Hosentasche. Lincoln, der mich beobachtet, zieht eine Augenbraue nach oben.

»Sag mal, wie viel Geld besitzt du überhaupt?«

»Genug, um eine Weile über die Runden zu kommen. Und du weißt, dass ich gerne was zur Miete beisteuern würde?«

Lincoln kommt zu mir, zieht das Geld aus meiner Tasche und verstaut es in seinem Portemonnaie. »Ja, aber da ich keine Miete zahle, wird daraus nichts. Doch wenn du es einfach so in deine Tasche steckst, bist du dein Geld schneller los, als du gucken kannst. Das ist ein gefundenes Fressen für jeden Taschendieb. Wir sollten dir heute eine kleine Tasche kaufen, die du nah an deinem Körper tragen kannst, und einen Geldbeutel. Das ist wenigstens ein bisschen sicherer, denn solange ich bei dir bin, wird es keiner wagen, dir die Tasche zu entreißen.«

Mein Blick wandert über sein schönes Gesicht. Ein leichter Bartschatten zeichnet sich auf seinen Wangen und dem Kinn ab, und ich streiche sanft darüber. »Warum ist dir mein Schutz so wichtig? Warum kümmerst du dich so sehr um mich?«

»Wenn ich das wüsste«, erwidert er, schließt die Augen und legt sein Gesicht in meine Hand. »Ich weiß nur, dass ich alles dafür tun würde, damit es dir gut geht.«

Seine Worte berühren mein Innerstes, und ich muss lächeln. »Ab wann weiß man, dass man sich in einen Menschen verliebt hat?«

Die Worte sind schneller raus, als ich darüber nachdenken kann. Lincolns Miene wird hart, und er weicht einen Schritt zurück. »Das kann ich dir nicht sagen, ich war in meinem ganzen Leben noch nicht verliebt. Liebe macht einen schwach, und das kann ich mir nicht erlauben.«

So vor den Kopf gestoßen, bleibe ich bewegungsunfähig stehen, während er zur Tür geht. »Kommst du?«, ruft er zu mir zurück, und ich schließe die Augen und schlucke schwer, um die aufkommenden Tränen zurückzuhalten. »Gleich, ich muss noch schnell auf Toilette.«

So schnell ich kann, laufe ich ins Bad, schließe die Tür hinter mir und lasse mich daran heruntersinken. Er liebt mich nicht, er ist nicht in mich verliebt und wird es auch niemals sein. Die Erkenntnis trifft mich wie ein Schlag und raubt mir die Luft zum Atmen. Denn jetzt wird es mir bewusst. Für mich ist es längst zu spät. Während es für ihn nur ein Abenteuer ist, wie er sie wohl regelmäßig hat, wenn ich an die ganze Unterwäsche in seiner Wohnung denke, habe ich mich längst in ihn verguckt. Es kann keine Liebe sein, dafür kenne ich ihn viel zu wenig. Doch meine Gefühle sind so stark, dass es mir gerade das Herz zerreißt. Es wird mich umbringen, wenn er mich irgendwann von sich stößt. Es wäre wohl das Beste, Abstand von ihm zu nehmen. Wieder denke ich daran, dass ich mir überlegt habe, nach Hause zurückzukehren. Ich will mehr über meine Vergangenheit erfahren, will mir Bilder von meinem Bruder ansehen. Und doch habe ich panische Angst davor, wieder eingesperrt leben zu müssen.

Fünf Minuten später habe ich mich gefangen und verlasse das Bad. Es ist mir gelungen, nicht zu weinen, auch wenn ich keine Ahnung habe, wie. Doch ich möchte nicht weinen, möchte ihm nicht zeigen, wie sehr mich seine Worte verletzt haben. Also laufe ich aufrecht an ihm vorbei und verlasse die Wohnung. Wenn ich rausgehe, brauche ich weder einen Schlüssel noch eine PIN. Wenn wir aber hier hineinwollen, fühle ich mich, als würden wir in einen Hochsicherheitstrakt kommen. Die PIN kenne ich mittlerweile, und selbst einen Schlüssel hat mir Lincoln zugesteckt, falls ich einmal irgendetwas brauche, damit ich wieder reinkomme. Warum vertraut er mir und will mich beschützen? Warum küsst er mich und hält mich in der Nacht, wenn er doch nicht mehr will? Vielleicht sollte ich gehen. Vielleicht ist es an der Zeit, weiterzuziehen. Denn ich weiß, wenn ich weiter bei ihm bleibe, wird er mir irgendwann das Herz brechen.

»LP?« Seine Stimme ist fast ein Flüstern, als er mir folgt. LP. Little Princess. Ich liebe diesen Kosenamen, den er nur durch »Kleines« ersetzt, wenn er nachts zu mir durchdringen will. Oder auch so ab und an.

»Was?« Ich drehe mich nicht zu ihm um, hoffe, dass meine Stimme nicht gedrückt klingt.

»Ist alles in Ordnung zwischen uns?«

Wut kocht in mir hoch, doch auch die will ich mir nicht anmerken lassen. Ich will einfach nur, dass mein Verräterherz aufhört, sich so beschissen anzufühlen. »Klar, was sollte sein?«

Er kommt an meine Seite, langt aber nicht wie sonst nach meiner Hand. Wieder fühle ich, wie mir die Tränen in den Augen brennen, und ich hoffe, dass er es mir nicht ansieht. Dass meine Augen nicht glasig oder rot gerändert sind. »Nur so. Also, wo sollen wir hin?«

»Mall.« Mehr sage ich nicht, und auch er schweigt. Bisher sind wir immer zu Fuß durch die Stadt gegangen, doch heute führt Lincoln mich zu einem schwarzen Auto. Ein Lächeln schleicht sich auf meine Lippen, und meine trüben Gedanken sind vergessen. Aus dem Lächeln wird ein Lachen, und als Lincoln mich mit hochgezogener Augenbraue anblickt, kann ich mich kaum noch halten.

»Dir haben sie echt den falschen Namen gegeben!« Meine Hände wandern zu meinem Bauch, und mir rinnen Tränen über die Wangen. »Siehst aus wie Michael aus Prison Break, und jetzt fährst du auch noch K.I.T.T. aus Knight Rider.«

Lincoln öffnet die Tür und blickt mich aus finsterer Miene an. Dennoch kann ich den Schalk in seinen Augen sehen. »Hast du das gehört, K.I.T.T.? Die macht sich tatsächlich lustig über uns.«

Plötzlich ertönt dieses typische Geräusch aus der Serie, dieses Surren, wenn K.I.T.T. mit Michael spricht, und ich breche fast zusammen vor Lachen. Auch Lincoln stimmt mit ein und zieht sein Handy aus der Tasche, aus dem dieses Geräusch kommt.

»Lincoln, du bist echt der Burner!«

»Das nehm ich mal als Kompliment. Und jetzt steig ein, K.I.T.T. wollte schon die ganze Zeit deine Bekanntschaft machen.«

Noch immer mit Tränen in den Augen steige ich auf der Beifahrerseite ein und bewundere das Auto von innen. Es sieht wirklich aus wie das Auto aus der Serie, nur der Computer im Armaturenbrett fehlt. Ich frage mich, was dieser Wagen gekostet hat, traue mich aber nicht, danach zu fragen. Wie es aussieht, verdient Lincoln gut in seinem Job bei Luca.

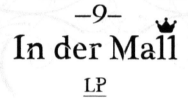

–9–
In der Mall
LP

In der Mall greift Lincoln wieder nach meiner Hand und führt mich durch die einzelnen Geschäfte. Wir albern rum, wie wir es so gerne tun, und jedes Mal, wenn ich in seine bernsteinfarbenen Augen blicke, macht mein Herz einen Satz. Das kann kein gutes Ende nehmen, und doch weiß ich, dass ich mich seinem Bann nicht entziehen kann. Dazu ist er mir nach nur einer Woche schon viel zu nah.

»Also, wo willst du noch hin?«, fragt er, als wir aus der nächsten Boutique kommen, in der ich wieder nichts gefunden habe, das ich mir kaufen will.

»Keine Ahnung«, antworte ich und laufe ein Stück rückwärts, um ihn im Blick behalten zu können. »Was würdest du mir denn empfehlen?«

Lincoln überlegt eine Weile, dann zuckt er mit den Schultern. »Ich hab ehrlich gesagt keine Ahnung.« In dem Moment greift er nach meinem Arm und zieht mich zu sich. Erschrocken zucke ich zusammen und folge seinem Blick hinter mich. Dort steht eine Blondine, die mich von oben herab mustert. Hätte Lincoln mich nicht zu sich gezogen, wäre ich direkt in sie hineingelaufen.

»Ach, lebst du also doch noch, Linc?«, grüßt die Blondine, die mich mehr an eine Barbie erinnert als an einen Menschen. Mich ignoriert sie nun vollkommen.

»Warum sollte ich nicht leben?«, fragt Lincoln und schenkt ihr ein offenes Lächeln.

»Weil du dich seit über 'ner Woche nicht gemeldet hast«, säuselt sie und legt ihre Hand auf seine Brust. »Ich hab dich vermisst.«

Dass Lincoln noch immer mein Handgelenk festhält, interessiert sie nicht. In mir dagegen steigt kochende Wut auf.

»Zoe, ich hatte einfach keine Zeit. Du weißt, wie beschäftigt ich bin, wenn Luca nicht in der Stadt ist.«

Ihr Blick flackert für eine Sekunde zu mir, bevor sie noch einen Schritt auf ihn zugeht. Ihr Kopf ist direkt neben seinem, ihre Lippen an seinem Ohr. »Aber nachts solltest du doch etwas Zeit für mich haben?«

Beim besten Willen, das muss ich mir nicht antun. Ohne Vorwarnung reiße ich an meinem Handgelenk, sodass Lincoln mich loslässt, wende mich von ihm ab und stampfe davon. Ist mir doch scheißegal, wer das ist oder was sie mit ihm am Laufen hat. Ich wusste es doch! Er will Freundschaft, mehr nicht. Oder wohl eher Freundschaft mit gewissen Vorzügen, immerhin küsst er mich, und ich wette, würde ich den ersten Schritt machen, würde er auch mit mir schlafen. Tränen steigen mir in die Augen, als ich in das nächstbeste Geschäft verschwinde, damit er mir nicht folgen kann. Ich schlucke schwer und versuche tief zu atmen, um wieder etwas ruhiger zu werden. Doch es will mir nicht gelingen. Mein Körper bebt, und ich hasse mich dafür, dass ich ihn so nah an mich herangelassen habe. Ist es das, wovor mich meine Mutter schützen wollte? Vor jemandem, der mir das Herz bricht? Denn genau das tut er gerade. Dabei kenne ich ihn doch nicht mal! Weiß nicht, wer dieser Typ ist.

Gedankenverloren blicke ich mich in dem Laden um, bis mir bewusst wird, dass es ein Laden für Nähmaschinen und Stoffe ist. Mein Herz macht einen Satz, diesmal aber einen aus Freude. Ich laufe zur nächsten Maschine und lasse meine Hand darüber gleiten. Irgendwie fühlt sich das vertraut an, und mir wird bewusst, dass ich weiß, wie man damit umgeht. Ich erinnere mich, dass ich schon einmal an solch einer Maschine gesessen und genäht habe. Ich habe Stoffe und Schnittmuster vor Augen. Und tausend Ideen für Kleider.

»Kann ich Ihnen helfen?«, spricht mich eine Verkäuferin an, und ich schenke ihr ein ehrliches Lächeln.

»Ich weiß nicht. Geben Sie denn auch Kurse?«

Woher kommt dieser Wunsch? Und woher weiß ich, dass man Naht bei Schnittmustern zugeben muss? Woher weiß ich, dass es verschiedene Einstellungen für verschiedene Stoffe gibt und man den Rand mit einem Zickzackstich umsäumen muss, damit der Stoff nicht ausfranst?

»Ja, das tun wir. Haben Sie denn schon etwas Erfahrung im Umgang mit einer Nähmaschine?«

Ich schlucke wieder schwer und erinnere mich an das ratternde Geräusch, wenn der Stoff durch die Maschine gleitet und die Nadel ihre Arbeit tut. An das Surren und wie man mit dem Pedal auf dem Boden die Geschwindigkeit beeinflussen kann. Ich weiß, dass man Kanten einschneiden muss, damit sie schöner rauskommen, und ich habe ein Kissen vor Augen, das mit Blumen und Schmetterlingen bestickt ist.

»Ich glaube schon.«

»Sie glauben?«, fragt sie und legt den Kopf ein kleines bisschen schief. Ihre dicke Brille lässt ihre Augen größer wirken, sie scheinen nicht in ihr zierliches Gesicht mit den braunen Augen zu passen. Dazu der kurze braune Bob, irgendwie wirkt die Frau etwas verquer und doch sympathisch.

»Ich … ich glaube, ich habe als Kind einmal genäht.«

Nun zieht sie irritiert die Augenbrauen zusammen, was seltsame Falten dazwischen wirft. »Wissen Sie denn noch, an was für einer Maschine Sie genäht haben?«

Mein Blick schweift in dem Laden umher, doch ich habe keine Ahnung. »Nein, es ist schon sehr lange her und …«

»Und?«, hakt sie nach, und ich zucke mit den Schultern.

»Es ist einfach schon sehr lange her.«

»Dann sollten Sie wohl mit einem Anfängerkurs beginnen. Der startet aber erst wieder in zwei Monaten, gerade sind alle Plätze belegt.«

Ich will nicht warten. Ich will nähen, sofort! »Können Sie mir denn eine Nähmaschine empfehlen?«

Die Verkäuferin, die ein Geschäft wittert, lässt den Blick über meine Markenkleidung wandern, dann führt sie mich zu einem Modell, das direkt im Schaufenster steht. Dort erklärt sie mir, was man damit alles anstellen kann und warum es genau die richtige Maschine ist. Doch sie sagt mir nicht zu. Ich weiß nicht, was es ist, doch ich weiß, dass ich eine andere möchte. Gerade als ich das sagen will, ertönt die Klingel, die ich beim Reinkommen gar nicht wahrgenommen habe, und vor uns steht ein großer Mann. Er hat dunkle Haut und braune Augen. Sein durchtrainierter Körper verspricht, dass er es mit jedem aufnehmen kann, der sich mit ihm anlegt, und irgendwie … irgendwie habe ich das Gefühl, diesen Mann schon einmal gesehen zu haben.

»Kann ich Ihnen helfen?«, fragt die Verkäuferin sofort, doch der Mann mustert mich intensiv. Sein Blick bleibt immer wieder an meinen Augen hängen, und er schüttelt den Kopf. Verdammt, ich habe vergessen, meine Sonnenbrille aufzusetzen! Was, wenn er von meinen Eltern geschickt wurde, um mich zurückzuholen? Oder wenn er einer ihrer Feinde ist und von meiner Existenz weiß? Panik steigt in mir auf, und ich blicke mich suchend um.

»Sarah?«, fragt der Mann vor mir, und ich zucke zusammen. Hat er mich eben wirklich Sarah genannt? Der Name, den ich in meinen Träumen so oft höre? Mein Körper beginnt zu zittern, und ich will plötzlich nur noch weg von hier. Will verschwinden und mich in Lincolns Arme flüchten. Denn er wird mich beschützen, wer auch immer das hier ist. Oder? Oder was, wenn er das nicht tun wird? Was, wenn er längst mit dieser Zoe abgezogen ist, um mit ihr …? Ich schaffe es nicht, diesen Gedanken zu beenden, denn wieder zerbricht mein Herz in tausend Stücke. Dazu die

Angst, die mich umfasst. Ohne auch nur eine Sekunde darüber nachzudenken, schmeiße ich das Regal um, das neben mir steht, um es schützend zwischen den Mann und mich zu bekommen, und renne nach draußen. Draußen ist so viel los, dass ich hoffe, ihm zu entkommen. Ich weiß nicht, wer er ist, doch er macht mir Angst. Auf eine ähnliche Weise, wie mir auch die Bilder in dem Atelier Angst machen. Doch warum? Und wenn er vielleicht doch ein Teil meiner Vergangenheit ist, wenn er mir vielleicht helfen könnte, das Puzzle in meinem Kopf zusammenzusetzen? Warum renne ich dann vor ihm davon?

»Sarah!«, ertönt irgendwo hinter mir der tiefe Bass dieses Mannes. Vom Alter her könnte er mein Vater sein. Er kann also kein Freund aus meiner Kindheit sein. Dazu kommt, warum verdammt noch mal nennt er mich Sarah? Verwechselt er mich mit jemandem? Ich kann es nicht sagen, doch ich renne weiter durch die Menschenmenge, bis ich um die nächste Ecke biege. Dort finde ich die Toiletten. Atemlos reiße ich die Tür auf, renne in eine Kabine und verstecke mich darin. Keuchend setze ich mich auf den geschlossenen Toilettendeckel, ziehe die Beine an den Bauch und beginne leise zu schluchzen. Ich hätte nicht weglaufen dürfen. Hätte weiter in meinem goldenen Käfig leben sollen, dann wäre von alldem nichts passiert. Ich wäre keinem Lincoln begegnet, der mir das Herz bricht. Ich hätte niemals diese Bilder gesehen, die mir Albträume bescheren. Und ich würde jetzt nicht vor diesem Fremden flüchten, der mich mit irgendeiner Sarah verwechselt. In meiner Panik versunken tue ich das Einzige, was mir in dieser Sekunde einfällt. Ich greife nach dem Handy in meiner Hosentasche und wähle die Nummer meiner Mutter.

»Alissa Perez?«

Allein, ihre Stimme zu hören, beruhigt mich, dennoch schluchze ich ins Telefon. Sofort höre ich, wie sie die Luft einzieht.

»Lizzy, bist du das?«

Wieder schluchze ich, bevor ich die Luft anhalte, um nicht in Heulen auszubrechen. Gerade ist mir einfach alles zu viel.

»Lizzy! Wenn du das bist, sag mir, wo du bist! Ich werde dich holen, und dann wird alles wieder gut!«

»Mum, wer ist Sarah?«, frage ich mit stockender Stimme. Meine Mutter schweigt eine ganze Weile, bevor sie antwortet.

»Wo hast du den Namen gehört?«

»Ein Mann. Er hat mich gerade gesehen und mich Sarah genannt.«

»Ist er bei dir?«, will sie wissen, und ich höre die Panik in ihrer Stimme. Sie weiß also, was es mit diesem Namen auf sich hat.

»Nein, ich bin davongelaufen.«

»Gracias a Dios!«, flüstert sie. »Lizzy, sag mir, wo du bist! Dieser Mann, er könnte sehr gefährlich für dich sein!«

»Ich …«, setze ich an, als ich höre, wie sich die Tür zu den Toiletten öffnet. Schwere Schritte sind zu hören, und ich halte die Luft an und presse mir die Hand vor den Mund. Um mich nicht zu verraten, lege ich auf und drücke so lange auf den Ausschaltknopf, bis das Display meines Handys erlischt. Womit ich nicht gerechnet habe, ist, dass gerade das Ausschalten des Handys einen Ton von sich gibt, dabei wollte ich doch verhindern, dass mich jetzt jemand anruft und damit verrät! Dass Lincoln vielleicht ausgerechnet jetzt bemerkt, dass ich nicht mehr an seiner Hand hänge, und er nach mir sucht.

Die Tür zu meiner Kabine wird aufgerissen, und ich unterdrücke einen panischen Schrei. Erst ist mein Blick vor Tränen verschleiert, Angst umfängt mich und hält mich in ihren Krallen gefangen. Doch dann schließen sich Arme um mich, und ein Duft, den ich mittlerweile so gut kenne, umfängt mich.

»Shit, was ist denn geschehen? Ist es wegen Zoe?«

Zoe? Natürlich, die Blondine, die zu ihm gehört. Denn ich gehöre nicht zu ihm, er kann mich nicht lieben, und ich werde keine seiner Bettgeschichten werden. Dennoch schmiege ich mich enger an ihn und genieße den Schutz, den er mir damit bietet.

»Da war ein Mann«, flüstere ich und schlucke schwer. »Er hat mich verfolgt und …«

Wieder schluchze ich auf und hasse mich für meine Schwäche. Ich würde viel lieber stark sein. So stark wie die Frau, die ich ab und an in meinen Träumen sehe.

»Hat er dir was gesagt?« Lincoln klingt unendlich wütend, doch ich schüttle den Kopf.

»Nein, er hat mich nur verfolgt.«

Das Zischen, während die Luft aus seinen Lungen weicht, ist nicht zu überhören, und mir wird bewusst, dass all seine Muskeln zum Bersten gespannt sind. Sein Körper ist härter, als ich ihn je erlebt habe.

»Kannst du laufen?«, fragt er ruhig, und ich überlege, was ich darauf sagen kann. Denn ich weiß nicht, ob meine Beine mich tragen. Jeder Muskel in meinem Körper hat sich verkrampft, und noch immer zittere ich wie Espenlaub.

»Ich glaube schon«, gebe ich dann aber von mir und lasse mir von Lincoln aufhelfen. Einen Moment mustert er mich, dann seufzt er leise. »Mach mir bitte nie wieder solche Angst. Ich hab dich in der ganzen Mall gesucht, und nur durch Zufall hat dich einer meiner Freunde hier reinlaufen sehen.«

Er hat mich gesucht? Aber … »Ich dachte, du bist mit Zoe beschäftigt. Ich wollte euch nicht stören«, gebe ich spitz zurück und fühle, wie meine Kraft langsam zurückkommt.

Lincoln mustert mich intensiv, dann seufzt er. »Da läuft nichts mit Zoe. Nicht mehr.«

»Ist es ihre Unterwäsche, die in deiner ganzen Wohnung verstreut herumlag?«, will ich wissen und lehne mich gegen die Wand. Dabei versuche ich mir nicht vorzustellen, wie eklig die Wände hier sind.

»LP, das ist doch nicht wichtig. Lass mich dich von hier fortbringen und dann rausfinden, wer dieser Mann war, der dich verfolgt hat.«

Erst will ich widersprechen, doch dann nicke ich. Lincoln greift nach meiner Hand, und das Gefühl schmerzt, während es genau das ist, was ich gerade brauche. Das Wissen, dass er für mich da ist, auch wenn wir niemals ein Paar sein können, da ich nicht mit einem Mann zusammen sein kann, der mich nicht liebt. So führt er mich aus den Toiletten raus, in das Getümmel der Mall.

Der Duft von fettigem Essen steigt mir in die Nase, das laute Geplapper der Menschen um uns herum betäubt meine Ohren. Ich weiß nicht, warum, doch gerade ist mir das hier alles zu viel. Zu viele Eindrücke, zu laut und vor allem zu voll. Lincoln scheint zu merken, dass es mir nicht gut geht, denn er zieht mich enger an sich, legt seinen Arm um meine Hüfte und schützt mich damit vor den Menschen um uns herum. So führt er mich zu den Parkplätzen, wo K.I.T.T. auf uns wartet. Bei dem Gedanken, wie ich vorhin lachen musste, als ich sein Auto gesehen habe, wird mir etwas leichter ums Herz, und ich entspanne mich.

»Besser?«, fragt Lincoln, und ich nicke.

»Ja, jetzt schon.«

Es stimmt. Hier ist es ruhiger, hier sind nicht so viele Eindrücke und Menschen. Nur die leise Musik, die aus den Lautsprechern über uns kommt.

»Dann los, ich bring dich nach Hause.«

Nach Hause. Ich weiß, dass er damit seine Wohnung meint, und der Gedanke daran, dass er es im Zusammenhang mit mir so nennt, erwärmt mich von innen. Doch gerade als wir sein Auto erreichen, quietschen hinter uns Reifen, und vier Männer, die in schwarze Anzüge gekleidet sind, springen aus zwei schwarzen Limousinen. Im ersten Moment fürchte ich, es wären Männer, die zu dem Fremden gehören. Doch dann steigt mein Vater aus dem Wagen und mustert mich wütend.

»Lizzy Perez, steig sofort in den Wagen ein!«, wettert er, und ich klammere mich panisch an Lincolns Arm fest.

»Dad«, hauche ich leise und wünschte, ich könnte verschwinden. Ich wünschte, ich könnte einfach zu Lincoln in den Wagen steigen und mit ihm in seine Wohnung fahren. Doch das ist unmöglich. Nicht nachdem sie mich gefunden haben.

»Nichts *Dad!*«, donnert er, und ich weiß, dass es kein Zurück gibt.

»LP«, flüstert Lincoln und drückt meine Hand ganz fest. »Ist das dein Vater?«

Wortlos nicke ich und halte die Luft an. Die Miene meines Vaters ist steinhart, seine Muskeln beben. So wütend habe ich ihn noch nie gesehen, und ich weiß, dass es mir leidtun wird, abgehauen zu sein.

»Lass meine Tochter los oder du wirst es bereuen!«, geht er nun gegen Lincoln, und ich will meine Hand schon aus seiner befreien. Doch Lincoln drückt sie nur noch fester und zieht leicht an ihr, sodass ich ihn ansehe.

»Ich werde einen Weg finden, dich wiederzusehen«, flüstert er so leise, dass nur ich ihn verstehen kann. Tränen treten mir in die Augen, und dann setzt Lincoln sein übliches, überhebliches Lächeln auf und lässt mich los. Mit dem Kopf nickt er zu meinem Vater, dann wendet er sich von mir ab und setzt sich in sein Auto. Und ich fühle mich unendlich allein und einsam.

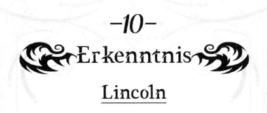

–10–
Erkenntnis
Lincoln

Voller Wut hämmere ich auf mein Armaturenbrett ein, als die schwarze Limousine vor einem Lokal hält. Dort steigen zwei der Männer aus, die Limousine schließen sie ab und lassen sie am Straßenrand stehen. Verdammt, ich habe mich für das falsche Auto entschieden! Ich bin bis draußen gefahren und habe am Seitenstreifen gewartet, bis die Autos herauskamen. Natürlich bin ich ihnen gefolgt, doch schon an der ersten Kreuzung sind sie getrennte Wege gefahren, und ich musste innerhalb von Sekunden entscheiden, welchem der beiden Wagen ich folgen sollte. Natürlich hatte ich keine Ahnung, in welchem LP sitzen würde, da war es auch egal, dass es sich um zwei identische BMW mit getönten Scheiben handelte. Also bin ich dem vorderen gefolgt, denn Security fährt im Normalfall immer hinten. Doch ich habe mich getäuscht, und jetzt habe ich den Salat. Sie ist weg, und wenn ich richtigliege, werden sie nicht noch einmal zulassen, dass sie flieht. Auch wenn sie mit achtzehn Jahren volljährig ist, diese Menschen werden sie nicht einfach gehen lassen, wenn es so weit ist. Sie werden sie weiter in diesem goldenen Käfig gefangen halten, wie sie es selbst genannt hat, und ich werde nichts dagegen tun können. Denn ich habe keine Ahnung, wohin sie sie gebracht haben könnten.

Das Klingeln meines Telefones reißt mich aus den düsteren Gedanken, und einen Moment hoffe ich, es könnte LP sein. Doch als ich auf das Display blicke, erkenne ich Lucas Nummer.

Eigentlich habe ich keine Lust, mich mit ihm zu unterhalten, doch eine Wahl habe ich auch nicht.

»Hi Luca«, grüße ich den alten Mann also und bin erstaunt, wie gut es tut, seine Stimme zu hören. Vielleicht findet er einen Weg, an LP ranzukommen, wenn er erst wieder da ist.

»Lincoln, du musst mir einen Gefallen tun. Und es ist topsecret.«

Ich will genervt aufstöhnen, unterdrücke dieses Bedürfnis aber. Ich weiß, selbst wenn ich den Männern, die hier ausgestiegen sind, einen Monat folge – sie würden mich nie zu LP führen. Sie sind Profis, natürlich muss ich ihnen aufgefallen sein. Mein Wagen ist ja auch nicht grad zu übersehen.

»Worum geht es?«, will ich wissen und lehne den Kopf gegen die Nackenstütze. Wann verdammt noch mal habe ich mich das letzte Mal so scheiße gefühlt?

»Du musst Isa und Noel vom Flughafen abholen. Ihr Flieger landet in einer Stunde.«

Allein die Erwähnung dieser beiden Namen lässt mich hochfahren. »Isa und Noel? Aber ich dachte …«

»Ja, das denken alle. Doch sie leben, und Noel ist auf der Suche nach seiner Schwester. Er dachte bis vor zwei Tagen, sie sei bei einer Explosion ums Leben gekommen. Doch das ist sie nicht, und jetzt ist er auf dem Weg hierher, um sie zu finden.«

Die Puzzlestücke setzen sich wie automatisch vor meinen Augen zusammen, und ich ziehe scharf die Luft ein. »Noel. Luca, die Bilder im Atelier. Das sind seine Augen, oder?«

»Ja«, brummt Luca. Ich kann hören, dass er im Auto sitzt, wahrscheinlich ist er auf dem Weg hierher.

»Sarah«, flüstere ich, und alles ergibt plötzlich Sinn. Verdammt, die Augen! Es hätte mir gleich bewusst sein müssen.

»Genau, das ist seine Schwester.«

»Nein, verdammt!«, brülle ich und lasse meiner Wut freien Lauf. Lange hatte ich nicht mehr solch eine Wut auf die Welt. »Sie wusste nichts mit dem Namen anzufangen! Mit nichts weiß sie etwas anzufangen, denn sie hat ihr Gedächtnis verloren!«

»Junge, ich verstehe kein Wort von dem, was du faselst.«

»Sie hat die gleichen grünen Augen und aschblondes Haar. Sie sieht aus wie ein Engel oder wie eine verschissene Prinzessin!«

Little Princess. Meine Kleine ist meine verschissene kleine Prinzessin, und ich Arsch sage ihr vorhin, dass ich niemals jemanden lieben würde. Dabei hat sie mich längst in ihren Bann gezogen, doch ich Penner hatte zu große Angst vor dem, was kommen würde, wenn sie mich verlässt. Und genau das ist jetzt eingetroffen. Sie hat mich verlassen, auch wenn es nicht aus freien Stücken war. Doch nicht nur das, sie ist die Schwester einer der gefürchtetsten Männer hier in der Stadt. Ein Mann, dessen Namen ich schon so oft gehört habe, den ich selbst aber noch nie gesehen habe. Nate Camillo.

»Hast du sie gesehen?«, fragt Luca, und ich kann hören, wie er scharf die Luft einzieht.

»Sie wurde vor einer halben Stunde aus meinen Armen gerissen. Und sie hat keine Ahnung, wer sie wirklich ist.«

Eine Stunde später stehe ich am Flughafen und warte. Ich weiß nicht, wie der Mann aussieht, dem ich gleich begegnen werde. Doch ich weiß, dass er zu einer der gefürchtetsten Familien in New York gehört. Dabei stehen die Camillos unter dem Ruf, die gerechtesten Mafiosi in ganz Amerika zu sein. Dennoch fürchtet sich jeder vor ihnen, denn wer gegen ihre Regeln verstößt, landet mit einer Kugel im Kopf auf dem Grund irgendeines verschissenen Sees. Wäre Luca damals nicht gewesen, hätten sie mir bestimmt irgendwann eine Kugel in den Kopf gejagt, so wie ich drauf war. Und auch jetzt fürchte ich, werde ich so enden. Denn ich Idiot hab das Offensichtliche nicht sehen wollen. Dabei habe ich die Bilder von diesen Augen jahrelang vor meiner Nase gehabt. Immerhin hängt eins dieser Gemälde noch heute in Lucas Galerie. Unverkäuflich, versteht sich. Hätte ich doch nur eins und eins zusammengezählt. Hätte ich doch nur versucht, LP mehr dabei zu helfen, ihr Gedächtnis wiederzufinden. Wäre ich Idiot doch nur nicht mit ihr in die verkackte Mall gegangen. Doch jetzt ist es zu spät, und ich fürchte, ich werde nie wieder Zeit mit ihr verbringen können. Sollte Noel sie finden, wird er sie bestimmt nicht allein auf der Straße rumlaufen lassen oder mit einem Nichts wie mir Zeit verbringen lassen. Ich könnte ja fragen, ob ich zu ihrem Schutz abgezogen werden kann. Meine Kampferfahrung würde mir zugutekommen. Doch nachdem ich sie vor nicht einmal drei Stunden verloren habe, würde mir wohl niemand diese Aufgabe anvertrauen.

Aus den Augenwinkeln nehme ich eine Bewegung wahr und wende mich um. Ich brauche nicht zu überlegen, wen ich vor mir habe, als der Mann und die Frau direkt auf mich zusteuern. Die Ähnlichkeit ist nicht zu übersehen, die Augen noch weniger.

Während der Mann mich finster mustert, schenkt mir die Frau ein Lächeln.

»Bist du Lincoln?«, fragt Noel, woraufhin ich nicke.

»Ja, der bin ich. Ich bringe euch zu eurer Wohnung.«

Eigentlich ist es meine verschissene Wohnung. Seit drei Jahren. Doch jetzt muss ich sie räumen, weil niemand wissen darf, dass die beiden da sind. Nicht einmal sein Bruder ist eingeweiht, wie Luca mir erklärt hat. Sie wollen ihm keine unnötigen Hoffnungen machen, bis sie LP gefunden haben. In der Zwischenzeit werde ich es mir auf einem Klappbett in einem der Nebenzimmer der Galerie bequem machen.

»Du weißt, worum es geht?«, fragt Noel, und wieder nicke ich. Ich soll ihm nicht sagen, dass ich LP bei mir hatte, bis wir in der Wohnung sind. Luca wird in einer halben Stunde da sein, und er will nicht riskieren, dass Noel aufbricht und alle in Gefahr bringt. Doch im Ernst, Noel ist so auffällig, die ganze Stadt wird bald wissen, dass er von den Toten zurückgekehrt ist. Dazu muss er sich nur zweimal auf offener Straße bewegen.

»Deine Schwester.«

Noel nickt, ebenso wie Isa, die Frau an seiner Seite. Ich frage mich, ob die beiden verheiratet sind, kann aber keinen Ring an ihrem Finger entdecken. Also öffne ich die Tür von K.I.T.T. und lasse sie hinten einsteigen. Ich hätte erwartet, dass Noel vorne sitzt, doch er lässt Isa nicht aus den Augen, als hätte er Angst, ihr könnte hier etwas zustoßen. Den Weg zu meiner Wohnung schweigen wir uns an. Nur im Rückspiegel sehe ich, wie Noel Isa immer wieder Blicke zuwirft, sie in seinen Armen hält und ab und an küsst. Mein Herz verkrampft sich bei dem Gedanken, dass ich LP vorhin noch so geküsst habe. Ich fürchte, wenn Noel das herausfindet, bin ich sowieso ein toter Mann.

In meiner Wohnung blicken sich die beiden interessiert um. Klar, sie selbst haben hier eine Weile gewohnt. Beziehungsweise Isa, Noel war offiziell nur zu Besuch. Ich überlege, ob ich sie doch schon auf LP ansprechen soll, doch gerade in dem Moment öffnet sich die Tür, und Luca tritt ein.

»Noel, Isa.« Der Mann ist distanziert, irgendetwas Seltsames liegt in der Luft, das man kaum übersehen kann.

»Luca, danke, dass wir hier unterkommen.« Es ist Isa, die das Eis durchbricht, indem sie zu Luca geht und ihn in die Arme schließt. »Schön, dich wiederzusehen.«

Einen Moment steht Luca wie versteinert da, dann schließt er seine Arme um sie und küsst sie auf die Wange. »Bist du mir noch böse?«

Isa schüttelt den Kopf. »Nein, immerhin hast du dafür gesorgt, dass Eric so seine gerechte und schlimmste Strafe überhaupt bekommen hat.«

»Das stimmt«, mischt sich Noel ein und schlägt dem Mann freundschaftlich auf die Schulter. »Schön, dich zu sehen, alter Mann.«

»Werd mir hier mal nicht zu vorlaut, immerhin bin ich dank unserem Freund hier schon ein Stück weiter als ihr.«

Das ist dann wohl der Moment, der über Leben und Tod entscheiden wird. Nämlich über mein Leben oder meinen Tod.

»Ach ja?« Noel richtet seine Aufmerksamkeit auf mich, während ich mich räusper und aufrecht hinstelle. Lange habe ich mich nicht mehr so gefühlt. Wie ein kleiner Junge im Büro des Rektors. Dabei war ich zwischendurch einer der besten Streetkämpfer der Stadt und habe mir schon mit zehn nichts mehr sagen lassen.

Ich hole mein Handy raus und öffne die Galerie. Als Hintergrundbild erscheint LP, wie sie mir lachend die Zunge rausstreckt, dabei die Gabel mit Pasta in der Hand. Sie liebt Pasta, ebenso wie Erdbeer- und Vanilleeis mit Smarties. »Ist sie das?«, frage ich und wünsche mir fast, er würde Nein sagen.

Aus Noels Kopf weicht alles Blut, und er krallt sich an Isas Hand fest. »Wo hast du das her?«

»Sie ist mir vor knapp über einer Woche auf der Straße begegnet. Eine Ausreißerin, die mitten in der Nacht im strömenden Regen allein unterwegs war. Ich hab sie mit hierhergenommen und mich um sie gekümmert.«

Noel reißt mir das Handy aus der Hand und mustert sie eindringlich. Dann flackert sein tödlicher Blick zu mir, und ich weiß, all seine Wut richtet sich gegen mich. »Wo ist sie?!«

»Seit heute wieder bei ihren vermeintlichen Eltern. Die haben sie heute in der Mall aufgegriffen.«

Noel beginnt zu zittern, nur Isa, die ihre Hand besänftigend auf seinen Oberarm legt, hält ihn davon ab, vollkommen die Kontrolle über sich zu verlieren. »Hast du ihr etwas angetan, während sie hier war?«

Einen Moment schließe ich die Augen, um mich zu sammeln. Wie verdammt noch mal erkläre ich ihm, was da zwischen uns lief? Ich meine, ich weiß ja selbst nicht, was das war. Normalerweise lasse ich nichts anbrennen. Ich nehme mir die Frauen, wenn ich sie will, und sie mich. LP wollte mich, doch sie war noch nicht bereit dafür, und ich hätte niemals etwas getan, das sie verletzen könnte.

»Ich würde ihr nie etwas antun, sie ist etwas Besonderes.«

Noch bevor ich weiterreden kann, klingelt Lucas Handy, was mir einen Moment Zeit gibt, mir weitere Worte zu überlegen.

»Pietro, was gibt es?« Luca lauscht einen Moment, dann richtet er seine Aufmerksamkeit auf mich. »Ihr wart heute in der Mall, oder?«

Ich nicke. »Verdammt, Pietro hat sie gesehen, doch dann ist sie vor ihm davongelaufen. Er hat bis eben noch nach ihr gesucht.«

Diesmal kann Isa Noel nicht zurückhalten, und er rammt seine Hand auf den Wohnzimmertisch, der unter der Wucht zerbricht. »Warum verdammt noch mal taucht sie plötzlich überall auf, nachdem sie die letzten sechs Jahre verschollen war?«

»Weil sie ihr Gedächtnis verloren hat, glaubt, dass sie Lizzy heißt, und bei Menschen lebt, die sie nicht auf die Straße lassen. Die sie von der Öffentlichkeit abschotten.«

Jetzt liegt alle Aufmerksamkeit auf mir, doch es ist Isa, die einen Schritt auf mich zukommt. »Hat sie dir mehr über ihr Leben erzählt? Haben sie … Wurde sie wenigstens gut behandelt?«

Ich schlucke schwer, als mir einfällt, unter welchen Albträumen sie leiden musste. Und heute Nacht kann ich nicht bei ihr sein, um sie zu halten. Um ihr zu versichern, dass alles wieder gut wird. »Ich glaube, sie haben ihr nie etwas angetan. Doch seit sie oben die Bilder von Noels Augen gesehen hat, schien sich etwas zu verändern. Sie bekam Albträume und konnte sie nicht einsortieren. Sie hat immer wieder versucht, sich an ihre Kindheit zu erinnern, doch es wollte ihr nicht gelingen, und das hat sie fertiggemacht.«

»Hat sie etwas hiergelassen?«, fragt Noel, und ich nicke. Ohne darüber nachzudenken, führe ich ihn ins Schlafzimmer und öffne den Schrank, den ich für LP geräumt habe. »Das sind all ihre Sachen. Dazu noch die Tasche in der Ecke da hinten, da hat sie, glaube ich, einiges an Geld drin.«

Instinktiv greife ich in meine Tasche und ziehe meinen Geldbeutel heraus, um Noel LPs Geld zu geben. Ich wünschte, sie hätte es weiter in ihrer Hose, dann hätte sie wenigstens diese Sicherheit.

»Was ist das?«

»Geld von ihr. Ich habe es für sie eingesteckt, weil sie keine Tasche hatte. Wir wollten eigentlich heute eine kaufen.« Nur dass sie keine gefunden hat, die ihr gefallen hätte.

Noel greift danach und schließt die Augen. »Würdest du mich einen Moment allein lassen?«

Ich nicke, dann verlasse ich das Zimmer und geselle mich zu Isa und Luca, die sich leise unterhalten. »Verdammt«, flüstert Luca, und sie nickt. »Wann wirst du es ihm sagen?«

»Wenn das hier überstanden ist. Hoffentlich, wenn Sarah endlich wieder bei uns ist.«

»Du solltest es ihm gleich sagen. Er hat ein Recht darauf, es zu wissen.«

»Er würde mich nicht aus den Augen lassen und könnte sich nicht auf Sarah konzentrieren. Vielleicht würde er mich sogar wegschicken, damit könnte ich gerade jetzt nicht leben. Also nein, ich werde es ihm noch nicht sagen.«

Damit sie nicht denken, ich würde sie belauschen, komme ich mit extra lauten Schritten auf sie zu. Dennoch frage ich mich, worüber sie gesprochen haben.

»Lincoln, hatte sie irgendwelche elektronischen Geräte bei sich?«, will Luca sofort wissen und blickt sich suchend bei mir um.

»Sie hat nichts mit hierhergebracht. Aber ich habe ihr heut ein Handy geschenkt, das sie allerdings ausgemacht hat, als sie sich vor einem Mann versteckt hat.«

Jetzt ergibt alles Sinn. Der Mann muss der sein, der Luca vorhin angerufen hat. Hätte er sie doch erwischt, sie wäre jetzt endlich bei ihrer Familie.

»Also hat sie die Möglichkeit, dich zu erreichen, wenn sie allein ist?«

Das habe ich mir auch schon erhofft. »Wenn sie es ihr nicht abnehmen, ja.«

»Das ist gut. Dann sollten wir dich und dein Handy nicht aus den Augen lassen. Und Scott sollte dein Handy gleich verkabeln, damit er ihren Anruf zurückverfolgen kann, wenn sie sich meldet.«

Ja, wenn. Immerhin war ich heute der Arsch, der ihr gesagt hat, dass er nicht beziehungsfähig ist. Und das, obwohl es mich schon jetzt zerreißt, dass sie nicht mehr hier ist. Wie konnte es ihr gelingen, sich in so wenigen Tagen in mein Leben zu schleichen? Mich so um den Finger zu wickeln, dass ich mir über meine eigenen Worte unsicher bin? Denn, im Ernst, ich würde ihr gerade alles versprechen, wenn sie nur zu mir zurückkommen würde. Nur dass es nicht ihre Entscheidung ist und es vielleicht nie wieder ihre sein wird. Nicht wenn sie in diesen Kreisen lebt.

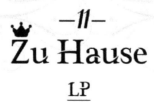

-11-
Zu Hause

LP

Es zerreißt mir fast das Herz, als ich sehe, wie Lincoln in seinen Wagen steigt und davonfährt. Das war es also. Ich werde ihn nie wiedersehen, werde nie wieder seinen Duft um mich haben oder seine Lippen auf meinen spüren. Tränen brennen hinter meinen Augen, doch ich schlucke sie runter und steige zu meinem Vater ins Auto. Er sagt kein Wort, blickt mich einfach nur wütend an, und ich weiß, zu Hause werde ich mir etwas anhören müssen.

Ich kann es ja verstehen. Ich weiß, dass sie sich Sorgen gemacht haben. Doch können sie nicht verstehen, dass ich einfach nur leben möchte? Dass ich eine einfache Jugendliche sein möchte, die ihre Erfahrungen sammelt? Selbst wenn ihr dabei das Herz gebrochen wird? Denn ja, in dem Moment, in dem Lincoln meine Hand losgelassen hat, ist mein Herz in tausend Stücke zerbrochen. Klar, er hat gesagt, er wird einen Weg finden, mich wiederzusehen. Ich habe nur keine Ahnung, wie ihm das gelingen soll. Er weiß ja nicht einmal, wer ich wirklich bin, wer meine Eltern sind oder wo wir wohnen. Selbst mit meinem Namen wird er nicht weiterkommen, da nur wenige Menschen wissen, dass wir wieder hier leben. Außerdem wird er mich bald vergessen. Er hat genug Ablenkung, er wird sich bald wieder lieber dieser Zoe widmen, die ihm so viel mehr geben kann als ich. Nicht nur dass er mit ihr ins Bett steigen kann. Sie ist frei, ist in der Lage, tun und lassen zu können, was sie will.

»Sir, der junge Mann, bei dem Lizzy war, folgt uns.«

Die Stimme des Fahrers dringt zu uns nach hinten, und mein Herz macht einen Satz. Voller Hoffnung drehe ich mein Gesicht nach hinten und erkenne, dass sie recht haben. Nur zwei Autos hinter uns sehe ich K.I.T.T., und fast huscht ein Schmunzeln über meine Lippen. Ob er sein Auto wirklich immer K.I.T.T. nennt oder ob er es nur vorhin gemacht hat, um mich zum Lachen zu bringen?

»Sag dem Fahrer vor uns, er soll an der nächsten Kreuzung rechts abbiegen. Mal schauen, welchem Auto er dann folgt. Wenn alle Stricke reißen, ruft Alec, der soll ihn dann von der Straße abdrängen. Ich möchte nicht, dass irgendwer weiß, wo wir leben.«

Ein kalter Schauer läuft mir über den Rücken, und ich blicke meinen Vater entsetzt an. »Nein«, hauche ich. »Du darfst ihm nichts tun!«

Mein Vater blickt mich aus eisigen Augen an, und ich frage mich, ob er mich je anders angesehen hat. »Das ist nur deine Schuld. Wärst du nicht davongelaufen, hätten wir dich nicht in der ganzen Stadt suchen müssen. Und jetzt halt die Klappe, mit dir werde ich mich zu Hause beschäftigen!«

Die Angst, die in mir aufsteigt, wird übermächtig, und ich kann die Tränen nicht mehr zurückhalten. »Bitte!«, schluchze ich und knie mich neben meinen Vater. »Bitte tu ihm nichts, er hat doch nichts getan! Er hat sich doch nur um mich gekümmert.«

Ein diabolisches Lächeln huscht über seine Lippen, und er wirft einen Blick über seine Schulter. »Dann bete, dass er dem falschen Wagen folgt.«

Ein Schluchzen schüttelt mich, und ich drehe mich zur Heckscheibe. Meine Arme schließe ich um meinen Körper, während ich zu beten beginne. Wie sollte ich es mir verzeihen, wenn Lincoln meinetwegen etwas geschehen würde? Wie sollte ich je wieder in den Spiegel blicken können, wenn mein Vater ihm etwas antut?

An der nächsten Kreuzung halte ich die Luft an und schließe die Augen. Ich kann einfach nicht hinsehen, will mir nicht ausmalen, was geschieht, wenn Lincoln unserem Auto folgt. Also warte ich, ohne zu wissen, worauf. Wenn ich wissen will, wie es weitergeht, muss ich hinschauen. Doch ich traue mich nicht.

»Du hast noch mal Glück gehabt«, ertönt die raue Stimme meines Vaters, und ich reiße die Augen weit auf. Ich kann Lincoln nicht mehr hinter uns sehen. Er ist weg. Das Schluchzen, das sich nun aus meiner Kehle löst, ist übermächtig. Erleichterung, weil er nun in Sicherheit ist. Aber auch Verzweiflung. Ich werde ihn nie wiedersehen. Werde niemals erfahren, ob er mich vielleicht doch lieben könnte, wie es sich ein Teil in mir so sehr wünscht. Liebe. Ein so großes Wort, und doch weiß ich nicht, ob es ein anderes Wort für das gibt, was ich für ihn empfinde. Dabei bin ich doch gerade mal sechzehn Jahre alt. Habe nichts in meinem Leben erlebt. Werde wohl auch niemals etwas erleben.

Zwanzig Minuten später fahren wir in die Einfahrt unseres Grundstückes. An der Tür steht meine Mutter, die hoffnungsvoll zu uns blickt, und mir zieht sich das Herz zusammen. Ich weiß, dass ich ihr großen Kummer bereitet habe. Und doch kann ich es nicht bereuen und weiß, ich würde es wieder tun. Als wir halten, springe ich aus dem Wagen und renne meiner Mutter in die Arme, die sie fest um mich schließt. Ihr vertrauter und doch so fremder Duft steigt mir in die Nase, und wieder beginne ich zu schluchzen.

»Hat dir jemand was getan?«, fragt sie mit ruhiger Stimme, die ich nicht anders kenne.

»Nein«, hauche ich, und sie löst sich von mir. Ihre Augen wirken leer, und irgendwie habe ich das Gefühl, dass sie die letzte Woche älter geworden ist.

»Gut. Dann geh auf dein Zimmer. Ich muss etwas mit deinem Vater besprechen.«

»Mum«, schluchze ich und weiß doch nicht, was ich von ihr erwarte. Vielleicht einfach, dass sie mich hält und mir versichert, dass alles gut werden wird?

»Nein, nicht jetzt! Du bist einfach davongelaufen, dabei hast du keine Ahnung, was geschieht, wenn dich die falschen Leute in die Finger bekommen. Damit hast du nicht nur dein Leben riskiert, auch das von deinem Vater und mir. Also, geh!«

Mit dem Handrücken fahre ich mir über die Augen, dann renne ich durchs Haus. Mein Zimmer ist im oberen Stockwerk, und das Erste, was ich sehe, ist, dass mein Computer nicht mehr auf meinem Schreibtisch steht. Schnell renne ich zu meinem Nachttisch und suche mein Handy, doch auch das ist verschwunden. Ebenso wie mein Tablet. Sie haben mir alles genommen. Jede Möglichkeit, Kontakt zur Außenwelt aufzunehmen.

In dem Moment fällt mir das Handy ein, das mir Lincoln geschenkt hat. Panisch werfe ich einen Blick zur Tür, bevor ich es aus der Hosentasche ziehe und in den Schutzbezug meiner Matratze stecke. Der Bezug ist so dick, dass hoffentlich niemand den Abdruck des flachen Smartphones sieht, das nun auf der Unterseite der Matratze gesichert ist. Jetzt bin ich Lincoln unendlich dankbar, dass er es mir geschenkt hat. So kann ich ihm wenigstens eine letzte Nachricht schicken und mich von ihm verabschieden.

Gerade als ich wieder an meinem Schreibtisch ankomme, öffnet sich die Tür, und mein Vater kommt herein. War er vorhin schon wütend, kocht er jetzt regelrecht.

»Wem bist du alles begegnet?« Seine Stimme ist leise, zu leise.

»Ich … Ich weiß nicht. Eigentlich nur Lincoln.« In dem Moment, in dem ich den Namen ausspreche, bereue ich es. Ich möchte meinen Vater nicht auf seine Spur bringen, möchte ihn nicht unnötig in Gefahr bringen.

»Und wer war dieser Mann in der Mall, vor dem du davongelaufen bist? Hat er dich erkannt?«

Mein Vater kommt einen Schritt auf mich zu. Am liebsten würde ich zurückweichen, doch ich habe den Tisch schon im Rücken. »Nein«, wispere ich und weiß, dass meine Stimme zu leise ist. »Er hat keine Ahnung, wer ich bin. Er hat mich mit einer Sarah verwechselt.«

Der Schlag kommt ohne Vorwarnung und trifft mich mitten ins Gesicht. Tränen rinnen mir über die Wangen, während ich meine Hand fest auf die Stelle drücke, die er getroffen hat. Schon jetzt habe ich das Gefühl, dass meine Wange anschwillt. Dann folgt der nächste Schlag, der mich zu Boden schmettert. Dabei schramme ich mit dem Rücken über die Tischkante. Schwarze Punkte flackern vor meinen Augen, während mir die Luft wegbleibt. Als er mir auch noch in den Magen tritt, verliere ich vollkommen die Beherrschung. Ich schluchze und krümme mich auf dem Boden zusammen. Schmerzen fluten meinen Körper, meinen Bauch, und ich fürchte, dass ich gleich das Bewusstsein verliere.

»Solltest du so dumm gewesen sein, dich in der Woche schwängern zu lassen, wird sich auch dieses Problem damit erledigt haben!« Mein Vater beugt sich über mich, greift in meine Haare und reißt meinen Kopf nach hinten, damit ich ihn ansehen muss. Vor meinen Augen flimmert es, und die Tränen verschleiern meinen Blick. »Ich wusste von Anfang an, dass du uns nur Ärger bringen würdest. Sei froh, dass ich deine Mutter liebe. Wäre es anders, würde es dir jetzt noch schlechter gehen.«

Ein weiterer Schlag in meinen Bauch, dann lässt er mich auf dem Boden zurück. Nie wurde ich geschlagen, nie hat mir jemand so etwas angetan. Warum nur? Warum hasst er mich so sehr? Warum haben sie mich zurückgeholt, wenn ich ihnen doch nur eine Last bin? Es ist dieser Gedanke, der mich begleitet, als ich loslasse und mich der Dunkelheit ergebe. Nur am Rande meines Bewusstseins höre ich noch die leise Stimme meiner Mutter.

»Wärst du doch einfach nicht davongelaufen.«

Es ist mitten in der Nacht, als ich zu mir komme. Als ich die Augen öffne, ist mein ganzes Zimmer durchwühlt, alle Kleidungsstücke sind aus den Schränken gerissen und die Schubladen stehen offen. Ich liege auf dem Bett, während der Schmerz erneut von mir Besitz ergreift. Vor meinen Augen flackert das Bild meines Vaters, der mich hasserfüllt anblickt. Und die Stimme meiner Mutter. Keuchend vor Schmerzen setze ich mich auf. Noch immer schmerzt mein Bauch, und ich weiß, dass es nicht nur von seinem Tritt kommt. Ich müsste spätestens morgen meine Tage bekommen, und das heißt, dass ich dazu auch noch Regelschmerzen habe. Schwanger kann ich nicht sein, ich hatte ja keinen Sex. Doch allein, dass er so auf solch eine Nachricht reagieren würde, lässt mich würgen. Galle steigt mir die Speiseröhre herauf, und ich renne zu meinem Papierkorb. Ich muss den Inhalt nicht auf dem Boden ausschütten, um hineinkotzen zu können, das hat schon jemand anderes gemacht. Hustend übergebe ich mich in den Eimer und sehe, wie sich immer mehr Galle sammelt. Die Säure verätzt mir den Hals, und allein dieser Geschmack sorgt dafür, dass ich mich noch heftiger übergebe. Tränen brennen in meinen Augen, als sich die schubartigen Ergüsse langsam legen und sich mein Bauch entkrampft. Vorsichtig ziehe ich die Beine an mich und merke, dass ich nur noch in Top und Slip auf dem Boden liege. Irgendwer muss mir die Klamotten ausgezogen haben. Und dann fällt es mir wieder ein. Das Handy! Sie haben alles durchsucht, damit ich nicht irgendwie Kontakt mit der Außenwelt aufnehmen kann! So schnell ich kann, krabble ich zu meinem Bett und greife unter die Matratze. Ich werde das Handy nicht rausholen, zu groß ist die Gefahr, dass ausgerechnet jetzt jemand kommen und es sehen könnte. Doch als ich es ertaste, überkommt mich eine innere Ruhe. Was auch immer passiert, noch habe ich die Möglichkeit, Kontakt zu Lincoln aufzunehmen. Nicht heute und wahrscheinlich auch nicht morgen. Doch irgendwann werde ich mich bei ihm melden und ein letztes Mal seine Stimme hören. Denn das ist es, was ich mir über alles wünsche. Lincolns Nähe, seine besänftigende Stimme, die mich Kleines nennt und mich beruhigt, und sein Duft, der mich umfängt. Ich habe mich einfach viel zu schnell an ihn gewöhnt, habe ihn viel zu schnell in mein Herz gelassen. Da ich nicht glaube, jetzt auch nur ein wenig Schlaf zu finden, rapple ich mich auf und schleppe mich in mein Bad. Dort schalte ich das Licht ein und erschrecke, als ich mir selbst im Spiegel entgegenblicke. Mein linkes Auge ist geschwollen, die Haut gerötet, und an meinen Lippen klebt Blut. Ich hatte nicht mal mitbekommen, dass meine Lippe aufgeplatzt ist. Doch jetzt fühle ich auch diesen Schmerz und fasse mit den Fingern auf die kleine Wunde. Dabei erinnere ich mich daran, wie Lincoln mich immer geküsst hat. Wie er zärtlich mit seiner Zunge über meine Lippen gestreift ist, bis ich ihm Einlass in meinen Mund gewährt habe. Immer mehr Tränen rinnen mir über die Wangen. Ich wünschte mir so sehr, das hier wäre nicht mein Leben. Ich wünschte mir, ich wäre ein anderer Mensch, könnte vielleicht sogar diese Sarah sein, von der ich Nacht für Nacht träume. Doch wer soll mich jetzt halten, wenn ich wieder von dem Unfall träume? Wer wird mich beruhigen, wenn ich nicht zwischen Traum und Realität unterscheiden kann und mir die Schmerzen die Sinne rauben? Ich bin allein, werde es immer sein.

Denn aus dieser Hölle, die sich mein Zuhause nennt, gibt es kein Entkommen. Sie werden mich niemals gehen lassen. Wahrscheinlich werden sie irgendwann einen Mann für mich aussuchen, und ich werde ihm gehören, wie ich jetzt meinen Eltern gehöre.

Langsam ziehe ich mein Top über den Bauch und schluchze auf, als ich die roten Verfärbungen entdecke, die langsam in Blau übergehen. Mein Rücken sieht nicht besser aus, im Gegenteil. Dort, wo ich über die Tischplatte geschrammt bin, hat sich die Haut von den Knochen gelöst, der ganze Rücken ist mit getrocknetem Blut bedeckt. Und keinen interessiert es. Keiner hat sich auch nur im Ansatz um meine Verletzungen gekümmert, gerade so, als wäre ich ihnen egal.

Lincoln, warum nur mussten wir heute zur Mall fahren? Warum nur konnten wir den Tag nicht bei dir verbringen?

–12–
Geschäftspartner
LP

Die nächsten Tage ziehen an mir vorbei. Ich sitze nur an meinem Fenster und blicke nach draußen. Mein Privatlehrer kommt nicht mehr, und ich fürchte, er wird auch nicht mehr zu mir kommen. Warum auch, ich kann lesen und schreiben und brauche wohl nicht mehr Bildung, wenn ich das Haus doch niemals verlassen werde. Wenn ich hier mein Leben lang eingesperrt bin. Ein Leben, das mir so fremd ist, heute schlimmer als noch vor meiner Flucht. Es fühlt sich so unrealistisch an, als wäre das hier nicht mein Leben, sondern das Leben einer anderen.

Nacht für Nacht wache ich schreiend auf, erleide Panikattacken und weiß nicht, was Realität und was Traum ist. Lincoln hat mich immer schnell in die Realität zurückgeholt, doch ohne ihn … Es ist schrecklich. Ich fühle mich wie gefangen im falschen Körper. Immer wieder verfolgen mich diese grünen Augen und die Stimmen, die mich »kleine Prinzessin« nennen. Doch nur eine davon kenne ich, nur eine Stimme davon gehört wirklich zu meinem Leben. Die, die mich LP nennt und die mir versichert, dass Linc einen Weg finden wird, mich wiederzusehen. Doch wie will ihm das gelingen? Darf ich mir das überhaupt wünschen? Ich weiß nicht, was mein Vater machen würde, würde Lincoln hier auftauchen. Ich fürchte sogar, dass er ihn umbringen könnte, wenn Lincoln vor unserer Tür steht. Und das ist das Letzte, was ich will.

Immer wieder überlege ich, ob ich Lincoln endlich anrufen soll. Doch ich traue mich nicht, das Handy aus seinem Versteck zu holen. Zu groß ist die Angst, dass genau in dem Moment jemand mein Zimmer betritt und es mir entrissen wird. Meine letzte Hoffnung auf Kontakt zur Außenwelt. Mein letzter Halt. Wieder einmal schiele ich zu meinem Bett und träume davon, mit ihm zu telefonieren. Stelle mir vor, wie seine Stimme meine Seele streichelt, mir verspricht, dass alles wieder gut werden wird. Doch nichts wird gut werden.

Seufzend stehe ich auf und gehe ins Bad. Ein Blick in den Spiegel, und mir wird bewusst, dass mehr Zeit vergangen ist, als ich dachte. Die Blutergüsse in meinem Gesicht sind nur noch gelbliche Verfärbungen, der Riss in der Lippe ist komplett geheilt. Nur die Schrammen auf dem Rücken hindern mich nachts am Schlafen, weil es höllisch brennt, wenn ich mich daraufflege. Seufzend ziehe ich mich aus und stelle mich unter die kalte Dusche. Eigentlich mag ich keine Kälte, doch seit mein Vater mich so zugerichtet hat, tut sie gut. Denn sie spiegelt das, was ich empfinde.

»Lizzy?«, dringt die Stimme meines Vaters bis zu mir, und ich zucke zusammen. Ich habe mich noch nicht gewaschen, habe mich noch nicht mal eingeseift. Dennoch springe ich panisch aus der Dusche und schlinge mir ein Handtuch um die Brust. Gerade noch rechtzeitig, bevor er das Bad betritt und mich mit einem diabolischen Grinsen mustert. »Aus dir wird langsam eine ansehnliche Frau, das ist gut. Zieh dir was Schickes an und schmink dich, wir haben heute wichtigen Besuch!«

Ohne auf eine Erwiderung zu warten, verlässt er das Bad und lässt mich zitternd zurück. Seit wann darf ich bei ihnen sein, wenn sie Besuch empfangen? Bisher musste ich mich gerade dann immer im Verborgenen halten. Dass sich das nun augenscheinlich ändert, macht mir panische Angst. Dennoch lasse ich das Handtuch fallen, steige wieder unter die Dusche und wasche mich.

Eine Stunde später sehe ich aus wie ein neuer Mensch. Meine Haare fallen in großen Wellen über meine Schulter, und das Make-up überdeckt nicht nur die Blutergüsse, sondern auch die tiefen Augenringe. Gerade als ich nach einer Weste greife, die mir etwas mehr Wärme schenken soll in einer Welt voller eisiger Kälte, öffnet sich die Tür, und meine Mutter tritt ein. Die letzten Tage hat sie mich gemieden. Dass sie jetzt hier ist, spendet mir gleichermaßen Trost, wie es mich ängstigt.

»Gut, du bist fertig«, sagt sie ruhig. Doch sie kann mich nicht täuschen, in ihren Augen steht die Enttäuschung darüber, was ich getan habe, und auch ein Funken von Reue. Doch was bereut sie? Bereut sie, dass sie zugelassen hat, was mein Vater mit mir gemacht hat? Oder kommt heute noch mehr auf mich zu, von dem ich nicht einmal etwas ahne? Ich weiß es nicht, und ich werde auch nicht danach fragen.

»Ja, wie von mir verlangt.«

Sie zieht eine Augenbraue nach oben, sagt aber nichts dazu. Stattdessen greift sie nach meinem Arm und zieht mich mit sich. »Du wirst nichts sagen, wenn man dich nicht anspricht. Du wirst die besten Manieren zeigen, die wir dir beigebracht haben, und wenn du das nicht schaffst, werde ich den Zorn deines Vaters nicht noch einmal bändigen können.«

Ihre Worte bringen mich zum Lachen, was ich im gleichen Augenblick bereue, als sie an meinem Arm reißt und ich zu ihr herumgeschleudert werde. »Wag es nicht, dich so zu verhalten, wenn wir jetzt da reingehen«, giftet sie mich an, und ich halte die Luft an. Seit Tagen habe ich kaum ein Wort gesprochen, ich werde es auch die nächste Stunde schaffen, nichts zu sagen. Also nicke ich lediglich und senke den Kopf. Wann ist mein Leben zu dieser Hölle geworden? Ich würde ja sagen, erst nachdem ich davongelaufen bin, doch das wäre eine Lüge. Es hat schon davor begonnen, sonst wäre ich niemals auf die Idee gekommen, davonzulaufen.

So zufriedengestellt nickt sie und zieht mich weiter in den großen Speiseraum. Der Tisch ist reich gedeckt, und als wir den Raum betreten, stehen mein Vater und ein mir unbekannter Mann auf. Beide dürften im gleichen Alter sein, doch während mein Vater diesen südländischen Touch hat, der an mir vorbeigegangen ist, hat dieser Mann hier strahlend blaue, kalte Augen und ebenso blondes Haar wie ich. Um seine Lippen bildet sich ein sadistisches Lächeln, als er den Blick über meinen Körper wandern lässt, als wäre ich ein Stück Ware, das zum Kauf angeboten wird.

»Setz dich, Lizzy, und sag unserem Gast Hallo«, dröhnt die Stimme meines Vaters, und ich gehorche. Zuerst reiche ich dem fremden Mann die Hand und zucke zusammen. Denn seine Hand ist kalt wie Eis, als wäre er längst tot.

»Guten Abend«, grüße ich höflich, blicke meinem Gegenüber aber nicht in die Augen. Zu groß ist meine Angst, was ich darin sehen könnte. »Ich bin Lizzy und gerade erst sechzehn geworden.«

Warum ich ausgerechnet das erwähne, weiß ich nicht, doch ich kann ein leises Lachen von meinem Gegenüber hören. »Schön, dich kennenzulernen, Lizzy.« Meinen Namen spricht er mit einer gewissen Befriedigung aus, fast so, als würde er ein Geheimnis bergen, das ich nicht kenne. »Ich bin Cole, und ich denke, wir werden viel Spaß miteinander haben.«

Bei diesen Worten läuft es mir eiskalt den Rücken hinunter, und nun blicke ich doch auf. Coles Augen werden noch kälter, sein Händedruck fester, sodass es schon schmerzt. Mit einem diabolischen Lächeln beugt er sich zu mir herunter und drückt mir einen ekligen Kuss auf den Handrücken. Erst dann lässt er von mir ab, und ich atme erleichtert aus. Ohne noch irgendetwas zu sagen, setze ich mich auf den mir zugewiesenen Platz und hefte meinen Blick auf den Teller.

»Sie ist so schön, wie du sie beschrieben hast. Vor allem diese Augen, man sieht sofort, dass du die Wahrheit sagst.«

Die Wahrheit? Was meint er damit?

»Natürlich habe ich die Wahrheit gesagt«, antwortet mein Vater ruhig. »Und nun ist sie alt genug, um in die Welt entlassen zu werden. Es tut mir übrigens leid, dass unser Termin vor zwei Wochen geplatzt ist, es gab leider einige … Wie sollen wir es nennen? Diskrepanzen. Doch jetzt haben sich diese Diskrepanzen gelöst, und wir können zum Alltag übergehen.«

Cole grunzt leise, und ich fühle, wie sein Blick auf mir haftet. Dass er mir gegenübersitzt, gefällt mir nicht. Ich fühle mich wie auf dem Präsentierteller. »Dann wollen wir mal hoffen, dass sich nicht noch mehr Diskrepanzen einschleichen. Ich habe gehört, Noel ist von den Toten auferstanden?«

Noel? Bei diesem Namen schrecke ich hoch und blicke die beiden Männer an, die mich nicht mehr beachten. »Sieht so aus. Anscheinend hat er seinen Tod nur vorgetäuscht, um mit seiner kleinen Freundin abtauchen zu können.« Der blanke Hass ist aus der Stimme meines Vaters zu hören, und vor meinen Augen sehe ich grüne Iriden. Dazu eine sanfte Stimme und das Gefühl, von Liebe umhüllt zu sein.

»Vielleicht sollten wir dieses Thema nicht vor Lizzy besprechen«, unterbricht meine Mutter die beiden, woraufhin mein Vater auch sie wütend mustert. Dennoch nickt er. »Du hast wohl recht, das ist kein Thema, das man vor einem Kind ausbreiten sollte. Doch ich freue mich, dass wir doch noch unsere Rache bekommen.«

Rache? Wovon verdammt noch mal ist hier eigentlich die Rede? Ich würde zu gerne nachfragen, doch ich traue mich nicht. Stattdessen lange ich nach meinem Besteck, als aufgetragen wird. Ich habe keinen Hunger, schon seit Tagen nicht. Dennoch schlucke ich einen Bissen, nach dem anderen und unterdrücke die Übelkeit, die in mir aufsteigt.

»Sag mir, Lizzy, was sind denn deine Hobbys?«, fragt Cole, und wieder zucke ich zusammen. Schnell schlucke ich meinen Bissen herunter und atme tief durch. Wenn ich es nicht besser wüsste, würde ich denken, vor mir sitzt der Teufel höchstpersönlich.

»Ich lese gern und hoffe, dass man mir das Nähen beibringt.«

Um seine Lippen schleicht sich ein Lächeln. »Und was liest du Schönes?«

»Fantasy«, gestehe ich leise. »Drachen, Magie, fremde Welten.«

»Sehr interessant. Dabei dachte ich, Mädchen in deinem Alter lesen lieber Liebesgeschichten. Solche Dinge wie Shades of Grey.«

Allein bei dem Gedanken, mit diesem Mann über solch ein Buch zu reden, weicht mir das Blut aus den Wangen. »Nein, das habe ich noch nicht gelesen.«

»Schade, es würde dir bestimmt gefallen. Zumindest behauptet das die ganze Frauenwelt. Sag mir, hast du denn schon einmal einen Mann geküsst?«

Nun stockt mir der Atem, und ich erinnere mich an Lincoln. Wie er mir den ersten Kuss gestohlen hat, wie ich ihn gleichzeitig freiwillig gegeben habe. Seine Lippen auf meinen, seine Zunge in meinem Mund. Sein Duft, der mich umgibt. *Lincoln, wie sehr ich dich vermisse.*

»Nein«, lüge ich und hoffe, dass sie mir glauben.

»Nicht einmal ein scheuer Kuss mit einem der Angestellten?«

Wieder verneine ich und wünsche mich weit weg von hier.

»Dann bist du also auch noch Jungfrau?« Jetzt blicke ich verwirrt nach oben und kann ein Funkeln in seinen Augen sehen, das mir Angst macht.

»Ich wüsste nicht, was Sie das angehen würde!«

Als Antwort steht mein Vater auf und verpasst mir eine Ohrfeige, die in der Stille des Raums widerhallt. »Wage es nicht, so mit unserem Gast zu sprechen!«

Tränen schießen mir in die Augen, und ich fühle mich so gedemütigt. Warum tut er das? Und warum verlangt er, dass ich auf so eine intime Frage antworte? Ich weiß es nicht, doch ich reiße mich zusammen und blicke mein Gegenüber mit finsterer Miene an. »Ich bin noch Jungfrau, und ich habe nicht vor, in nächster Zeit etwas daran zu ändern.«

Cole lässt den Blick über meinen Körper wandern und gibt so etwas wie ein grunzendes Geräusch von sich. »Das werden wir noch sehen. Ich weiß, du hast noch nicht viel gegessen, doch da ich mit deinem Vater noch einiges zu besprechen habe, werde ich dich jetzt in dein Zimmer geleiten.«

Verständnislos blicke ich von meinem Vater zu meiner Mutter. Beide nicken bestätigend, und so erhebe ich mich und zucke zusammen, als Cole mir seine Hand auf den unteren Rücken legt. Viel zu knapp über meinem Hintern. So lasse ich mich kommentarlos von ihm durch das Haus führen, bis wir vor meinem Zimmer ankommen. Doch noch bevor ich hineinflüchten kann, hält Cole mich fest und drückt mich gegen die Tür. Sein Körper hält meinen gefangen, seine Hände vergraben sich so fest in meinen Seiten, dass ich schon jetzt fühle, wie sich Blutergüsse bilden werden. Ohne Vorwarnung beugt er sich zu mir runter und beginnt mich grob und hart zu küssen. Ich will schreien, will mich wehren. Doch nichts davon gelingt mir. Ich schaffe es nicht, ihn von mir zu stoßen, sosehr ich es auch versuche, und sein Mund dämpft alle anderen Laute. Er schmeckt bitter, sein Geruch ist herb und seine Lippen sind genauso kalt wie seine Hände. Tränen der Verzweiflung rinnen mir über die Wangen, als mir bewusst wird, was hier vor sich geht. Cole ist nicht aus irgendeinem Grund hier. Er ist meinetwegen hier, um mich kennenzulernen. Um zu entscheiden, ob ich ab heute zu ihm gehöre oder ob er sich doch ein anderes Spielzeug suchen will.

»Ich freue mich schon auf den Tag, an dem du mir gehörst!«, raunt er leise, als er endlich von mir ablässt und mich ohne ein weiteres Wort vor meinem Zimmer stehen lässt. Meine Beine sind weich wie Pudding, sodass ich einfach an meiner Tür hinabsinke. Zwei Minuten später tritt meine Mutter zu mir.

»Sei froh, dass dein Vater einen so guten Mann für dich gefunden hat. Alle anderen wären nach deiner Flucht nicht so freundlich zu dir gewesen.«

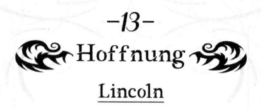

–13–
Hoffnung

Lincoln

Fast zwei Wochen sind vergangen, seit ich LP das letzte Mal gesehen habe. Zwei Wochen, in denen ich nichts von ihr gehört habe. Zwei Wochen, in denen ich Tag und Nacht an sie denke. Ob sie mittlerweile ihre Erinnerung gefunden hat? Weiß sie, dass sie nicht Lizzy heißt, sondern Sarah? Und ihre Eltern gar nicht ihre Eltern sind, sondern ihre Entführer? Natürlich habe ich Noel alle Informationen gegeben, die ich hatte. Doch mit dem Namen Perez kann er nichts anfangen, ebenso wenig mit der Beschreibung, die ich ihm gegeben habe. Der Einzige, der ihm zu der Beschreibung eingefallen ist, ist ein Mann, der schon lange nicht mehr in New York wohnt. Dennoch geht er auch diesem Hinweis nach und versucht ihn ausfindig zu machen, um sich zu überzeugen, dass seine Tochter nicht dort ist. Leider tut er das von meiner Wohnung aus, anstatt seinem Bruder zu offenbaren, dass er zurück ist. Noel ist gerecht und fair, dennoch wünschte ich, er würde endlich in den Kreis seiner Familie weiterziehen. Andererseits bekomme ich so alles als Erster mit, worüber ich extrem froh bin.

Es ist mitten in der Nacht, und ich liege erschlagen auf meinem Bettersatz. Zu lange habe ich keine Nacht mehr durchgeschlafen. Nicht nur weil mein Bett unbequem ist, auch weil ich mir jede Nacht ausmale, dass LP Albträume plagen und sie niemanden hat, der sie beruhigt. Allein bei dem Gedanken, dass sie sich vielleicht jetzt im Bett herumwirft und die Realität nicht vom Traum unterscheiden kann, krampft sich mein Magen zusammen. Warum musste ich Idiot sie auch mit diesen Wichsern davonfahren lassen? Ich hätte gleich auf dem Parkplatz schauen sollen, dass ich sie wieder mit mir nehme. Hätte nicht darauf hoffen sollen, sie verfolgen zu können und sie so zu finden.

Das Klingeln meines Handys reißt mich aus den Gedanken, und ich gehe ran, ohne zu schauen, wer es ist. Irgendwer will immer was von mir, denen ist es aus Prinzip egal, ob es mitten in der Nacht ist oder nicht.

»Scheiße, Mann, ich will schlafen!«, blaffe ich ins Telefon. Keine Reaktion. Doch, ich glaube, ich höre ein leises Wimmern, und sofort bin ich hellwach. Jetzt werfe ich doch einen Blick auf mein Handy und fahre auf dem Klappbett so schnell hoch, dass ich von der Matratze falle und hart auf dem Boden aufschlage. Doch das ist mir egal. Nicht egal ist mir, dass LP am anderen Ende der Leitung ist und sich nicht traut, etwas zu sagen.

»Kleines, alles gut, ich hab das nicht so gemeint!«, versuche ich, sie zum Sprechen zu bringen. »Ich wusste nicht, dass du es bist!«

Ich kann nur hoffen, dass Scott sie orten kann. Immerhin hat er 'ne Rückverfolgung für jeden meiner Anrufe eingerichtet, für den Fall, der jetzt endlich eingetroffen ist.

LP sagt noch immer kein Wort, doch ich kann hören, dass ihr Atem stockend geht. Hatte sie einen Albtraum? Oder hat ihr jemand was getan? Allein bei dem Gedanken springe ich auf die Beine und atme tief durch.

»Kleines, sprich mit mir. Ich hatte so gehofft, dass du dich bald melden würdest.«

Am liebsten würde ich ihr alles erklären. Wer sie ist, wo sie herkommt und bei wem sie lebt. Doch ich möchte ihr nicht unnötig Angst machen. Erst müssen wir sie da rausbekommen, wo auch immer das sein mag.

»Sie wollen mich weggeben«, schluchzt sie plötzlich, und mir zerreißt es das Herz.

»Wer?«

»Meine Eltern. Sie wollen mich an einen Mann weiterreichen. Ich weiß nicht, vielleicht verkaufen sie mich ja oder haben einen anderen Deal mit ihm.«

Panik breitet sich in mir aus, und ich umklammere das Handy fester. »Kannst du mir sagen, wo du bist? Prinzessin, ich hol dich da raus, wenn ich nur weiß, wo du bist!«

Wieder schluchzt sie, und ich schließe die Augen. »Ich kenne die Adresse nicht. Und du darfst nicht kommen, sie würden dich umbringen.«

»So schnell schafft das keiner. Ich habe genug Freunde, die mir helfen. Freunde, die auch deine Freunde sind!«

»Nein!« Ihre Stimme ist panisch, und ich fürchte, dass sie gleich wieder auflegen wird, weil sie sich um mich sorgt. Doch ich muss das Gespräch am Laufen halten. Scott braucht Zeit, um den Anruf zurückverfolgen zu können.

»Okay, wie du willst. Aber sag mir, haben sie dir was getan?«

Eine Weile schweigt sie, und ich fürchte schon, dass sie gar nichts mehr sagen wird.

»Ich wünschte, ich hätte mit dir geschlafen. Ich wollte es, aber … ich hatte Angst, weil ich doch noch keine Erfahrung habe.«

All meine Antennen stellen sich auf, und ich weiß nicht, was genau sie damit meint. Doch sie hat gesagt, dass sie noch keine Erfahrung hatte, nicht dass sie keine hat. Dennoch, was, wenn …

»Kleines, gib die Hoffnung nicht auf. Niemals! Weißt du, wann du zu ihm musst?«

»Morgen«, schluchzt sie. »Morgen Mittag kommt er und holt mich ab.«

Verdammt, das ist schlimmer, als ich befürchtet habe. Schlimmer, als hätten sie sie einfach nur geschlagen.

»Kennst du denn seinen Namen?« Ich habe echt keine Ahnung, was ich sagen soll. Am liebsten würde ich fluchen, würde schreien und die Welt zusammenfalten. Doch ich muss ruhig bleiben, muss mehr Informationen bekommen. Hoffentlich hört Scott mit und findet gleich mehr raus, als ich es kann. Scott, das Phantom, das auf einer einsamen Insel wohnt und nur sehr selten auftaucht, um etwas vor Ort zu erledigen. Früher hat er anscheinend hier in New York gelebt, doch nach Noels Tod ist er untergetaucht und regelt alles aus der Einsamkeit heraus. Wenn man den Geschichten glauben darf, ist er ein Genie, aber auch etwas paranoid.

»Lincoln, ich muss auflegen, bevor sie mich mit dem Handy entdecken. Ich wollte mich nur bei dir verabschieden.« Ihre Stimme wird von lauten Schluchzern durchbrochen. »Ich bin so froh über die kurze Zeit, in der du mir das Leben da draußen gezeigt hast.«

»Nein, warte«, versuche ich, sie aufzuhalten. »Kleines, ich muss dir noch was sagen! Ich weiß, wer Sarah ist!«

Einen Moment herrscht Stille, und ich weiß, dass sie wieder einmal kurz vor einer Panikattacke steht. Wie immer, wenn sie einem Puzzleteil ihrer Vergangenheit näher kommt.

»Wer?«, haucht sie, bevor sie laut ausatmet. »Ich muss auflegen, da kommt jemand!«

Bevor ich noch was sagen kann, wird die Verbindung unterbrochen, und ich höre nur noch ein Besetztzeichen. Voller Wut pfeffere ich das Handy gegen die Wand und schreie meinen Frust hinaus. Wenn Scott Mist gebaut hat, fliege ich persönlich zu seiner Insel und lasse ihn bluten!

–14–
Überlebenstrieb

LP

Mit wem hast du gesprochen?«, fragt mein Vater voller Verachtung und blickt sich suchend in meinem Zimmer um.

»Mit mir«, murmle ich und frage mich, woher er weiß, dass ich mit jemandem gesprochen habe.

»Das hat sich eher so angehört, als würdest du telefonieren. Also, sag mir die Wahrheit oder du wirst es bereuen!«

Das Handy befindet sich wieder im Schutzüberzug der Matratze. Ich liege in meinem Bett, wie es zu dieser Uhrzeit auch sein sollte. »Das ist die Wahrheit. Ich wünsche mir so sehr, ihn nur noch einmal zu sehen. Ich wünsche mir so sehr, mich von ihm verabschieden zu können. Aber ihr habt mir ja alles genommen! Wie soll ich denn telefonieren, wenn ich nicht mal ein Handy habe?«

Meine Stimme bebt, und als mein Vater ausholt, um mir ins Gesicht zu schlagen, werfe ich mich in die Matratze und halte die Arme über meinen Kopf. Doch das bringt nichts, alles, was ich damit erreiche, ist, dass er anstatt meinem Kopf meinen Bauch anpeilt. Der Schlag in den Magen lässt mich würgen, und ich weiß nicht, ob ich es schaffe, mich nicht zu übergeben.

»Lüg mich nicht an!«, keucht er und tritt einen Schritt von mir weg. Aus den Augenwinkeln sehe ich, wie er seinen Gürtel aus der Hose zieht, und ich schreie vor Panik auf. »Nein! Das darfst du nicht!«

Wenn er das tut! Wenn er mir die Unschuld nimmt, das könnte ich ihm niemals verzeihen. Okay, vielleicht kann ich ihm sowieso nicht verzeihen, was er mir schon angetan hat, doch das hier ... Ich ziehe meine Beine eng an mich, presse die Schenkel zusammen und wünsche mich weit weg von hier. Weg in ein anderes Leben. In eine andere Familie. Bilder von grünen Augen flackern vor mir auf, und ich schluchze heftig. Dann trifft mich ein Schlag, und ich schreie vor Schmerzen auf. Er hat mich nicht mit der Hand geschlagen, er hat den Gürtel auf meine Arme heruntersausen lassen. Der brennende Schmerz vernebelt mir die Sinne, und gleichzeitig atme ich erleichtert aus. Wenn er den Gürtel ausgezogen hat, um mich zu schlagen, dann wird er mir nicht meine Unschuld nehmen. Dann habe ich wenigstens noch bis morgen, wenn mich dieses Monster abholt. Aber wie sehr muss unsere Beziehung schon immer gestört gewesen sein, wenn ich das auch nur eine Sekunde befürchte? Was ist nur los mit unserer Familie? Der nächste Schlag zielt auf meine nackten Beine, und ich schreie erneut meinen Schmerz in die Finsternis der Nacht. Denn es ist finster, mein Vater hat nicht einmal das Licht angemacht, als er mein Zimmer betreten hat. Nur das seichte Mondlicht, das durch mein Fenster scheint, gibt Einblick in das Grauen, das hier vor sich geht. Nach dem nächsten Schlag läuft eine heiße Flüssigkeit meine Beine entlang, und ich höre meinen Vater ein weiteres Mal laut aufstöhnen. Gefällt ihm das? Macht es ihn an, dass er seine Tochter so quälen kann? Wird er danach zu meiner Mutter ins Bett steigen und mit ihr schlafen? Allein bei dem Gedanken steigt mir erneut Galle die Speiseröhre hinauf, und ich presse meine Augen und Lippen fest zusammen. Nein, ich werde mich nicht übergeben. Ich werde nicht noch einmal schreien. Ich werde ihm diese Genugtuung nicht geben. Als der nächste Schlag folgt, beiße ich mir so fest auf die Zunge, dass ich den metallenen Geschmack von Blut im Mund schmecke. Doch kein Ton kommt über meine Lippen. Nein, nicht noch einmal. Mein Vater hält einen

Moment inne, dann lacht er leise. »Cole wird seine helle Freude an dir haben, das sehe ich schon!« Ein letzter Hieb, bei dem ich wieder keinen Ton von mir gebe, geht auf meine Beine und streift dabei meinen Bauch, dann höre ich Schritte, die sich entfernen. Erschöpft lasse ich mich in die Matratze sinken. Jetzt ist er weg, jetzt kann ich meinen Tränen freien Lauf lassen. Doch sie kommen nicht. Stattdessen fühle ich eine Entschlossenheit, die ich so noch nie gefühlt habe. Nein, ich werde mich meinem Schicksal nicht einfach ergeben. Ich werde ihm entkommen, auch wenn ich noch nicht weiß, wie mir das gelingen soll.

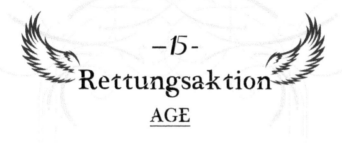

−15−
Rettungsaktion
AGE

Seit einer verschissenen Stunde stehen wir jetzt schon hier und warten. Wir warten, während ich keine Ahnung habe, was sie ihr gerade antun. Was sie mit ihr vorhaben. Meine kleine Prinzessin, die ich so viele Jahre nicht gesehen habe. Weil sie sie mir genommen haben.

Für Scott war es ein Leichtes, herauszufinden, wo sie sich befindet. Schon heute Nacht hätten wir zuschlagen können, um sie da rauszuholen. Vor allem Lincoln war dafür, er wollte sie keine Sekunde länger in den Händen meiner Feinde wissen. Doch wir hätten das Haus stürmen müssen, und eine Schießerei hätte sie unnötig in Gefahr gebracht. Also haben wir einen anderen Plan ausgeheckt. Wir warten hier mit sechs Autos, bis jemand das Gelände verlässt. Immer zwei von uns werden sich an die Fersen des rausfahrenden Wagens heften. Erst eine ganze Weile später werden wir sie stoppen, wenn wir uns sicher sind, dass kein anderer mehr kommt. Scott wird die Satellitenverbindung in der Umgebung stören, damit die Wichser die anderen nicht warnen können, und wenn wir Sarah endlich gefunden haben, werden wir mit voller Wucht zuschlagen. Noch bin ich mir nicht sicher, wer hinter dem Namen Perez steht, doch ich werde es noch heute herausfinden.

»Warum hast du Isa nicht gesagt, was du heute vorhast?«, reißt mich Luca aus den Gedanken, und ich atme tief durch.

»Weil sie dann darauf bestanden hätte, mitzukommen. Und das ist das Letzte, was sie in ihrem Zustand machen sollte.«

Luca lacht leise und schüttelt den Kopf, während ich den Blick weiter auf das verschlossene Tor geheftet halte. »Du weißt es also?«

»Wahrscheinlich schon länger als sie selbst. Doch ich weiß nicht, ob ich schon bereit dafür bin, mit ihr darüber zu reden.«

Eine ganze Weile schweigen wir, bevor Luca tief durchatmet. »Ich wünschte, ich könnte die Zeit zurückdrehen. Ich würde dich in meinen Plan einweihen. Dann hättest du dich selbst um Sarah kümmern können, anstatt voller Angst zu mir zu kommen.«

Ich weiß, dass ihn das seit Jahren beschäftigt. Doch das hätte auch nichts geändert. »Hätte ich dich denn davon abhalten können, ihr solche Angst und Schmerzen zuzufügen?«

»Nein. Das war meine Rache an Eric. Ich wollte sehen, wie er leidet, während sie sich von dir verabschiedet. Und auch seine Verzweiflung, als er dachte, ich hätte Isa seinetwegen umgebracht.«

»Dann hätte ich nichts anders gemacht. Sarah war bei Nate sicher, niemand konnte ahnen, dass noch mehr Bomben hochgehen würden.«

»Und doch hast du ihm im Grunde deines Herzens nie verziehen«, setzt Luca leise hinterher. »Und mir genauso wenig.«

»Ich vertraue dir wie niemandem sonst.« Es ist die Wahrheit. Ich weiß, warum er getan hat, was er für richtig hielt. Es war nicht nur seine Rache, es war vor allem auch die Möglichkeit, unsere Tode noch realistischer wirken zu lassen. Keiner hätte daran gezweifelt, dass Isa tot war, dafür hat Luca gesorgt. Und auch ich war durch die Schießerei schwer verletzt, was zwar nicht Lucas Plan war, was aber umso realistischer für alle anderen war. Dass ausgerechnet Isas Blut mein Überleben sichern würde, damit hätte wohl keiner gerechnet. Am wenigsten ich.

»Dann lass uns jetzt deine Tochter befreien, damit ihr endlich eine glückliche Familie werden könnt.«

Ich nicke und greife nach meinem Handy. Pietro ist Isa gefolgt. Sie wollte in der Mall shoppen gehen. Aber ich glaube, sie wird versuchen, Kata aus der Ferne zu beobachten. Kata und Ella, beide Freundinnen von ihr fehlen ihr unendlich. Ich überlege die ganze Zeit, ob es einen Weg gibt, doch hier in New York zu bleiben. Ob wir einen Weg finden, hier glücklich zu werden, mit unserer Familie, mit unseren Freunden. Vor allem weiß ich nicht, wie Sarah darauf reagieren würde, wenn wir das Land verlassen wollen. Immerhin kennt sie nichts anderes als die USA. Und nicht nur das, sie kennt ja eigentlich nicht einmal die USA. Außer den wenigen Tagen, die sie bei Lincoln war, hat sie das Land nie gesehen. Es muss ein schlimmes Leben gewesen sein, und ich kann nur hoffen, dass sie ihr nichts angetan haben, in all den Jahren, in denen sie ihre Gefangene war. Allein, wenn ich daran denke, was Eric Isa angetan hat, wird mir schlecht. Sollte Sarah etwas Ähnliches geschehen sein, werde ich diese Mistkerle eigenhändig umbringen. Gedankenverloren wähle ich Isas Nummer. Ich muss sicher sein, dass es ihr gut geht. Dass sie keine Dummheiten macht und Pietro nicht abhängt.

»Machst du dir etwa Sorgen um mich?«, begrüßt sie mich, und ich atme erleichtert durch.

»Immer. Wie geht es dir?«

»Ich esse grad das weltbeste Eis und unterhalte mich mit Lance, der auch wieder zurück ist. Und wie geht es dir?«

Bei dem Gedanken, wie sich meine wunderschöne Frau genüsslich ein Eis auf der Zunge zergehen lässt, muss ich lachen.

»Jetzt gut. Wie lange wirst du noch unterwegs sein? Und ist Pietro bei dir?«

»Pietro isst ebenfalls ein Eis, und nein, ich habe ihn nicht abgehängt, wenn das deine eigentliche Frage war. Ich will nach dem Eis noch in die Mall, ein paar Dinge besorgen. Und wann wirst du nach Hause kommen?«

Nach Hause. Ein Teil von mir empfindet die Wohnung wirklich als Zuhause, immerhin hatte ich dort eine schöne Zeit mit Isa. Ein anderer fühlt sich wie ein Eindringling, denn die Wohnung gehört längst nicht mehr uns. »Ich weiß es noch nicht. Wir werden heute so einigen Spuren nachgehen.«

»Ich hoffe, dass ihr sie endlich findet«, flüstert Isa, und ich weiß, dass sie kurz davor ist, zu weinen. Die Schwangerschaft macht ihr zu schaffen. Und noch viel mehr, dass sie sich nicht mit mir darüber unterhalten kann. Es wird Zeit, dass wir offen darüber sprechen, doch zuerst muss ich Sarah befreien.

»Ja, das hoffe ich auch.« In dem Moment, in dem ich das sage, öffnet sich das Tor, und mein Herz beginnt zu rasen. Vor einigen Stunden kam eine Limousine hier an, jetzt fährt sie wieder davon. »Isa, ich muss aufhören. Ich melde mich später!«

Schnell lege ich auf und starte den Motor. »Dann wollen wir mal hoffen, dass sie hier drinnen sitzt und nicht in einem anderen Auto.«

Luca sagt kein Wort, doch ich kann in seinem Gesicht ablesen, wie angespannt er ist. Er ist in den letzten sechs Jahren alt geworden, älter, als ich je für möglich gehalten hätte. Bevor der Wagen aus meinem Sichtfeld verschwindet, fahre auch ich in einigem Abstand los und wähle Lincolns Nummer. Er verfolgt den Wagen ebenfalls. Ich weiß, dass Lincoln Sarah erst seit Kurzem kennt, doch sie liegt ihm sehr am Herzen. Man merkt es daran, wie verbissen er nach ihr sucht und jeder noch so kleinen Spur nachgeht. Kein einziges Mal hat er sich beschwert, dass er in Lucas Galerie schlafen muss. Ich glaube eher, es ist ihm recht, weil er so mitten im Geschehen ist. Dennoch, sobald ich Sarah habe, werde ich sie mit mir nehmen und erst einmal in unserem wieder aufgebautem Elternhaus in Sicherheit bringen.

»Ich bin dran«, meldet sich Lincoln angespannt.

»Also denkst du auch, dass sie da drin sitzt?«

»Ich wüsste nicht, warum sie nicht darin sitzen sollte. Immerhin weiß keiner, dass wir sie befreien wollen. Und sollte es doch jemand wissen, hätten wir ein ganz schön großes Leck.«

Er hat recht. »Wir folgen ihm fünf Minuten, dann stoppen wir den Wagen. Du setzt dich vor ihn und bringst ihn dazu, zu bremsen. Ich werde Sarah da rausholen.«

Lincoln antwortet nicht, und ich gehe davon aus, dass er nickt. »Bring sie in Sicherheit«, antwortet er dann doch noch, und ich lege auf. Es gibt nicht mehr zu sagen. Wir alle haben das gleiche Ziel.

Fünf Minuten später setzt Lincoln seinen Wagen vor die Limousine. An der nächsten Kreuzung reißt er das Lenkrad herum, dass der Fahrer vor uns halten muss. Lincolns präpariertes Auto dampft, sodass es aussieht, als wäre irgendetwas mit der Mechanik, weshalb er quer auf der Straße stehen geblieben ist. Lincoln hat auch Scott gesagt, wo er die Satelliten stören muss, denn ich habe es dem Mann überlassen, wo er die Panne vortäuschen möchte. Luca und ich nutzen die Gelegenheit, stürmen aus dem Auto und rennen zu der Limousine. Dort wird gerade wie erhofft die Tür geöffnet, weil der Fahrer sehen will, wann er weiterkommt. Den Moment nutzt Luca, um den Mann zu überwältigen, während ich mich mit meiner Waffe ins Innere der Limousine vorwage und sie nach hinten richte. Doch als ich sehe, wer darin sitzt, wird mir anders zumute. Es ist kein anderer als der neue Mafioso, der Brooklyn übernommen hat. Ein alter Bekannter meines Vaters, wenn man so will. Cole Tarrance.

»Bist du nicht der kleine Noel?«, begrüßt er mich und zieht unbeeindruckt an seiner Zigarre. »Die Augen würde ich überall erkennen, nur dass ich dachte, du seist vor sechs Jahren gestorben.«

»Wo ist sie?«, frage ich ohne Umschweife und richte meine Glock auf den Punkt zwischen seinen Augen.

»Wen meinst du? Wenn du deine kleine Freundin suchst, die wohl auch nicht tot ist, wenn du noch am Leben bist, die hab ich noch nie gesehen. Ich habe nur gehört, dass sie etwas besonders sein soll.«

Isa. Verdammt, woher weiß er, dass sie hier ist? »Ich frage nicht noch mal, wo ist Sarah?«

»Sarah«, sinniert er und legt dabei seine Stirn in Falten. »Hieß so nicht deine kleine Schwester?«

Kochende Wut steigt in mir auf. Ich bin mir sicher, dass dieses Schwein mehr weiß, als er sich anmerken lässt. Doch da Sarah nicht hier im Auto ist, verschwende ich bloß meine wertvolle Zeit. »Ich warne dich, komm ihr niemals zu nahe oder du bist ein toter Mann.«

Damit bedeute ich Luca, dass er den Kofferraum öffnen soll. Sarah wäre bestimmt nicht die Erste, die in einem Kofferraum mitfahren muss.

Luca geht um den Wagen herum, dann ruft er mir zu, dass Sarah nicht hier drinnen ist. Ein Anruf bei den anderen sagt mir, dass sonst kein anderes Auto das Gelände verlassen hat. Verdammt, sind wir etwa schon zu spät und sie wurde weggebracht, bevor wir aufgetaucht sind?

–16–
Fremde Bekannte
LP

Mit letzter Kraft schleppe ich mich aus dem Wagen. Ich bin völlig übermüdet und habe keine Ahnung, wie ich mich überhaupt noch auf den Beinen halten kann. Doch was für eine andere Wahl habe ich? Keine. Denn alles andere würde meinen Tod bedeuten, da bin ich mir sicher.

Immer wieder frage ich mich, wie meine Eltern mir so etwas antun konnten. Warum sie nicht für meinen Schutz sorgen, wie sie es all die Jahre vorgegeben haben, anstatt mich nun an einen Mann zu geben, als wäre ich ein bloßer Gegenstand. Ich weiß nicht, ob sie mich verkauft haben oder nur irgendeinen Deal mit ihm am Laufen haben. Doch ich weiß, dass ich nicht vorhabe, mich jemals brechen zu lassen. Oder auch nur noch einmal schlagen zu lassen.

»Das macht sechzig Dollar, Kleines!«, beschwert sich der Taxifahrer, und ich vermute, dass er schon einmal nach seinem Geld verlangt hat. Mit schwachen Armen hole ich das Geld aus meiner Hosentasche und gebe ihm hundert. »Ich war nie in deinem Taxi«, sage ich, woraufhin er eine Augenbraue hochzieht und nickt. Dann schmeiße ich die Tür zu, und er fährt los.

Meine Beine zittern, während ich bereue, eine Hose angezogen zu haben. Ein weiterer Rock würde mir gerade sehr viel besser gefallen, denn die Verletzungen, die mir mein Vater zugefügt hat, brennen wie die Hölle. Doch nun bin ich frei, und ich habe nicht vor, je wieder zurückzugehen. Lieber verlasse ich den Kontinent. Doch da das alles Vorbereitungen braucht, benötige ich zuerst einen sicheren Unterschlupf. Ich weiß nicht, ob ich den hier bekomme, doch es war das Zweite, was mir eingefallen ist. Das Erste war Lincoln, doch ich kann nicht riskieren, ihn in Gefahr zu bringen.

Noch immer kann ich kaum glauben, dass mir die Flucht gelungen ist. Dass ich auf dem gleichen Weg wie das letzte Mal entkommen konnte, weil sie das Leck nicht gefunden haben. Die halbe Nacht bin ich von einem Schatten zum nächsten gerannt, bis ich irgendwann an einer Hauswand in einer Seitengasse zusammengebrochen und eingeschlafen bin. So ist es jetzt schon Mittag, sodass die Hoffnung besteht, dass ich hier auch wirklich Hilfe bekomme.

Ob ich damit richtigliege, weiß ich noch nicht. Doch hier habe ich das erste Mal etwas über meine Vergangenheit erfahren, und irgendwie habe ich das Gefühl, dass ich den Menschen hier vertrauen kann. Immerhin wissen sie ja nicht einmal, wer ich bin.

Gerade als ich an der Eingangstür ankomme, öffnet sie sich, und eine Frau Ende zwanzig kommt mir entgegen. Ihr Gesichtsausdruck sieht angespannt aus, doch als sie mich erblickt, flackert in ihren Augen etwas auf, das ich nicht deuten kann. Hinter ihr kommt ein Mann aus dem Restaurant, und Panik breitet sich in mir aus. Ich habe ihn schon einmal gesehen. An dem Tag, als mein Vater mich auf dem Parkplatz gefunden hat. Der Mann, der mich Sarah genannt hat und vor dem ich geflüchtet bin.

»Sarah«, haucht die Frau vor mir, und mir steigen Tränen in die Augen. Soll das wirklich ich sein? Soll mein Name wirklich Sarah sein?

»Ich rufe Noel an«, sagt der Mann hinter ihr und verschwindet aus meinem Sichtfeld. Er macht keine Anstalten, mich einzufangen. Oder mir irgendetwas anzutun. Im Gegenteil. Genau wie auf dem Gesicht der Frau mir gegenüber konnte ich so etwas wie Erleichterung erkennen.

»Bin ich das?«, stelle ich nun die Frage, die mir immer und immer wieder durch den Kopf geht, seit ich das erste Mal von diesem Namen geträumt habe. »Bin ich Sarah?«

Die Frau kommt einen Schritt auf mich zu. Tränen rinnen ihr über die Wangen, als sie mich in ihre Arme schließt. Ein mir bekannter Duft steigt mir in die Nase, und mein Herz macht einen Satz. Ich kenne diesen Duft. Nein, nicht ganz, er ist etwas verändert, und doch … Plötzlich sehe ich wieder grüne Augen vor mir, und beginne heftig zu schluchzen. »Werdet ihr mich retten?«, frage ich, woraufhin die Frau mir einen Kuss auf die Schläfe haucht.

»Nichts anderes haben wir vor. Lass uns nach Hause gehen, Noel und Lincoln warten schon sehnsüchtig auf dich.«

»Lincoln?«, frage ich mit erstickter Stimme und blicke zu ihr auf. »Ist er auch bei euch?«

»Er hat uns die ganze Zeit bei unserer Suche nach dir geholfen. Aber das werden wir dir alles in Ruhe erzählen. Jetzt werden wir dich erst mal in Sicherheit bringen und deine Wunden versorgen.«

Dankbar lasse ich mich von der Frau zu einer Limousine führen, als ich plötzlich laute Rufe hinter mir höre. Im ersten Moment überkommt mich Panik, doch die Frau scheint keinerlei Angst zu verspüren.

»Isa, warte!«

Isa. Noel. Es sind Namen, die mir nur zu vertraut vorkommen. Auch die Stimme hinter mir fühlt sich vertraut an.

»Hi Nate«, grüßt sie ihn, und ich blicke zu ihm auf. Als ich seine Augen sehe, Augen, die meinen so sehr gleichen, breche ich endgültig zusammen. Schluchzend lasse ich mich auf den Boden sinken, nehme um mich herum kaum noch etwas wahr.

»Meine kleine Prinzessin«, dringt seine Stimme dennoch zu mir durch, und ich fühle, wie mich starke Arme umfangen und vorsichtig aufheben. Warme Tropfen fallen mir auf den Kopf, rinnen über mein Gesicht und vermischen sich mit meinen Tränen.

116

»Ich dachte, du seist tot. Ich dachte, ich hätte dich für immer verloren.«

Tot. Die Explosion. Panische Angst und Schmerzen.

Ein mir vertrauter Duft steigt mir in die Nase, als ich wieder zu mir komme. Ich liege in einem Bett, leise Stimmen dringen gedämpft bis zu mir. Wo bin ich? Und wer sind diese Leute? Ich müsste Angst haben, müsste vielleicht sogar versuchen, unbemerkt zu verschwinden. Doch das Gefühl von Angst will sich nicht einstellen. Stattdessen fühle ich eine innere Ruhe, die ich so nicht kannte.

»Warum habt ihr mir nicht gesagt, dass sie noch am Leben ist?«, höre ich den Mann, der meine Augen hat. »Warum verdammt noch mal habt ihr sie allein gesucht, anstatt euch von mir helfen zu lassen?«

Er ist wütend, das kann ich hören. Ein Teil von mir will fragen, warum, doch der größere Teil von mir ist viel zu erschöpft, um auch nur die Augen zu öffnen.

»Weil ich sie erst mit eigenen Augen sehen musste«, erwidert eine Stimme, die mir ebenfalls bekannt vorkommt. Wieder sehe ich grüne Augen vor mir, und ich frage mich, ob diese Stimme zu Noel gehört. Und noch viel mehr will ich wissen, wie ich in all das hier hineinpasse. Wahrscheinlich erfahre ich das meiste, wenn ich einfach nur lausche, was die Menschen um mich herum alles zu sagen haben.

»Ihr hättet es mir sagen müssen. Immerhin war ich es, der nicht genug auf sie aufgepasst hat. Ohne mich …« Er beendet den Satz nicht, und ich glaube, dass er kurz davor ist, noch einmal zu weinen. So wie er vorhin geweint hat, als er mich in seine Arme geschlossen hat. Nate. Der Name ist mir so fremd und doch so vertraut.

»Ich habe dir immer gesagt, dich trifft keine Schuld«, spricht wieder der andere, und ich frage mich, ob ich ihn erkennen würde, würde ich die Augen öffnen, um ihn anzusehen.

»Verdammt, doch, ich bin schuld! Ich habe nicht auf sie geachtet, sonst wäre mir nicht entgangen, dass sie entführt wurde, anstatt bei der Explosion zu sterben, wie ich all die Jahre dachte!«

Die Explosion. Es gab sie also wirklich. Es ist nicht nur ein Traum, ich wurde wirklich von einer Bombe erwischt. Tränen rinnen mir über die Wangen, und ich kann ein Schluchzen nicht unterdrücken. Warum nur muss ich so schwach sein? Warum nur kann ich nicht einfach stark sein, die Augen öffnen und die Männer um mich herum fragen, wer sie sind. Wer ich bin. Und wieso sie mich all die Jahre nicht gesucht haben.

»Kleines!«, dringt in dem Moment Lincolns Stimme zu mir vor, und ich reiße die Augen auf. Er hat sich neben mich gesetzt, streicht mit seiner Hand sanft meine Tränen weg. »Nicht weinen, es ist endlich alles gut. Du bist in Sicherheit.«

Seine Worte bewirken das Gegenteil von dem, was er sich von ihnen erhofft, denn das Schluchzen wird immer lauter. Doch anstatt dass er mich in seine Arme schließt, steht er auf und macht einem anderen Mann Platz. Grüne Augen. Stechend, voller Liebe, aber auch voller Angst.

»Sarah«, haucht der Mann und fährt sanft, fast ängstlich über mein Gesicht.

»Lizzy, ich heiße Lizzy«, antworte ich und weiß doch nicht, warum ich das tue. Immerhin wünsche ich mir nichts sehnlicher, als diese Sarah zu sein. Als das Leben zu leben, das für sie bestimmt ist. Doch irgendetwas in mir sträubt sich, kämpft dagegen an, als wäre es noch schlimmer, zu ihnen zu gehören, als Lizzy zu sein.

Der Mann vor mir verzieht schmerzhaft das Gesicht, doch er weicht nicht von meiner Seite. »Ist gut, dann nenne ich dich eben Lizzy. Was immer du willst, solange es dir nur guttut.«

Guttut? Ich weiß nicht, was mir guttut, doch plötzlich überkommt mich ein Gefühl der Panik. Panik vor dem, was passieren wird, wenn sie erfahren, dass ich die Falsche bin. Dass ich nicht ihre Sarah bin. Sie werden mich verstoßen, werden sich nicht um mich kümmern und mich meinem Schicksal überlassen.

»Lincoln!«, schluchze ich und suche den einzigen Menschen hier, der weiß, wer ich bin. Bei dem ich denke, dass ich ihm am Herzen liege, egal ob ich Lizzy, Sarah oder sonst wer bin. »Lincoln!«

Abgrundtiefe Trauer breitet sich auf dem Gesicht des Mannes aus, der neben mir sitzt. »Oh meine kleine Prinzessin, was musstest du nur durchmachen?« Er fährt mit der Hand über mein Gesicht, wischt meine Tränen fort. Warum ist es schlimm, wenn er mich Sarah nennt, doch wenn er mich Prinzessin nennt, fühle ich mich geborgen? Ich weiß es nicht, doch der Wunsch nach Lincoln wird immer größer.

»Bitte, ich will zu ihm!«, schluchze ich weiter, und der Mann vor mir schließt einen Moment die Augen. Dann steht er auf und macht dem Mann Platz, der sich innerhalb kürzester Zeit in mein Herz geschlichen hat.

»Wir lassen euch allein« sagt Isa leise, und ich fühle mich endlich befreit. Außer ihr, Nate und Noel war noch ein alter Mann hier in Lincolns Schlafzimmer, und sie alle lassen uns endlich allein. Ich frage mich, warum sie mich in Lincolns Wohnung gebracht haben, doch eigentlich ist es egal. Alles ist egal, denn Lincoln legt sich neben mich und schlingt seine Arme um mich. Erleichtert, endlich wieder von seinem Duft umgeben zu sein, schließe ich die Augen und lege den Kopf auf seine Brust. Innerhalb weniger Sekunden schlafe ich ein und habe das erste Mal seit Wochen keine Albträume.

–17–
Alte Konflikte

AGE

Völlig verunsichert tigere ich durch das Wohnzimmer. Es ist alles zu klein, viel zu eng und viel zu voll. Luca, Pietro, Nate. Selbst Isa ist mir gerade fast zu viel, dabei weiß ich, dass ich ohne ihre Anwesenheit völlig ausflippen würde. Meine Gedanken sind die ganze Zeit bei Sarah, meiner kleinen Prinzessin. Die nur wenige Schritte von mir in einem Bett liegt und die meine Nähe nicht erträgt. Die sich stattdessen an einen Mann klammert, den sie kaum kennt. Hätte ich Lincoln die letzten Wochen nicht kennengelernt, ich hätte ihm niemals erlaubt, sich zu ihr zu legen. Ich hätte ihm niemals erlaubt, auch nur in ihre Nähe zu kommen, bis sie wieder auf den Beinen ist. Doch so …

»Noel, ich möchte, dass ihr nach Hause kommt«, durchdringt Nate meine wirren Gedanken, und ich bin fast froh darüber.

»Ich weiß nicht, ob Sarah das gerade schafft. Irgendwie … Es fühlt sich so an, als hätte sie Angst vor uns.«

Nate nickt, und sein Blick huscht in Richtung Schlafzimmer. »Ja, diesen Anschein macht es. Sie ist zusammengezuckt, als du sie Sarah genannt hast, hat sich aber entspannt, als du sie mit ›kleine Prinzessin‹ angesprochen hast. Vielleicht sollten wir das im Auge behalten.«

Er hat recht, auch mir ist das aufgefallen. »Wir werden vorerst hierbleiben. Ich werde morgen ein Bett kaufen und es im Atelier oben aufstellen, damit Isa und ich hier schlafen können. Sarah fühlt sich hier wohl. Sie kennt diese Wohnung, und sie vertraut Lincoln. Das dürfen wir ihr nicht nehmen.«

»Ich werde mich darum kümmern«, mischt sich Luca ein. Noch immer tigere ich von einem Ende des Raums zum anderen, kann kaum still stehen. »Und ich werde uns etwas zu essen kommen lassen. Auch damit Sarah nachher etwas hat, falls sie Hunger bekommt.

»Danke!«, antworte ich und suche mit meinen Augen Isa. Sie sitzt erschöpft auf der Couch, hat ein Kissen vor ihren Bauch geschlungen und sieht unendlich müde aus. Natürlich, für sie ist das hier noch mal um so vieles schlimmer. Immerhin liegt Sarah hier im Schlafzimmer, meine Tochter, die jahrelang tot geglaubt war, während Isa mein Kind unter ihrem Herzen trägt. Es wird Zeit, dass wir darüber reden. Wird Zeit, dass sie mich endlich heiratet. Ich hätte sie schon längst heiraten sollen, hätte nicht so lange warten sollen, in der Hoffnung, dass ich irgendwie wieder heile. Denn ich werde nicht heilen. Selbst jetzt, da Sarah nur wenige Meter von mir entfernt ist. Jetzt, da ich weiß, dass sie noch am Leben ist, fühle ich, dass ich gebrochen bin. Dass sich mit dem vermeintlichen Tod meiner Tochter tief in mir drin etwas geändert hat, das nicht wieder komplett heilen kann. Umso wichtiger ist es, dass ich für Isa da bin. Dass sie keine Angst davor hat, mit mir über unser Kind zu reden.

»Isa, möchtest du mit mir kommen und ein paar Schritte gehen?« Luca hat seine Worte an meine Frau gerichtet, und ich weiß, was er vorhat. Er möchte, dass ich mich mit Nate ausspreche. Ich weiß nur nicht, ob ich das kann. Immerhin habe ich ihm wochenlang nicht erzählt, dass wir hier sind und dass seine Nichte noch am Leben ist.

»Das ist eine gute Idee«, sagt sie, steht auf und küsst mich sanft auf die Lippen. »Ich bin gleich wieder da.«

Ich lasse sie nicht einfach gehen. Stattdessen ziehe ich sie nah an mich ran und vergrabe meine Nase in ihren Haaren. Ihr Duft umfängt mich, und ich sauge ihn tief in mich ein. Seit über sechs Jahren ist sie nun Teil meines Lebens, und ich werde ihrer nicht überdrüssig. Könnte es gar nicht, denn sie ist der perfekteste Mensch, den es gibt. Ich kann nur hoffen, dass es ihr mit mir genauso geht. Denn noch immer gibt es Nächte, in denen sie von Albträumen geplagt wird. Träume, in denen Eric zurück ist. In denen er sie holt oder mich umbringt. Träume, die dafür sorgen, dass sich Schatten unter ihre Augen legen und sie einige Tage nur gemeinsam mit mir das Haus verlässt.

»Nimm Pietro mit, ich möchte nicht, dass du allein unterwegs bist.«

Pietro ist sowieso angewiesen, sie nicht aus den Augen zu lassen. Wenn Cole von Isa weiß, wissen noch mehr von ihr. Und ich werde nicht riskieren, dass ihr noch einmal etwas geschieht.

»Natürlich. Ich liebe dich.«

Wieder haucht sie mir einen Kuss auf die Lippen, dann verschwinden die drei und lassen Nate und mich allein zurück.

»Mutter geht es nicht gut«, beginnt Nate das Gespräch.

»Ich werde sie die Tage besuchen. Ich habe überlegt, ob es ihr helfen würde, wenn wir sie mit uns nehmen. Wenn sie aus den USA rauskommt und alles hinter sich lässt. Wenn sie nicht immer an ihren Verlust erinnert wird.«

Nate schnaubt laut auf, auch er läuft rastlos durch den zu kleinen Raum. »Ihr Verlust ist nicht mehr vorhanden!« Seine Stimme ist zu laut. Nate scheint es zu bemerken, denn er fährt deutlich leiser fort. »Wenn sie Sarah nur einmal sieht, wenn sie sie in ihre Arme nehmen kann, wird es ihr wieder besser gehen. Noel, du musst zu ihr gehen und mit ihr reden!«

Mein Blick huscht in Richtung Schlafzimmer. Ich weiß, dass Nate recht hat, doch ich weiß auch, dass ich Sarah keine Sekunde allein lassen will. »Kannst du sie hierherbringen?«

Nate schüttelt den Kopf. »Nein. Das ist deine Aufgabe. Sie wird es mir nie verzeihen, wenn ich ihr nicht gleich alles sage. Also musst du es jetzt tun!«

Seufzend schließe ich die Augen. Ich habe heute nicht die Kraft dazu, ihr zu begegnen. Davor muss ich mich mit Isa aussprechen. »Ich werde morgen zu ihr gehen. Ich muss erst noch einige Dinge klären.«

»Arschloch!«, knurrt Nate und lässt mich allein zurück. Er hat recht, ich bin ein Arschloch.

»Also habt ihr euch nicht ausgesprochen?« Isa steht an der Tür und blickt mich mit traurigen Augen an.

»Es gibt nichts, worüber wir reden müssten.«

Isa kommt kopfschüttelnd zu mir rein, und ich ziehe sie fest in meine Arme. Ihre Nähe ist das Beruhigendste, das es gibt. »Age, ihr könnt nicht ewig wütend aufeinander sein.«

»Ich bin nicht wütend auf Nate, das habe ich dir doch schon tausendmal gesagt. Und ich weiß nicht, warum er wütend auf mich sein sollte.«

Sie seufzt leise, dann löst sie sich von mir. »Ihr seid zwei sturköpfige Idioten, wie ich sie noch nie gesehen habe.«

»Doch, immer wenn du in den Spiegel blickst.« Meine Worte bringen sie zum Schmunzeln, und ich glaube schon, dass ich sie gleich da habe, wo ich sie haben möchte. Nämlich in meinen Armen, ohne weiter über irgendetwas zu reden. Lieber noch wäre mir ein Bett, doch das werde ich gerade vergessen können. Leider verhärtet sich ihre Miene wieder, und ich seufze leise.

»Im Ernst, ihr müsst endlich reden!«

»Isa, es gibt vieles, worüber ich reden muss, doch mit Nate ist alles geklärt, verdammt noch mal!« Meine Stimme ist viel zu laut, ich gehe heute schon den ganzen Tag am Rand des Erträglichen. Immerhin habe ich gerade meine Tochter wiedergefunden, und doch ist sie so weit von mir entfernt, wie es nur geht.

»Fick dich!«, wettert Isa und wendet sich von mir ab. Doch das kann ich nicht, also greife ich nach ihrem Arm und ziehe sie zu mir. Ich weiß, das ist nicht fair, doch ich brauche sie, und wenn es auch nur ist, um ein Ventil für meine Wut zu haben.

»Nein, wenn, dann ficke ich dich!« Isa kracht gegen meine Brust, und ich schlinge die Arme fest um sie, damit sie mir nicht entkommen kann. »Außerdem kann ich mich nicht mit irgendwelchen Gesprächen beschäftigen, wenn ich euch alle beschützen muss! Wenn ich auf alles achten muss und dabei deine verschissenen Hormone nicht noch weiter durcheinanderbringen darf! Wie soll ich das schaffen? Wie soll ich euch in einer Stadt wie New York beschützen, wenn hier die halbe Welt gegen mich ist und euch alle meinetwegen tot sehen will? Weil sie mich leiden lassen wollen um meiner Geburt willen? Wie kann ich dich mit gutem Gewissen aus dem Haus gehen lassen, wenn ich gleichzeitig um euer Leben fürchten muss?«

Isa zuckt zusammen und blickt mich mit glasigen Augen von unten herauf an. »Du weißt es?«

»Fucking hell!«, fluche ich leise und schließe die Augen. »So hätte dieses Gespräch nie beginnen dürfen.«

Als ich die Augen wieder öffne, laufen ihr Tränen über die Wangen, und sie versucht, sich aus meinen Armen zu lösen. Doch ich lasse sie nicht gehen.

»Age, lass mich los!«, fleht sie und weicht meinem Blick aus.

»Nein, nicht so. Nicht wenn wir nicht über unser gemeinsames Kind gesprochen haben.«

»Ich bringe Luca um!«

»Ich weiß es nicht von ihm, ich wusste es schon, bevor wir Kanada verlassen haben.«

Isa schluchzt leise, dann blickt sie zu mir auf. »Und warum hast du nichts gesagt?«

»Warum hast du nichts gesagt?«

Immer mehr Tränen laufen ihr über die Wangen, und ich verfluche mich dafür, dass ich der Grund bin, aus dem sie weint. Dabei wollte ich sie doch nur noch glücklich sehen. »Weil ich weiß, dass du kein Kind in diese Welt setzen möchtest. Und als ich etwas sagen wollte, haben wir erfahren, dass Sarah noch am Leben ist, und es gab Wichtigeres.«

Eine ganze Weile schweigen wir uns an, ich weiß einfach nicht, was ich dazu sagen soll.

»Störe ich?«, ertönt Lucas Stimme hinter uns, und wieder einmal verwünsche ich ihn für sein Timing.

»Nein!«, sagt Isa mit fester Stimme, und als sie diesmal versucht, sich von mir loszumachen, lasse ich sie gewähren. »Ich wollte sowieso noch mal an die frische Luft.«

»Hell«, fluche ich leise und atme tief durch. Dabei beobachte ich, wie meine Frau die Wohnung verlässt, greife nach meinem Handy und rufe Pietro an.

»Ja?«, meldet er sich knapp. Er war noch nie ein Mann großer Worte.

»Isa kommt runter, lass sie nicht aus den Augen.«

»Wird erledigt.« Damit legt er auf, und ich weiß, dass ich so wenigstens die Chance habe, dass sie sich nicht in Schwierigkeiten bringt.

»Ich wollte nicht stören.« Luca kommt auf mich zu, und ich atme noch einmal tief durch.

»Ich weiß. Gibt es etwas Wichtiges?«

»Nein. Ich wollte nur sagen, dass gleich ein paar Männer kommen, die oben im Atelier das Bett aufbauen.«

Das ist gut, dann haben wir doch schon heute ein richtiges Bett, und Isa muss nicht auf der Couch schlafen.

»Ich schaue noch mal, ob Sarah etwas braucht.« Mit diesen Worten verlasse ich das Wohnzimmer und gehe leise ins Schlafzimmer. Sarah schläft seelenruhig in Lincolns Armen, der ebenfalls zu schlafen scheint. Ich kann noch gar nicht glauben, dass sie schon sechzehn sein soll. Das letzte Mal, als ich sie gesehen habe, war sie ein kleines Kind. Ihr Leben war einfach, ihre größte Sorge war, ob sie es hinbekommen würde, ein Schnittmuster für ein Kleid zu entwerfen oder nicht. Jetzt liegt hier eine junge Frau, die vielleicht das erste Mal in ihrem Leben verliebt ist. Und ich habe die Jahre dazwischen verpasst, werde sie nie wieder nachholen können.

Eine ganze Weile betrachte ich die beiden noch und frage mich, ob ich meine Tochter jemals wiederbekommen werde. Selbst wenn sie sich irgendwann an ihre Vergangenheit erinnern sollte, steht noch immer die Lüge ihrer Herkunft zwischen uns. Denn ich habe sie die ersten zehn Jahre ihres Lebens in dem Glauben gelassen, ihr Bruder zu sein, während ich in Wahrheit ihr Vater bin. Der Mensch, der sie mit seinem Leben hätte beschützen sollen.

–18–
Schatten der Vergangenheit
LP

Die Sonne scheint durch das Fenster, als ich wieder aus dem Schlaf erwache. Ich brauche einen Moment, um zu begreifen, wo ich bin. Erst als mir Lincolns Duft in die Nase steigt, weiß ich es wieder. Ich bin bei ihm. Und irgendwie sind hier Menschen, von denen mir gesagt wurde, sie seien tot. Menschen, die irgendwie mit mir verbunden sind, denen ich mich verbunden fühle, während ich gleichzeitig panische Angst vor ihnen habe. Doch die größte Angst habe ich vor Sarah.

Lincoln bewegt sich unter meinem Kopf und beginnt, mein Haar zu streicheln. Ich bin noch nicht bereit, mich irgendwelchen Gesprächen zu stellen, also schließe ich die Augen und hoffe, dass er nicht merkt, dass ich wach bin.

»Ich bin so froh, dass du endlich in Sicherheit bist«, flüstert er leise, und ich fühle seine Nase in meinem Haar. Ein Kribbeln breitet sich in meiner Brust aus, und es kostet mich alle Mühe, mich nicht zu verraten, indem ich mich enger an ihn kuschle. Stattdessen genieße ich seine Liebkosungen, genieße es, einfach nur bei ihm zu sein.

Ob er vielleicht doch irgendwann Gefühle für mich entwickeln wird? Ob er mich vielleicht doch irgendwann lieben kann, wo er doch niemals lieben will? Weil es eine Last ist?

»Bist du schon wach?«, fragt er nach einer Weile, und ich seufze schwer. Den Kopf kuschle ich enger an ihn.

»Mhm«, murmle ich, woraufhin es in seiner Brust leise poltert.

»Noch müde?«

»Mhm.«

»Wie geht es dir denn?«

Da sind sie. Die Fragen, auf die ich gerade keine Antwort habe. »Keine Ahnung. Ich weiß ja nicht einmal, was hier wirklich vor sich geht.«

Lincoln streicht mir sanft über den noch immer schmerzenden Rücken, und ich zucke zusammen. »Sorry. Soll ich Isa holen? Sie hat dich gestern auch versorgt.«

Hat sie das? Ich glaube, ich mag sie, und doch ist es ein seltsames Gefühl, nicht zu wissen, was sie getan hat. Dennoch fallen mir jetzt die Verbände auf, die meinen Körper verhüllen. »Nein, es geht schon. Kannst du mir vielleicht sagen, was hier vor sich geht? Wer diese Menschen sind und warum du mit ihnen zu tun hast?«

Wieder streicht er sanft über meinen Körper, achtet aber darauf, dass er keine meiner Verletzungen trifft. »Ich glaube, es steht mir nicht zu, es dir zu sagen. Außerdem habe ich so das Gefühl, dass ich selbst nicht alles weiß.«

»Bitte«, flehe ich leise. »Ich kann mit ihnen nicht sprechen. Sie sind Fremde, die mir doch vertraut wirken, und gleichzeitig machen sie mir panische Angst.«

Eine ganze Weile schweigt er, bevor er zu einer Antwort ansetzt. »Okay, also das, bei dem ich mir sicher bin: Du bist Sarah und wurdest nach einem Bombenattentat auf euer Haus damals entführt.«

Allein der Name Sarah lässt mich zusammenzucken und treibt mir Tränen in die Augen. »Nein, bin ich nicht. Ich weiß nicht, ob ich Lizzy bin, doch ich bin nicht Sarah!«

Lincoln setzt sich auf und blickt mich von oben herab an. Mit seinem Daumen streicht er mir die Tränen von den Wangen. »Warum hast du solche Angst davor, Sarah zu sein? Sie wurde geliebt, und ihre Familie hat unter ihrem vermeintlichen Tod sehr gelitten.«

»Bitte!«, wispere ich. »Bitte lass es, es macht mir so panische Angst! Ich möchte nicht so genannt werden, und ich möchte auch nicht hören, dass ich sie sei.«

»Okay«, antwortet er leise und streicht mir noch einmal über den Kopf, den ich auf seinen Schoß lege. Wie sehr ich ihn vermisst habe. »Aber was soll ich dir dann erzählen?«

»Warum sind sie am Leben? Warum sind sie jetzt hier? Und wie stehst du mit ihnen in Verbindung?«

Lincoln beginnt mir alles zu erzählen, was er weiß. Wie Luca Isas Tod vorgetäuscht hat, wie Noel an einer Schussverletzung beinahe gestorben wäre. Wie sie jahrelang weit entfernt von ihrer Heimat gelebt haben und dass er durch Luca auch für sie arbeitet. Er erzählt mir, wie er an dem Tag, an dem mein Vater mich gefunden hat, Isa und Noel vom Flughafen abgeholt hat, wie sie seither seine Wohnung besetzen und die ganze Zeit nach mir gesucht haben. Dabei nennt er kein einziges Mal den Namen Sarah.

Gerade als er geendet hat, klopft es leise an der Tür, und ich zucke zusammen.

»Kommt rein«, ruft Lincoln und legt seine Hand beschützend auf meinen Arm. Ich weiß wirklich nicht, was ich ohne ihn machen würde. Wie ich das alles ohne ihn überstehen sollte.

»Guten Morgen«, begrüßt mich Noel. Noel mit den grünen Augen. Warum blitzt vor mir ein Bild von einem gefallenen Engel auf? Warum fühle ich mich ihm so verbunden, während ich gleichzeitig panische Angst vor ihm habe? »Ich wollte nur fragen, ob ihr mitfrühstücken möchtet.«

Lincoln wirft mir einen fragenden Blick zu, und ich schüttle den Kopf. Zu meinem Glück versteht er. »Ich bringe dir was hier rein.«

Damit steht er auf, und ich ziehe die Decke enger um mich. Als Noel zu mir ans Bett kommt und sich setzt, beginne ich zu zittern. Meine Brust zieht sich zusammen, und ich bekomme kaum noch Luft. Erst als er seine Hand sachte auf meinen Oberarm legt, entspanne ich mich wieder etwas. »Hast du gut geschlafen?«

Ich nicke, sage aber kein Wort, weil ich meiner Stimme nicht traue.

»Prinzessin, ich weiß, dass du mich nicht kennst. Doch … weißt du, ich kenne dich schon dein ganzes Leben lang und noch länger. Auch wenn ich selbst gerade nicht weiß, wie ich mit der Situation umgehen soll. Ich muss langsam mit dir reden, damit wir dich besser schützen können. Meinst du denn, dass du dazu in der Lage bist?«

Tränen rinnen mir über die Wange, und ich kann seinen gequälten Gesichtsausdruck durch den Schleier, der mir die Sicht vernebelt, nur erahnen. »Nein«, hauche ich. »Ich … ich bin einfach nur durcheinander und habe panische Angst.«

Noel drückt kurz meinen Arm. »Ich hoffe, dass du weißt, dass du hier vor niemandem Angst haben musst. Wir werden dir niemals etwas tun. Haben sie dich denn sehr verletzt?«

Das Bild, wie mein Vater mich schlägt. Wie er mich tritt und wie er seinen Gürtel auf mich niedergehen lässt, taucht vor meinen Augen auf, und die Panik wird immer größer. Was, wenn sie erkennen, dass ich doch nicht die bin, für die sie mich halten? Was, wenn sie mich dann nicht mehr schützen? Werden sie mich vielleicht sogar zu ihm zurückbringen? Oder direkt zu Cole, dem ich versprochen bin? Meine Brust zieht sich immer mehr zusammen, und ich beginne zu wimmern. »Bitte, bitte schickt mich nicht zurück! Ich weiß, dass ihr Sarah sucht, aber bitte schickt mich nicht zu ihnen zurück!«

Noel greift nach mir und zieht mich in seine Arme. Sein Duft, der mir so vertraut ist, steigt mir in die Nase. Doch anstatt dass es mich beruhigt, versetzt es mich nur noch mehr in Angst und Schrecken.

»Nein«, entrinnt mir ein leiser Schrei, und ich beginne, gegen seine Umarmung zu rebellieren. »Lass mich los, lass mich los!«

Mit panischem Gesichtsausdruck lässt er wirklich von mir ab und springt vom Bett. In dem Moment stürmt Lincoln rein, der in seiner Hand eine Tüte hält. Sein Blick geht von mir zu Noel und wieder zurück. Ohne etwas zu sagen, kommt er zu mir ins Bett und schließt seine starken Arme um mich. Sein Duft umfängt mich, die Sicherheit seiner Umarmung lässt mich langsam ruhiger werden. Doch noch ist er hier, noch fühle ich eine Angst, die ich bisher nicht kannte.

»Was ist denn hier los?«, ertönt auch noch die Stimme von Isa, die sich neben Noel stellt.

»Ich habe sie nur beruhigen wollen«, erklärt sich Noel, schüttelt den Kopf und schließt die Augen. Dann verlässt er fluchtartig den Raum. Anstatt uns ebenfalls allein zu lassen, setzt sich Isa zu uns aufs Bett.

»Du hast Angst vor ihm, nicht wahr?« Mit meinem Kopf an Lincolns Brust nicke ich leicht und habe doch Angst davor, was Isa dazu sagen wird.

»Hast du denn auch Angst vor mir?«, will sie wissen. Ich überlege, fühle in mich hinein und atme erleichtert aus. »Nein, habe ich nicht.«

»Dann ist gut.« Sie schenkt mir ein warmes Lächeln, dann richtet sie sich an Lincoln. »Würdest du uns ein bisschen allein lassen? Ich würde mich gerne mit ihr unterhalten.«

Lincoln versteift sich einen Moment, dann nickt er. »Ruf, wenn du mich brauchst«, flüstert er leise, dann lässt er mich allein zurück. Noch immer hat er die Tüte in der Hand.

Isa setzt sich mit dem Rücken gegen das Kopfteil des Bettes und zieht die Beine eng an sich. »Mein Vater starb, als ich zehn Jahre alt war. Er war mein Ein und Alles. Mein Leben, denn meine Mutter starb bei meiner Geburt.«

Verwirrt blicke ich zu ihr auf. Will sie jetzt wirklich von sich erzählen?

»Ich wollte es erst nicht glauben, doch es war wahr. Also zog ich mit Eric, meinem Paten und dem besten Freund meines Vaters, nach Kalifornien. Doch Eric war nicht so, wie mein Vater immer dachte. Er ... Weißt du, Eric hat mir irgendwann einmal etwas verraten. Er hat meine Mutter geliebt. Von Anfang an. Doch meine Mutter und mein Vater kamen ihm zuvor, und bevor er um sie werben konnte, waren die beiden ein Paar. Es schmerzte ihn, sie beieinander zu sehen, und doch konnte er nicht einfach seines Weges gehen. Als ich dann zur Welt kam und sie starb, brach für ihn eine Welt zusammen. Bis er merkte, dass dies auch seine Chance war. Ich sah meiner Mutter schon immer ähnlich, und je älter ich wurde, umso mehr verglich Eric mich mit ihr. Ich war seine Prinzessin, sein Besitz. Und ihm ohne meinen Vater völlig ausgeliefert.«

Erschrocken reiße ich bei diesen Worten die Augen auf. »Hat er ...« Ich traue mich nicht einmal auszusprechen, was er ihr angetan haben könnte, und schlucke schwer, als sie nickt. »Ich war gerade zwölf, als er beschloss, dass ich kein Kind mehr sei. Es war die Hölle. Also lief ich davon, als sich mir die Möglichkeit bot. Aber es hat einen Grund, warum ich dir das erzähle. Age macht sich fürchterliche Sorgen um dich. Er will so gerne wissen, wie es dir geht, wo du all die Jahre warst und auch, ob sie dir wehgetan haben.«

Langsam schüttle ich den Kopf. »Nicht bevor ich davongelaufen bin. Mum war immer für mich da, ich durfte nur eben nicht das Haus verlassen. Doch ich wollte mehr. Wollte Leben. Also bin ich davongelaufen. Und danach hat mein Vater mich geschlagen. Als Strafe, weil mich jemand gesehen hat. Und vorgestern, weil er gehört hat, wie ich mit Lincoln telefoniert habe, auch wenn er das Handy nicht gesehen hat und ich meinte, dass ich Selbstgespräche geführt hätte.«

Isa atmet erleichtert aus und schließt einen Moment die Augen. »Lincoln bedeutet dir sehr viel, oder?«

Hitze steigt mir in die Wangen, und ich nicke leicht. »Er hat mich bei sich aufgenommen und ...«

»Und?«, will sie wissen und schenkt mir ein freundliches Lächeln.

»Er hat mich geküsst. Mein erster Kuss überhaupt.«

Nun wird ihr Lächeln breiter. »Und war es schön?«

Ich erinnere mich, wie er mich einfach an sich gezogen hat. Ohne zu fragen. Seine Lippen auf meinen, seine Zunge in meinem Mund und seine Hände, die mich festhielten. »Ja.«

»Dann ist gut. Ich glaube, Age gefällt es nicht, dass Lincoln dir so nahe ist, doch er wird es verkraften.«

»Warum nennst du ihn eigentlich Age?«

»*Angel with green eyes*. Als wir uns kennenlernten, hat er mir nicht gleich seinen Namen verraten, also hab ich mir eben einen eigenen für ihn ausgesucht.«

Ihre Antwort bringt mich zum Lachen. Vor allem, wenn ich daran denke, dass Lincoln mir seinen sofort auf die Nase gebunden hat. »Danke.«

»Wofür denn?«

»Dass du mir das erzählt hast. Meinst du, ich darf ihn auch Age nennen? Weil, ich glaube, es würde mir leichter fallen.«

Isa rutscht zu mir und streicht mir sanft über die Haare. »Er würde sich bestimmt freuen.«

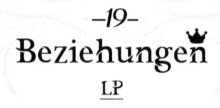

–19–

Beziehungen

LP

Ein lautes Krachen ist um mich herum zu hören, und ich fahre erschrocken hoch. Panik macht sich in mir breit, während Qualm in meine Nase steigt. Eine Explosion! Nein, nicht noch einmal! Zitternd springe ich aus dem Bett, versuche die Tür zu finden. Doch es ist so dunkel, dass ich sie nicht finde. Nur die kalte Wand, an der ich mich entlangtaste. Hitze breitet sich hinter mir aus, und als ich mich umdrehe, entdecke ich, dass mein Bett in Flammen steht. Mein Prinzessinnenbett, das mir Age geschenkt hat. Tränen rinnen mir über die Wangen. Dann schmecke ich Blut. Ich habe mir zu fest auf die Lippen gebissen. Eine weitere Explosion ist zu hören, diesmal schreie ich vor Schreck auf. Sie kommen. Sie kommen, mich zu holen! Grüne Augen erscheinen, kommen auf mich zu. Schwarze Schatten greifen nach mir, ziehen an mir und wollen mich zu sich holen. Doch ich will nicht zu ihnen, ich will zu … Früher hätte ich nach meiner Mutter geschrien. Doch heute nicht. »Lincoln!«, dringt es gepresst aus meiner Kehle. »Lincoln!«

Wo ist er nur? Gerade war er doch noch hier? Ist er …? Mein Blick huscht zu meinem Bett, immer wieder schlage ich um mich, um die Schatten zu vertreiben. Die Monster, die mir meine Kindheit genommen haben. Die Monster, die mich nicht mehr wollten, weil ich ihnen ein Klotz am Bein war. Lieber wollten sie mich tot sehen, als sich weiter um mich zu kümmern. »Lincoln!«

Die Flammen breiten sich immer weiter aus, sind fast bei mir angekommen. Mit dem Rücken presse ich mich gegen die Wand, taste weiter nach der Tür. Doch da ist keine Tür, ich bin eingesperrt, bin verloren. Langsam züngeln die

Flammen an meinen Füßen, verbrennen mich, und der unerbittliche Schmerz breitet sich in meinem Körper aus. Ein Schmerz, den ich nicht ertrage. Lieber wäre ich tot.

»Lincoln!«, schreie ich wieder, während mir Tränen über die Wangen laufen. Jemand hält mich, zieht mich näher an das Feuer. Es tut so weh! Es verbrennt mich, verbrennt meinen Rücken.

»Kleines, wach endlich auf.«

Kleines? Aber ... »Lincoln, wo bist du?«, schreie ich verzweifelt und versuche weiter, mich loszureißen. Doch je stärker ich mich wehre, umso fester wird der Griff um mich. Sie sind hier. Sie werden mich holen, weil sie nicht wollen, dass ich lebe. Lieber wollen sie mich tot sehen.

Ein leises, stetiges Klopfen ist zu hören. Vor meinen Augen erscheint so etwas wie ein silbernes Pendel. Unten eine Spitze, darüber eine Spirale, die an einer Schnur hängt. Sie schwingt stetig hin und her, im gleichen Takt, in dem ich das Klopfen höre.

»Bitte!«, wimmere ich und versuche mich zusammenzukrümmen. »Bitte hilf mir doch!«

Doch keiner ist da, der mir helfen wird. Keiner, der mich vor ihnen schützen wird. Sie wollen meinen Tod, wollen mich nicht mehr bei sich haben.

»Kleines, bitte wach endlich auf!«

Da ist sie wieder. Seine Stimme. »Bitte, Lincoln, hilf mir hier raus!«, schluchze ich und fürchte doch, dass er mich nicht hören kann.

»Öffne die Augen. Es ist nur ein Traum, wenn du die Augen öffnest, wirst du sehen, dass alles gut ist.«

Meine Augen? Aber meine Augen sind offen! Ich sehe alles, sehe das Grauen. Sehe die Flammen, die meinen Rücken zerfressen.

»Bitte, hilf mir«, flehe ich weiter und fühle, wie ich gehalten werde. Es ist kein Festhalten mehr, es ist ein Halten. Sein Duft steigt mir in die Nase, seine Nähe drängt die Flammen zurück.

»Ist gut, ich bin doch bei dir«, *flüstert er an meinem Ohr.* »Öffne einfach die Augen, dann wirst du sehen, dass alles gut ist. Dass du an einem Ort bist, an dem dir nichts geschehen kann.«

Dann endlich gelingt es mir. Ich reiße die Augen auf und finde mich in seinem Bett wieder. In seinen Armen, die meinen zitternden und schwitzenden Körper halten.

»Sie wollen mich nicht!«, schluchze ich und vergrabe mein Gesicht an seiner nackten Brust. Er schläft immer ohne Hemd, und so benetzen meine Tränen seine Haut. »Sie wollen mich lieber tot sehen, als mich weiter bei sich zu haben.«

Lincoln vergräbt seine Nase in meinem Haar, hält mich noch immer fest an sich gedrückt. »Du musst keine Angst haben. Sie können dir nichts mehr tun, du bist nun unter Menschen, die dich lieben.«

Er versteht es nicht. Er weiß einfach nicht, was sie getan haben. Aber kann ich es ihm sagen? Kann ich ihm anvertrauen, dass sie es waren, die mich verbrennen wollten? Die mich lieber tot sehen wollten, als mich länger bei sich zu haben? Nein. Dazu glaubt er ihnen viel zu sehr.

»Ich will nicht, dass sie alle hier sind«, gestehe ich leise. »Können sie nicht gehen?«

Lincoln seufzt leise. »Ich fürchte, ohne dich werden sie diese Wohnung nicht mehr verlassen. Nicht nachdem sie dich endlich wiedergefunden haben.«

Das leise Klopfen an der Tür weckt mich aus meinem leichten Schlaf. Nach meinem Albtraum hat mich Lincoln nicht mehr losgelassen, dennoch ist die Angst nicht von mir gewichen. Ich will nicht hier sein, will nicht unter ihnen sein. Sie sind mir viel zu viel.

Lincoln streicht mir sanft über den Kopf. »Bist du wach?«

»Mhm«, brumme ich. Ich bin absolut kein Morgenmensch, aber das weiß er bereits.

»Komm rein«, ruft Lincoln dann laut. Doch anstatt Age oder Isa oder Nate, die immer wieder versuchen, mit mir zu reden, steht eine alte Frau vor mir. Ihr weißes Haar hat sie zu einem strengen Dutt gebunden, ihre Kleidung sitzt perfekt. Das Make-up kann ihre Falten nicht retuschieren und schon gar nicht die Sorgenfalten um ihre Augen.

»Sa… Prinzessin? Bist du es wirklich?«

Sie kommt mir so bekannt vor, und die Erinnerung eines Duftes umweht mich. »Lizzy, ich bin Lizzy«, flüstere ich, während sie langsam auf mich zukommt. »Ja, das haben sie mir gesagt. Ich dachte … All die Jahre dachte ich, sie hätten dich mir genommen. Sie hätten dich ermordet.«

Tränen steigen mir ob ihrer Verzweiflung in die Augen. Ihr Körper bebt, ihre Lippen zittern.

»Ich bin nicht tot«, flüstere ich, ziehe dabei aber meine Decke enger um mich. Wäre Lincoln nicht, der mir Schutz gibt, ich würde schreiend davonlaufen. Ich muss hier einfach raus, so schnell wie möglich. Noch mehr Menschen, die mich Sarah nennen, ertrage ich nicht.

»Nein, meine kleine Prinzessin, du lebst!« Ihre Augen beginnen zu flackern, und Tränen rinnen über ihre Wangen. Dabei bildet sich ein Strahlen auf ihrem Gesicht, das man in einem Gesicht, geprägt von so viel Sorge und Kummer, niemals erwarten würde. Die Frau fällt vor dem Bett auf die Knie, greift nach meiner Hand und hält sie fest an sich gedrückt. »The Princess Pat …«

Ich erinnere mich. Dieses Lied, ich habe es schon so lange nicht mehr gehört, und doch kenne ich den Text in- und auswendig. »Wer bist du?«, frage ich mit brüchiger Stimme, woraufhin ihr noch mehr Tränen über die Wangen laufen. »Deine Mutter.«

Meine Mutter. Das Bild der Frau, die sich die letzten sechs Jahre meine Mutter genannt hat, taucht vor meinen Augen auf. Ist es wahr? Gehöre ich wirklich zu dieser Familie hier? Zu diesen Menschen, die mir einerseits so vertraut sind und mir doch solche Angst machen? Aber warum habe ich solche Angst vor ihnen, wenn sie meine Familie sind?

Schmerz durchzuckt mich. Erinnerungen an Schläge, Erinnerungen an Brandwunden. Sie alle wollten mich nicht. Ich weiß es einfach. Weder die Familie, die ich anscheinend zuerst hatte, noch die Familie, bei der ich die letzten Jahre gewohnt habe. Mit rasendem Herzen drücke ich mich an Lincoln, der hinter mir sitzt. »Bitte«, flüstere ich leise. »Das alles hier ist mir zu viel. Es ist einfach viel zu viel!«

Die Frau vor mir sackt in sich zusammen, nickt aber. Noch immer lächelt sie mich an, doch jetzt ist ihr Lächeln schwer, als würde sie es kaum aufrechterhalten können. »Natürlich. Ich lasse dich allein. Aber wenn du etwas wissen willst, wenn du reden möchtest, ich bin immer für dich da.«

Diesmal bekomme ich nur ein kleines Nicken zustande und atme erleichtert aus, als sie das Zimmer verlässt. Dann wende ich mich zu Lincoln um. »Gibt es eine Möglichkeit, von hier zu verschwinden? Ich halte das nicht aus, es sind zu viele Menschen hier.«

»Nicht ohne Schutz. Und es wird mich einiges an Überredungskunst kosten, mit dir hier rauszukommen.«

Mein Herz zieht sich zusammen. Warum kann mein Leben nicht ein anderes sein? Ein Leben, in dem ich einfach nur ich bin, ohne Explosionen, ohne Gedächtnisverlust. Einfach ein Mädchen, das es genießt, verliebt zu sein. Denn bei einem bin ich mir mittlerweile sicher: Ich bin verliebt. In Lincoln. Seine Nähe ist so unverzichtbar für mich, dass allein der Gedanke, er könnte für mich nicht das Gleiche empfinden, schmerzt. »Was heißt Schutz?«

»Ich denke, wenn wir hier rausgehen, werden uns Männer versteckt folgen, die jederzeit eingreifen können, wenn uns jemand zu nahe kommt. Wo möchtest du denn hin?«

»Ich weiß es nicht«, gestehe ich leise. »Ich weiß nur, dass mir hier alles zu viel ist. Dass ich mir wünsche, es wäre wieder so wie das letzte Mal, als ich bei dir war.«

Ein Lächeln schleicht sich auf Lincolns Lippen, und er zieht mich eng an sich. Wie so oft flattert es wie verrückt in meinem Bauch, und ein Grinsen huscht über meine Lippen. »Das wünschte ich auch«, haucht er und küsst mich sanft auf die Lippen. Dabei streicht er mir über den Rücken. Seine Hände finden einen Weg unter mein Shirt, woraufhin ich wohlig seufze. Seine sinnlichen Lippen öffnen sich, und er dringt mit seiner Zunge in meinen Mund. Wie ich seinen Geschmack liebe. Seinen Geruch. Einfach alles an ihm. Auch meine Hände verselbstständigen sich, und ich streiche ihm über den nackten Oberkörper. Als ich über seine Brust streife, zieht er scharf die Luft ein, was mich wieder zum Grinsen bringt. Seine Härte drückt sich gegen mich, und ich fühle ein angenehmes Ziehen zwischen meinen Beinen.

»Ich habe es ernst gemeint am Telefon«, hauche ich leise. »Ich habe mir so sehr gewünscht, dass du mein Erster bist.«

Lincoln hält abrupt inne, schiebt mich ein Stück von sich und blickt mich angsterfüllt an. »LP, ich …«

Er will mich nicht. Natürlich. Er will mich zwar küssen, vielleicht weil er mit mir befreundet ist und das für ihn dazugehört? Doch mehr ist da nicht. Schon gar keine Liebe.

»Okay.« Meine Stimme ist gedrückt, und ich versuche, mich aus seinem Griff zu lösen. Doch Lincoln hält mich fest und schließt einen Moment die Augen.

»Kleines, das hier ist schwerer für mich, als du dir vorstellen kannst.« Erst jetzt öffnet er seine Lider wieder, und der Goldrand um die bernsteinfarbene Iris scheint zu pulsieren. »Ich hatte noch nie eine Freundin. Habe noch niemals einen Menschen so nah an mich herangelassen wie dich.« Er schluckt schwer, legt seine Hände an meinen Kopf und streicht mit den Daumen über meine Wangen, bis hin zu meinem Mund. »Aber du … du warst von

Anfang an etwas Besonderes. Mit dir kann ich mir all das vorstellen, vor dem ich mich die ganze Zeit gefürchtet habe, wenn deine Brüder es nur zulassen.«

Eine einzelne Träne rinnt über meine Wange, die Lincoln sofort mit dem Daumen wegwischt. Mein Herz quillt über vor Liebe oder was auch immer das für intensive Gefühle sind, die mich erfüllen. »Die haben kein Mitspracherecht«, erwidere ich kichernd und lege den Kopf leicht schief. »Aber was heißt das für uns? Ich habe doch mit nichts Erfahrung, wurde vor dir noch nicht einmal geküsst.«

Lincolns Mundwinkel heben sich. »Das heißt dann wohl, dass du meine erste Freundin bist, und ich dein erster Freund?«

Lachend schmeiße ich mich auf ihn, drücke mich ihm entgegen und bedecke sein Gesicht mit tausend Küssen. »Mein Erster und Letzter, wenn es nach mir geht!« Wieder spüre ich seine Härte, die sich gegen meinen Schritt drückt, und ich fühle das angenehme Ziehen zwischen meinen Beinen. Ob es wohl sehr wehtut, wenn wir miteinander schlafen? Im Fernsehen wird das so unterschiedlich dargestellt, und Nica, eine Freundin aus dem Internet, hat mir erzählt, dass es fürchterlich war. Doch ich kann mir nicht vorstellen, dass es fürchterlich sein soll. Oder dass es so wehtut, wie sie gesagt hat.

»Kleines, du machst mich fertig!«, stöhnt Lincoln leise und hält mich fest, sodass ich meine Hüfte nicht mehr an ihm reiben kann. Mein Slip ist feucht, und ich wünsche mir so viel mehr. »Ich kann mich kaum noch beherrschen!«

»Dann beherrsche dich nicht«, murmle ich verlegen und senke den Blick. Das nutzt Lincoln, um uns beide zu drehen, sodass er auf mir liegt.

»Doch, ich werde mich beherrschen. Nicht nur weil da draußen zu viele Menschen sind, die hier reinplatzen könnten. Auch weil wir uns Zeit lassen werden. Es gibt mehr, als nur miteinander zu schlafen, und ich möchte, dass es schön für dich wird, wenn wir es das erste Mal tun.«

Hitze steigt mir in die Wangen. An die Menschen vor der Tür habe ich gerade nicht gedacht. »Meinst du, wir können irgendwo anders wohnen? Irgendwo, wo es ruhiger ist? Ich weiß nicht, wie ich es beschreiben soll, doch mir macht all das hier solche Angst.«

»Ich fürchte nicht. Außer dieser Wohnung hier wird nur das Haus deines Bruders Nate für dich infrage kommen. Denn sie suchen überall nach dir.«

Meine Muskeln verspannen sich, und ich blicke ihn voller Panik an. »Wer sucht nach mir?«

»Die Menschen, die dich damals entführt haben. Überall laufen Leute herum, die nach dir suchen, es wurde sogar eine Belohnung auf dich ausgesetzt.«

Deswegen also der Schutz, wenn ich das Haus verlassen möchte. »Also suchen sie intensiver nach mir als beim ersten Mal, als ich abgehauen bin?«

»Ja. Beim ersten Mal haben sie sich bedeckt gehalten, diesmal wissen es alle.«

Die Vorstellung macht mir Angst. Angst, die ganze Zeit empfinde ich genau das. Ich will nicht mehr, ich will mich endlich wieder frei fühlen.

»Und wenn wir weit wegfahren? In einen anderen Bundesstaat? Irgendwohin, wo ich in Sicherheit bin?«

Lincoln seufzt leise. »Ich weiß nicht, ob das so einfach ist. Hast du denn eine Ahnung, in was für eine Familie du hineingeboren wurdest? Für dich wird es immer gefährlich sein, das Haus zu verlassen, egal wo du bist. Deswegen haben Isa und Noel damals ihren Tod vorgetäuscht. Sie wollten ein Leben ohne Angst. Und wenn ich den Geschichten glauben kann, wollte Noel niemals Teil einer Mafiafamilie sein.«

Seine Worte lassen mich schwer schlucken. Ich wusste, dass sie gefährlich waren. Auch meine Eltern, nein, die Menschen, die mich entführt haben. Doch Mafia? Das wusste ich nicht. »Und wenn wir meinen Tod vortäuschen?«

»Sprich mit ihnen. Hör dir an, was sie dir alles zu sagen haben und sage ihnen, was du dir wünschst.«

Nun ist es an mir, die Augen zu schließen. Es ist einfach so viel. Dann treffe ich eine Entscheidung. Ohne Vorwarnung schiebe ich Lincoln von mir und springe regelrecht aus dem Bett. Ich muss diesen Moment des Mutes nutzen, muss jetzt stark sein. Dass Lincoln mir folgt, beruhigt mich dennoch.

Im Wohnzimmer finde ich sie alle vor. Wie die ganze Zeit. Sie versammeln sich hier, besprechen hier ihre weiteren Schritte, und wann immer ich das Schlafzimmer verlasse, versuchen sie, mich in ein Gespräch zu verwickeln, weshalb ich meistens versuche, mich an ihnen vorbeizuschleichen. Doch jetzt nicht, jetzt gehe ich direkt auf sie zu und unterdrücke dabei die aufkommende Angst.

»Es ist mir zu viel«, sage ich mit fester Stimme und bin mir ihrer Aufmerksamkeit bewusst. »Die Wohnung ist viel zu klein für so viele Menschen, und auch wenn ihr gerne hättet, dass ich euch zuhöre und glaube – ich brauche Zeit! Zeit, um zu verstehen, was mit mir geschehen ist. Zeit, um zu verarbeiten. Und dazu brauche ich Ruhe. Habt ihr eine andere Wohnung, in der ich allein sein kann?«

Es ist Age, der als Erstes aus seiner Starre findet und auf mich zukommt. In seinen Augen sehe ich Erleichterung, und ein Lächeln huscht über seine Lippen. Er scheint sich zu freuen, dass ich mit ihnen rede. Und seit ich ihn in Gedanken Age nenne, fühle ich mich wohler in seiner Gegenwart. Habe weniger Angst vor ihm. Vielleicht, weil Lance mir erzählt hat, dass mein Bruder von seiner Freundin Age genannt wurde. Vielleicht, weil er mir erzählt hat, wie glücklich ich immer war, wenn wir gemeinsam bei Lance essen waren.

»Prinzessin, das ist leider nicht so leicht. Das hier ist eine der wenigen Wohnungen, die dir wirklich Sicherheit geben, weil sie keiner kennt. Aber wenn es dir zu viel ist, wir können auch mehr Zeit außerhalb der Wohnung verbringen.«

»Nein«, antworte ich fest. »Ich brauche mehr als nur mehr Zeit. Ich brauche Privatsphäre.«

Isa kommt nun ebenfalls in Bewegung und stellt sich hinter Age. Dabei legt sie ihm eine Hand auf die Schulter. »Age, deine Mutter hat uns vorhin gebeten, zu ihr zu ziehen. Lass uns das doch machen, dann hat LP hier die Ruhe, die sie braucht.«

Zweifel sind in seinen Augen zu lesen, und eine ganze Weile schweigt er, bevor er unglücklich nickt. »Isa hat recht, das wäre eine Idee. Doch als Bedingung darfst du das Haus nicht verlassen. Nicht einmal den Müll bringst du raus, und wenn du doch rauswillst, wirst du uns davor Zeit geben, für deine Sicherheit zu garantieren.«

Ich muss nicht lange über seine Forderung nachdenken und nicke. Immerhin will ich auf keinen Fall wieder zurück zu meinen Eltern geschickt werden. Oder eben zu den Menschen, die ich jahrelang meine Eltern genannt habe. Zwar weiß ich auch noch nicht, ob ich auf Dauer hier bei diesen Menschen bleiben will, doch fürs Erste schützen sie mich. »Damit kann ich leben, wenn ich nicht immer auf eine Meute Menschen treffe, wenn ich nur zur Toilette oder duschen gehe.«

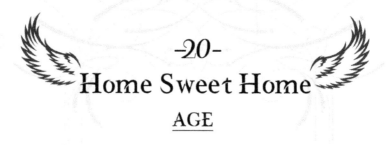

-20-
Home Sweet Home
AGE

Es ist ein seltsames Gefühl, in das Haus zurückzukehren, in dem ich aufgewachsen bin und in dem ich vermeintlich alles verloren habe. Das Erste, was mir auffällt, sind die verstärkten Sicherheitsvorkehrungen. Mehr Kameras, mehr Wachpersonal. Hier wäre Sarah noch sicherer. Doch mir ist bewusst, dass sie noch nicht bereit ist, hierher zurückzukehren. Ich bin es ja selbst nicht, denn alles in mir sträubt sich dagegen, hier zu sein. Lieber wäre ich in irgendeiner Absteige untergekommen, aber das sage ich natürlich niemandem. Stattdessen laufe ich mit Isa weiter den Gang hinunter, bis ich in meinen Räumen ankomme. Es sieht so aus, als wären wir nie fort gewesen, dabei weiß ich, dass hier fast alles in Trümmern lag. Nate muss dafür gesorgt haben, dass alles wieder so aufgebaut wurde, wie es einmal war. Nur der kleine Kaffeefleck, den Isa in meinem kleinen Wohnzimmer auf dem Fußboden hinterlassen hat, ist verschwunden. Umso glücklicher bin ich, dass die Frau an meiner Seite nicht verschwunden ist. Dass sie und unser ungeborenes Kind ein Teil meines Lebens sind.

»Noel!«, grüßt uns meine Mutter, die hier schon auf uns wartet, und nimmt mich in eine warme Umarmung. Wenn es auch nicht immer einfach mit ihnen war – wir haben immer gespürt, wie sehr sie uns lieben. Auch jetzt kann ich die Liebe zu mir fühlen und liebe sie ebenso.

»Schön, wieder zu Hause zu sein«, lüge ich und küsse sie auf die Wange.

»Hör auf, mich anzulügen. Ich bin zwar alt geworden, doch ich kenne dich gut genug. Wenn du hier sein wolltest, wärest du von Anfang an zu uns gekommen.«

Dann wendet sie sich an Isa und mustert sie mit hochgezogener Augenbraue. »Schön, dass du hier bist. Wir hatten ja nie die Gelegenheit, uns richtig kennenzulernen.« Damit kommt sie lächelnd auf Isa zu und schließt sie ebenfalls in ihre Arme.

»Die Umstände waren damals auch nicht die besten«, erwidert meine Frau.

»Stimmt. Vor allem das Gerücht, mein Mann hätte deinen Vater ermordet. Es tut mir so leid, dass du in deinem jungen Leben so viel durchmachen musstest, ich hoffe, ihr hattet wenigstens ein paar schöne Jahre gemeinsam.«

»Die hatten wir«, bestätige ich und greife nach Isas Hand. Nicht nur, um ihr Sicherheit zu geben, auch für mich. Ich brauche ihre Nähe, brauche die Gewissheit, dass sie bei mir ist.

»Das ist gut. Und wann habt ihr beiden vor, endlich zu heiraten? Immerhin seid ihr nun schon eine ganze Weile zusammen.«

Das ist der Moment, in dem ich meine Mutter hasse. Ich hätte es einfach besser wissen müssen. »Bevor wir uns über so etwas Gedanken machen, müssen wir erst einmal hier die Wogen glätten. Immerhin herrscht Krieg, und wir haben nicht wenige Feinde.«

Meine Mutter nickt leicht. »Stimmt. Dennoch darf man darüber hinaus nicht die schönen Seiten des Lebens vergessen. Man sollte jeden Moment im Leben genießen, denn wir wissen zu gut, wie schnell sich das Schicksal gegen einen wenden kann.«

Wie ich ihre Weisheiten vermisst habe. Denn sie hat recht. »Essen wir heute Abend gemeinsam? Ich glaube nicht, dass sich Sarah freuen würde, wenn wir schon heute wieder bei ihnen einfallen. Auch wenn ich ein ungutes Gefühl habe, sie mit Lincoln allein zu lassen.« Allein der Gedanke, er könnte zu weit bei ihr gehen, dreht mir den Magen um. Ich habe gesehen, wie er ihr Schutz gibt, wie er sich um sie kümmert und seine Bedürfnisse hintanstellt. Doch ich habe auch das Verlangen in seinen Augen gesehen, und dass es ihn nicht einmal schert, dass meine Tochter neben ihm im Bett schläft und er trotzdem nur in Boxershorts geschlafen hat, lässt Wut in mir aufkochen. Sarah ist noch viel zu jung, um Erfahrungen in dieser Weise zu machen. Allein der Gedanke, sie könnte wie ihre Mutter so früh schwanger werden, bringt mich um den Verstand.

»Mir gefällt das auch nicht. Der Junge hat keinen Anstand, wenn er halb nackt neben ihr liegt, während auch noch so viele Menschen in der gleichen Wohnung sind. Doch das ist im Moment unser kleinstes Übel. Viel wichtiger für mich ist die Frage, warum sie solch große Angst vor uns hat. Es ist nicht einfach nur Unsicherheit, die mir aufgefallen ist. Ihre Augen waren zwischendurch regelrecht panisch. Hast du schon mehr über ihre Vergangenheit herausgefunden?«

»Nicht viel. Wir hatten recht, es waren die Romeros, Alessandros Eltern, die sie entführt haben. Wobei sie sich mittlerweile Perez nennen. Das muss von Anfang an der Plan gewesen sein. Ein Schlag, den wir so einfach nicht verkraften würden, und dabei hätte er doch immer einen Trumpf in der Hand gehabt, hätten wir es doch verkraftet. Dass die Nacht ihrer Entführung auch Alessandros Todesnacht sein würde, hat er wohl nicht gedacht.«

Mutter nickt zustimmend. »Ich will mir gar nicht ausmalen, was er alles mit ihr vorhatte. So scheint es Sarah nicht allzu schlecht zu gehen, wenn man bedenkt, dass sie sie entführt haben. Es war wohl ihr Glück, dass sie sich an nichts erinnern konnte. Weißt du denn mittlerweile, wo sie gelebt haben? Namen vom Personal, Hauslehrern und anderem?«

Nichts ist von der lebensmüden Frau zu sehen, die mein Bruder beschrieben hat. Im Gegenteil, meine Mutter ist die Kämpferin, die ich immer vor Augen hatte. Eine Löwin, wenn es um ihre Kinder geht. Und Sarah war immerhin zehn Jahre ihre Tochter und ist noch immer ihre Enkeltochter. »Bisher nicht viel, aber ich bin dran und Nate auch. Er ist mittlerweile der mit den besseren Verbindungen, aber das weißt du ja.«

»Ja, er hat sich gut in seine Position eingelebt. Manchmal glaube ich, er hat die Geschäfte sogar noch besser im Griff als dein Vater, und dabei gibt es immer weniger Kriminalität auf den Straßen, weil er mit starker Hand durchgreift. Aber jetzt lass ich euch besser allein, wir treffen uns nachher beim Abendessen.« Damit gibt sie Isa noch einen Kuss auf die Stirn und zwinkert ihr zu, bevor sie meine Räume verlässt.

»Ich mag sie«, meint Isa schmunzelnd. Klar mag sie sie, meine Mutter weiß Menschen auch mit ihrem Charme zu betören.

»Das ist gut. Aber weißt du, was ich noch mehr mag?«

Isas Augen funkeln, dennoch zuckt sie unschuldig mit den Schultern. »Nein, was denn?«

Anstatt einer Antwort greife ich nach ihrem Handgelenk, ziehe sie zu mir und lege meine Lippen auf ihre. Seit wir Sarah befreit haben, hatten wir keine ruhige Minute mehr, und ich brauche meine Frau ganz dringend. Außerdem muss ich noch etwas erledigen.

Isa erwidert den Kuss gierig und schmiegt sich an mich. Mit fahrigen Bewegungen öffne ich ihre Jeans und streife sie ihr mitsamt ihrem Slip von den Beinen. Nein, ich werde es nicht schnell machen, doch ich will sie fühlen. Ihre nackte Haut unter meiner.

»Age«, stöhnt sie in meinen Mund. Wie ich es liebe, wenn sie das tut. Dieser bettelnde Unterton, der immer in ihrer Stimme liegt, macht mich wahnsinnig. Auch Isa macht sich an meiner Hose zu schaffen, und ich lasse sie gewähren. Mein Schwanz drückt sich pulsierend gegen ihre Hände, als sie mir die Hose endlich über die Hüften streift, und ich ziehe scharf die Luft ein. Schnell lange ich nach ihren Händen und ziehe sie von mir. Dabei blicke ich ihr schelmisch in die Augen und schüttle den Kopf. »Nicht so schnell, ich habe vor, mir viel Zeit mit dir zu nehmen!« Damit hebe ich sie auf meine Hüfte, steige aus der Hose und trage sie zu meinem Bett.

»Du musst lieb zu mir sein«, schnurrt sie leise und lässt ihre Hüfte so kreisen, dass ich fast so schon in sie reinrutsche. »Immerhin muss es mir gut gehen!«

Oh ja, das muss es! Nachdem ich ihr klargemacht habe, dass ich zwar Angst habe, ich mich aber unendlich auf unser gemeinsames Kind freue, haben wir uns ausgesprochen. All unsere Ängste und Hoffnungen dargelegt, und seither sind wir uns näher als je zuvor. Denn wir beide haben Angst, und wir beide würden alles für dieses Wesen in ihrem Bauch tun.

»Keine Angst, ich werde unendlich vorsichtig mit dir sein!«, verspreche ich, woraufhin sie die Augen aufreißt. Ein Lächeln huscht mir über die Lippen, und ich lege sie auf dem Bett ab. Ein Bett, in dem ich nie wieder schlafen wollte. Langsam ziehe ich ihr Top nach oben und bewundere ihre schönen Kurven. Ich weiß nicht, wie weit sie ist, sie hat erst in zwei Tagen einen Arzttermin. Doch ich bilde mir ein, eine ganz leichte Erhöhung ihres perfekten Bauches zu sehen. Mit der Zunge fahre ich durch ihren Bauchnabel, halte dabei ihre Hände an den Seiten fest, damit sie nicht fliehen kann. Ihre Hüften heben sich mir entgegen, und ich würde nichts lieber tun, als sie dort zu küssen. Aber warum eigentlich nicht? Also lasse ich meine Zunge in kleinen Kreisen nach unten wandern, bis ich an ihrer Scham ankomme.

»Wie ich es liebe, dich zu schmecken«, hauche ich und streiche zwischen ihre Schamlippen. Isa stöhnt laut auf, was mich zum Schmunzeln bringt. Eine ganze Weile widme ich mich ihr, bis sie kurz davor ist, zu explodieren.

»Age!«, schreit sie, und das ist der Moment, in dem ich von ihr ablasse, zu ihr hochrutsche und ihr fest in die Augen blicke.

»Ja?«, frage ich gespielt unschuldig, was sie nur wütende Funken werfen lässt.

»Mach gefälligst weiter, oder schlaf endlich mit mir!«

»Hm …« Mit der Hand greife ich nach ihrem BH, ziehe die Körbchen runter und beiße ihr leicht in die Nippel. »Nein, eigentlich habe ich nicht vor, dir so schnell Erlösung zu schenken«, raune ich. Dabei greife ich hinter ihren Rücken, öffne ihren BH und ziehe ihr Top und BH aus.

»Du bist so scheiße!«, flucht sie, was mich zum Lachen bringt.

Demonstrativ drücke ich meine Härte gegen ihre Scham. »Scheiße erregt, da hast du recht!« Meine Eichel dringt in sie, und es kostet mich all meine Kraft, nicht noch tiefer in sie zu stoßen.

»Age, bitte!«, jammert sie und versucht, sich mir entgegen-zudrücken. Doch schon bin ich wieder aus ihr draußen und lasse sie wimmernd zurück. Stattdessen widme ich mich ihrem Hals, küsse, knabbere und lecke sie.

»Du weißt schon, dass Schwangere noch geiler sind? Dass sie es nicht ertragen, so gequält zu werden?«

»Noch quäle ich dich nicht«, argumentiere ich. »Noch spiele ich mit deiner Lust!«

Isa stöhnt frustriert auf, versucht gleichzeitig aber, sich an mir zu reiben. Lachend verwöhne ich weiter ihren Körper, treibe sie immer wieder an den Rand des Orgasmus und liebe es, wie sie unter meinen Händen schmilzt. Als sie kurz davor ist, die Reißleine zu ziehen, greife ich in die Brusttasche meines Hemdes, das mittlerweile neben uns auf dem Bett liegt, ziehe die kleine Schachtel heraus und dringe direkt danach tief in sie ein.

»Ahhh!«, stöhnt sie, was wie Musik in meinen Ohren klingt. Dann nutze ich den Moment, halte still und blicke ihr tief in die Augen.

»Heirate mich.«

»Was?« Erschrocken richtet sie sich auf, ihre Augen sind weit aufgerissen.

»Heirate mich. Du bist der Mittelpunkt meines Lebens, das Gegenstück zu meiner gequälten Seele, der Anker, der mich am Leben gehalten hat. Ein Leben ohne dich ist nicht mehr vorstellbar, und ich hätte diesen Schritt schon viel früher wagen sollen.«

Tränen steigen ihr in die Augen, während sich ein Lächeln auf ihren Lippen bildet. Allein dieses Lächeln lässt mein Herz einen Satz machen.

»Hast du dir das auch gut überlegt?«

Das ist wohl mein Stichwort, und ich hole den Ring heraus, den ich schon seit Jahren immer bei mir trage. Dass sie ihn noch nicht entdeckt hat, grenzt an ein Wunder. Mit einem Gefühl unsäglichen Glücks streife ich ihn ihr über, woraufhin sich eine Träne aus ihren Augen löst. »Ja, das habe ich. Ich hatte bisher nur nie den Mut, dich zu fragen.«

Kopfschüttelnd blickt sie den goldenen Reif mit den beiden weißen und dem kleineren roten Stein an, die darin eingelassen sind. »Du bist verrückt!«, haucht sie leise, bevor sie mir wieder in die Augen blickt. Ihre Finger fahren über meine Brust, ziehen die Konturen meines gefallenen Engels nach. Ja, ich war in der Hölle. Viele Jahre lang. Doch dann kam ein Engel, der mich wieder ins Leben zurückgeholt hat, und es wird Zeit, dass ich diesen Engel vor Gott und der Welt heirate.

»Heirate mich«, hauche ich flehend, denn noch immer hat sie nichts dazu gesagt.

»Ja!«, antwortet sie und küsst mich stürmisch. Ihre Hände krallen sich in meine Haare, unsere Zungen vereinigen sich in einem wilden Tanz. Gleichzeitig stoße ich wieder in sie, liebe sie mit allem, was ich ihr geben kann, und weiß, dass dies erst der Anfang ist. Denn diese Frau gehört mir, und ich gehöre ihr. So wie sie mein Schicksal ist, bin ich ihres. Und nichts wird uns je wieder trennen.

151

−21−

Little Angel

Ein Gefühl tiefer Zufriedenheit überkommt mich, als Age die Tür hinter sich schließt und Lincoln und mich allein zurücklässt. Ein tiefes Seufzen strömt aus mir, und ich lasse mich auf die Couch plumpsen. »Irgendwie fühlt es sich so an, als könnte ich das erste Mal seit Tagen frei atmen.«

Lincoln lässt sich neben mir nieder, legt seine Hände auf meine Schultern und drückt mich ohne Vorwarnung mit dem Rücken auf die Couch. »Dann bin ich mal gespannt, ob ich dir den Atem wieder rauben kann«, flüstert er an meinen Lippen. Mein Herz macht einen Satz, und ich schließe genießerisch die Augen. Ganz sanft liebkost er meine Lippen, fährt mit der Zunge darüber und erbittet Einlass in meinen Mund. Als ich ihn öffne, wird der Kuss intensiver, inniger und fordernder. Mein Körper beginnt zu kribbeln, während die Welt beginnt, sich um mich herum zu drehen. Lincolns Hände wandern über meine Seiten, ziehen mein Top nach oben und liebkosen meine Haut. Noch nie wurde ich so berührt, nicht einmal von ihm. Denn auch wenn er mich schon gehalten hat, das hier ist intensiver, inniger, und ich fühle mich, als würde ich schweben. Alles in mir sehnt sich nach mehr. Also lasse ich meine Hände unter sein Shirt gleiten, fahre über seine wohldefinierten, harten Muskeln und kann mir ein Kichern nicht verkneifen.

»Was ist denn so lustig?«, fragt er und richtet sich ein wenig auf, um mir in die Augen zu blicken. Wie ich den Anblick dieser bernsteinfarbenen Iriden liebe. Sie erinnern mich immer öfter an ein Raubtier, vor allem, wenn er mich so ansieht wie gerade.

»Ich musste nur daran denken, wie ich damals dachte, ich wäre gegen eine Wand gelaufen.«

Das Funkeln in seinen Augen verrät mir, dass er es ebenfalls lustig findet. »Und bereust du es, gegen diese Mauer gelaufen zu sein?«

»Keine Sekunde.«

Sein Blick wird weicher, während er mir eine Strähne des blonden Haares aus den Augen streicht. »Ich auch nicht. LP, ich weiß nicht, wie weit ich mit dir gehen darf. Wozu du schon bereit bist und was dir zu weit geht. Wirst du mir sagen, wenn dir etwas unangenehm ist?«

Seine Worte lassen mich schwer schlucken, dennoch nicke ich. »Ich wüsste nicht, was gerade zu weit gehen könnte.«

Sein Adamsapfel hüpft auf und ab, seine Augen brennen regelrecht. »Dann werde ich auf dich achtgeben müssen, denn ich werde nicht zu schnell vorgehen.«

Bevor ich fragen kann, was er damit meint, küsst er mich stürmisch. Er zieht mir das Top über den Kopf und lässt seine Hände über meine Haut tanzen. Fast muss ich lachen, und gleichzeitig breitet sich Hitze in mir aus. Seine Lippen liebkosen mich, und er küsst sich einen Weg hinter mein Ohr, an meinem Hals entlang, bis hin zum Ansatz meines Busens. Dann erst zieht er die Körbchen herunter und zieht scharf die Luft ein. »Du bist so wunderschön, so perfekt«, haucht er und fährt mit seiner Nase über einen Nippel, der schon jetzt hart wird. Es ist, als gäbe es eine Verbindung zwischen meinen Nippeln und der Stelle zwischen meinen Beinen. Denn dort beginnt es zu pulsieren, sodass ich leise aufstöhne. Lincoln scheint das zu gefallen, denn er wiederholt es immer und immer wieder. Auch ich ziehe ihm das Shirt aus, zeichne seine Muskeln nach und frage mich, wie ein Mensch so perfekt sein kann. Ich weiß nicht, was ich an ihm am meisten liebe, doch die Tattoos stehen ganz oben auf der Liste. Während ich ihn als vollkommen ansehe, fühle ich mich fast unzulänglich und achte peinlich darauf, dass er keinen Blick auf meinen Rücken wirft. Doch vor allem seinen Charakter liebe ich. Nicht viele hätten mir so viel Halt gegeben, wie er es die letzten Wochen getan hat. Erst als ich von zu Hause abgehauen bin, dann jetzt mit meiner Familie im Nacken. Dabei weiß ich sehr wohl, dass es Lincoln nicht einfach fiel, so für mich da zu sein. Immerhin ist meine Familie nicht irgendwer. Ich hätte es ihm nicht übel genommen, wenn er ihretwegen das Weite gesucht hätte, immerhin können sie ihm auch die Hölle heiß machen. Aber das hat er nicht. Im Gegenteil, er war jeden Moment für mich da, wenn ich ihn gebraucht habe. Ich kann nur hoffen, dass ich ihm das irgendwann zurückgeben kann. Dass ich auch einmal so für ihn da sein kann, wie er es für mich ist.

»Du machst mich wahnsinnig!«, raunt er nach einer Weile und rutscht wieder zu mir nach oben. Dabei lässt er seine Hand über meine Hüfte gleiten, die sich ihm automatisch entgegenstreckt.

»Ich dich?«, frage ich atemlos und wünsche mir so sehr, dass er weiter geht. Dass er mir die Hose auszieht und mich an den Beinen streichelt, an den Schenkeln und an … Gott, ich weiß nicht einmal, wie ich dazu sagen soll! »Du machst mich verrückt!«

Lincoln lacht leise. »Ja, das ist auch meine Absicht. Was wünschst du dir?«

Will er das wirklich von mir wissen? Hitze steigt mir ins Gesicht, und ich senke den Blick. Ich kann ihm doch nicht sagen, dass er mich weiter ausziehen soll. Dass ich mir mehr wünsche! Doch lange kann ich den Blick nicht gesenkt halten, denn er nimmt mein Kinn in die Hand und hebt meinen Kopf an, sodass ich ihm wieder in die Augen blicken muss. »Tu das nicht«, flüstert er leise. »Verschließe dich nicht vor mir. Sag mir immer, was du denkst, denn nur so weiß ich, dass ich nichts falsch mache.«

»Du kannst gar nichts falsch machen«, wispere ich leise. »Du bist so perfekt, perfekter als jeder erste Freund, den ich mir in Gedanken ausmalen könnte.«

»Auch wenn ich weiß, dass ich nicht perfekt bin, freut es mich, dass du mich für perfekt hältst, My Little Angel.«

Little Angel. Wie ich es liebe, wenn er mich so nennt. Wie ich es liebe, dass ich das von Anfang an war. »Aber jetzt sag mir, was wünschst du dir?«

Es kostet mich alle Kraft, nicht wieder den Blick von ihm abzuwenden, und ich schlucke schwer. »Ich will, dass du mich weiter berührst.«

»Wo?« Seine Augen glühen, und seine Hand fährt sachte über meine Brust. »Hier?«

»Ja«, hauche ich und schließe genießerisch die Lider.

»Und hier?«, fragt er, während er langsam über die Seite zu meinem Bauch fährt.

»Ja.« Diesmal kommt das Wort fast als ein Stöhnen heraus, woraufhin Lincoln mich sanft auf eine Brustwarze küsst. Seine Hand wandert tiefer, sein Finger fährt unter meinen Hosenbund. »Und hier?«

Wieder schlucke ich, diesmal nicke ich nur.

»Soll ich dir die Hose ausziehen?«

»Ja!«, keuche ich, bevor ich mir die Hand vor den Mund schlage und die Augen aufreiße. Lincoln lacht leise, während mir immer mehr Hitze ins Gesicht steigt.

»Ich liebe es, all das als Erster mit dir zu erleben«, flüstert er und öffnet langsam meine Hose. Behutsam schiebt er sie über meine Hüfte und schmeißt sie letztendlich auf den Boden. Ich bin so erregt, dass ich die Feuchtigkeit zwischen meinen Beinen fühlen kann. Es ist mir peinlich und gleichzeitig so erregend. Lincoln streicht mir sanft über die Schenkelinnenseiten, liebkost meine Haut und bringt mich wieder zum Stöhnen. Ich will mehr, so viel mehr. Und gleichzeitig habe ich auch Angst davor. Angst, dass es wirklich wehtun könnte, Angst, dass es dafür noch viel zu früh sein könnte. Doch davon sage ich nichts, stattdessen lasse ich ihn gewähren und öffne meinerseits seine Hose. Schon oft habe ich sein Glied gespürt, fast jeden Morgen, wenn wir nebeneinander erwacht sind. Doch nie habe ich ihn ausgezogen, in der Erwartung, ihn zu erkunden. Als die Hose offen ist, hilft Lincoln mir, sie nach unten zu schieben, und legt sich wieder auf mich. Das Gefühl, ihn zwischen meinen Beinen zu fühlen, ist so intensiv, dass ich den Kopf in den Nacken schmeiße.

»Gott, du machst mich fertig!«, raunt Lincoln und fährt mit der Hand zwischen meine Beine. Nur der Stoff meines Slips und seiner Boxershorts ist noch zwischen uns. Mit kleinen kreisenden Bewegungen sorgt er dafür, dass ich immer wilder werde, ihm mein Becken entgegenrecke und immer lauter zu stöhnen beginne. Und dann kommt es über mich. Ohne Vorwarnung fühle ich ein Pulsieren, das sich von meinem Kitzler her in meinen ganzen Körper erstreckt und mich laut zum Stöhnen bringt. Lincoln drückt noch fester auf meine Scham, küsst mich, liebkost mich und zeigt mir durch seine Gesten, wie sehr ihm das gefällt. Als ich mich langsam wieder beruhige, grinst er mich schelmisch an. Das gleiche Grinsen, das er damals auch hatte, als er mir den ersten Kuss geraubt hat. »Jetzt gehört mir nicht nur der erste Kuss, sondern auch dein erster Orgasmus«, prahlt er, und ich schlage auf seine Schulter.

»Arsch«, schimpfe ich, woraufhin er noch breiter grinst.

»Ich hab dir doch schon mal gesagt, du darfst mich nennen, wie du willst. Solange mir weiter deine ersten Erfahrungen gehören. Denn ich liebe es, dass nur ich dich küssen durfte. Dass nur ich dich berühren darf.«

Das ist der Moment, in dem mir schlecht wird. Denn er weiß es nicht. Er weiß nicht, dass Cole mich geküsst hat und was er noch alles mit mir machen wollte. Er hat es nicht sagen müssen, sein Tun hat es mir verdeutlicht. Noch immer fühle ich seine kalten

Lippen und schmecke den bitteren Geschmack. Dabei hatte ich genau das hier die ganze Zeit so gut verdrängt, genauso wie meine Vergangenheit.

»LP, was ist los?«, fragt Lincoln, und mir wird bewusst, dass ich leicht zu zittern begonnen habe.

»Nichts«, lüge ich, doch ich kann in seinen Augen sehen, dass er mir nicht glaubt.

»Bitte, verrate mir, was los ist«, sagt er sanft und streicht dabei über mein Gesicht. Eine einzelne Träne rinnt mir über die Wange.

»Ich ... ich wollte es nicht.«

»Was?«, gibt er nun gepresst von sich, und ich fühle, wie er sich über mir verspannt. Also schließe ich die Augen, denn ich kann ihn dabei nicht ansehen. Nicht, da ich weiß, wie glücklich er eben noch war, als er dachte, er wäre der Einzige, der mich je geküsst hat.

»Meine Eltern haben ihn eingeladen. Sein Name ist Cole, und er ... Ich glaube, sie wollten, dass er mich nimmt, dass ich ihm gehöre.« Allein bei dem Gedanken steigt Galle in mir auf, die ich eilig wieder herunterschlucke. »Er hat mich zu meinem Zimmer gebracht, mich gegen die Wand gedrückt und mich geküsst.« Jetzt öffne ich die Augen und sehe blanken Hass in Lincolns Gesicht. Seine Augen sind so kalt, ich hätte nie für möglich gehalten, dass dieser Bernsteinton so kalt wirken kann. »Ich wollte es nicht«, flüstere ich. »Das musst du mir glauben!«

Mit einem Satz springt Lincoln auf und tigert durch den Raum. Seine Hände sind zu Fäusten geballt, sein ganzer Körper bebt. Dann schlägt er mit voller Wucht gegen die Wand, so fest, dass die Rigipsplatte nachgibt und ein Loch zurückbleibt. Immer mehr Tränen rinnen über meine Wangen, während ich die Beine eng an mich ziehe. Ich fühle mich so schlecht, so beschmutzt und gerade so nackt. Mit fahrigen Bewegungen hebe ich mein Top auf und ziehe wenigstens das über, während Lincoln noch drei weitere Löcher in der Wand hinterlässt. Ohne etwas zu sagen, stehe ich schnell auf, renne ins Schlafzimmer und verschließe die Tür hinter mir. Dann krieche ich ins Bett, ziehe Lincolns Kissen eng an mich und atme seinen Duft ein. Er ist so wütend, dabei wollte ich das doch nicht. Nie. Ich wollte doch immer nur ihn.

Nur wenige Momente später höre ich, wie Lincoln die Tür öffnen will.

»LP, es tut mir leid. Mach bitte auf!«

Ein Schluchzen entrinnt meiner Kehle, denn ich kann hören, dass er noch immer unendlich wütend ist. Wütend auf mich, weil ich einen anderen geküsst habe.

»LP, bitte! Ich … Verdammt, ich weiß grad einfach nicht, wie ich damit umgehen soll!«

Ich auch nicht. Es ist zu viel. Also ignoriere ich ihn, ignoriere all seine Worte und schließe die Augen, um einen Moment Ruhe zu finden.

-22-
Verkackt

Lincoln

Nur aus den Augenwinkeln seh ich noch, wie LP ins Schlafzimmer huscht, und ich verfluche mich. Lange habe ich nicht mehr so die Kontrolle verloren. Das letzte Mal, als ich von zu Hause abgehauen bin, als mein Vater wieder einmal auf mich einschlagen wollte. Als er wieder einmal zu viel getrunken hatte und ich als Boxsack herhalten sollte. Damals habe ich auf ihn eingeschlagen. Schlag für Schlag, bis er zu Boden ging. Dann habe ich meinen kleinen Bruder genommen, ihn zur nächsten Polizeiwache gebracht, damit sie sich um ihn kümmern konnten. Lieber hätte ich ihn mit mir genommen, doch er war gerade erst vier Jahre alt, unsere Mutter Alkoholikerin, mein Vater genauso, und ich war noch viel zu jung, um mich selbst um ihn zu kümmern. Also habe ich auf der Wache meine Aussage gemacht, mich umgedreht und bin gegangen. Natürlich habe ich ihn im Auge behalten, habe mitbekommen, wie er erst ins Heim kam und dann eine Familie gefunden hat, die ihn adoptiert hat. Er hat ein gutes Zuhause, und ich bin meinen eigenen Weg gegangen. Einen Weg, der mich heute um Jahre zurück schmeißt. Denn gerade habe ich die Kontrolle verloren, während sie mich gebraucht hätte.

Schnell laufe ich ihr hinterher, doch das Schlafzimmer ist abgeschlossen. Alles Klopfen und Bitten bringt nichts, sosehr ich mir das auch wünsche. Sie hat das Vertrauen in mich verloren. Ich habe es vermasselt.

Eine ganze Weile überlege ich, was ich jetzt machen kann, dann entscheide ich mich, den einzigen Menschen anzurufen, dem sie außer mir noch ansatzweise vertraut. Nach zweimaligem Klingeln geht Noel dran.

»Ist etwas geschehen?«

»Ich brauche Isa«, antworte ich einfach nur und hoffe, dass Noel mich nicht hinterfragt.

Einen Moment ist es ruhig in der Leitung, bevor er antwortet. »Wenn du Sarah wehgetan hast, bringe ich dich um«, knurrt er. Dann raschelt es, und Isas Stimme ertönt.

»Was ist denn geschehen?«

»Ich bin ein Vollidiot. LP. Sie hat mir vertraut, sie hat doch keinen anderen. Und jetzt … Sie hat mir erzählt, dass ihre Eltern sie weggeben wollten und dass dieser Mann sie gegen ihren Willen geküsst hat. Ich bin ausgeflippt und hab gegen die Wand eingedroschen. Jetzt hat sie sich in ihrem Zimmer eingeschlossen. Verdammt, ich wollte das nicht!«, schreie ich fast ins Telefon, und wieder hasse ich mich dafür, dass ich mich in diesem Moment nicht unter Kontrolle habe.

»Ich bin in einer halben Stunde da«, antwortet Isa und legt auf. Eine halbe Stunde, dann hat wohl mein letztes Stündchen geschlagen. Denn ich habe ihr wehgetan. Wenn nicht körperlich, dann seelisch. Das wird mir Noel nie verzeihen.

-23-
Sein verdammtes Leben
LP

Qualm, Rauch, Hitze. Es ist so unheimlich heiß hier, ich bekomme kaum noch Luft. Mein Rücken brennt wie Feuer, ich weiß kaum, wie ich mich noch bewegen soll.

»Noel, Nate!« Die Worte gehen mir so leicht über die Lippen. Warum sollten sie das auch nicht? Sie sind immer für mich da, sie sind meine Brüder.

»Noel, Nate!«, rufe ich wieder, doch es kommt keine Antwort. Die Hitze wird unerträglich, und ich will mich bewegen. Doch es geht nicht.

»Sie haben dich nicht mehr gewollt«, ertönt aus der Ferne eine leise Stimme. *»Sie wollten dich loswerden, sie werden dich nicht retten.«*

»Nein!«, weine ich in mein Kissen und versuche das leise, stetige Klopfen zu ignorieren. Ebenso wie das Pendel, das durch mein Zimmer schwingt. Die Spitze unter der Spirale, die an einer Kette hängt. »Sie lieben mich! Sie sind doch meine Brüder!«

Ein ohrenbetäubender Knall ersetzt den anderen, es hört sich an wie ein Feuerwerk. Nur dass ich weiß, dass es keins ist. Nein, es ist etwas Größeres, etwas Schlimmeres, das mich verschlingen wird, wenn sie nicht kommen, um mich zu retten.

»Sie sind nicht gekommen, sie haben dich deinem Schicksal überlassen. Und wenn sie je herausbekommen, dass du noch am Leben bist, werden sie beenden, was sie begonnen haben. Ihre grünen Augen werden dich verbrennen, wie es das Feuer tun wollte.«

161

Das leise Klopfen hört nicht auf, es ist allgegenwärtig. Ebenso wie das Pendel und die Stimme. Aber ich kann es nicht glauben, ich will es nicht glauben! Wieso sollte das sein? Wieso sollten sie mich je im Stich lassen, wo ich doch ihre kleine Prinzessin bin? Daran halte ich mich fest, es ist wie ein Anker, der mir Schutz gibt. Ich bin ihre Prinzessin, etwas, das sie lieben.

»Sie wollen keine Sarah mehr, sie wollen dich nicht mehr. Deswegen wünsche dir nicht mehr, Sarah zu sein. Wünsche dir nicht mehr dein altes Leben zurück, es ist dein Untergang. Noel und Nate sind dein Untergang.«

Es fühlt sich so an, als würde alle Luft aus meinen Lungen weichen. Ich will husten, kann mich aber nicht bewegen. Sie sind nicht da. Die Stimme hat recht. Sie wollen mich nicht mehr.

Und dann kommt er. Seine kalten Finger halten mich in eisigem Griff. Seine Lippen legen sich auf meine. Ein ekliger, bitterer Geschmack breitet sich auf meiner Zunge aus. Nein, ich will das nicht! Ich will nicht, dass er mich küsst! Er ist doch viel zu alt, er könnte mein Vater sein! Außerdem …

Lincoln. Das Bild des Mannes mit den bernsteinfarbenen Augen erscheint vor mir. Tränen rinnen mir über die Wangen, und ich strecke meine Hand nach ihm aus. Doch er blickt mich voller Wut an. Er schüttelt den Kopf, dreht sich um und verschwindet. Er will mich nicht mehr. Ich habe einen anderen geküsst, und nun ist er fort. Der Einzige, den ich noch hatte, ist nun fort. Ich weiß es, ich wusste es immer. Keiner will mich, sie alle haben sich von mir abgewendet.

»Prinzessin?«, ertönt in dem Moment eine weibliche Stimme in meiner Nähe. Nur wo? Wo ist sie? Ich kenne sie, ich mag sie. Sie … Ich weiß nicht, zu wem sie gehört, doch sie wird mich retten.

»Prinzessin, wach auf, es ist nur ein Albtraum.

Eine warme Hand legt sich auf meine Schulter, und ich fahre erschrocken hoch. Der Rauch, überall ist Rauch. Hustend krampfe ich meine Hände vor den Bauch, versuche Lincoln in der Düsternis zu erkennen. Mein Rücken brennt wie Feuer, die Schmerzen sind fast unerträglich.

»Prinzessin, schau mich an, ich bin bei dir, dir kann nichts geschehen.«

Wieder blicke ich mich suchend um, der Nebel, der mir die Sicht versperrt, lichtet sich langsam. Da ist sie. Ich mag sie, mochte sie schon immer.

»Isa«, heule ich und schmeiße mich in ihre Arme. Sie hält mich, lässt mich nicht mehr los.

»Scht, es ist alles gut, das war nur ein Albtraum. Du bist in Sicherheit.«

Schluchzend vergrabe ich mein Gesicht an ihrem Shirt und genieße die Sicherheit, die sie mir gibt. Dabei versuche ich, mich an meinen Traum zu erinnern. Doch er rinnt mir einfach durch die Finger, lässt sich kaum greifen. Alles, was ich noch deutlich vor mir habe, ist diese Stimme. Die Stimme, die mir sagt, dass sie gefährlich sind, dass sie mich nicht wollen.

»Prinzessin, willst du mir sagen, was heute geschehen ist?«, fragt Isa nach einer ganzen Weile. Langsam bekomme ich wieder Luft, langsam verblasst der Albtraum.

»Ich …«, beginne ich, halte dann aber noch einmal die Luft an. »Ich habe Lincoln erzählt, wie ich Cole geküsst habe, und Lincoln ist ausgerastet.«

»Erzähl mir mehr. Hast du diesen Cole geküsst oder er dich?«

Ein Kloß bildet sich in meinem Hals, und wieder breitet sich ein bitterer Geschmack auf meiner Zunge aus. »Er mich«, schluchze ich. »Ich wollte das nicht, wirklich!«

Isa schiebt mich ein Stück von sich und blickt mit ihren grauen Augen fest in meine. »Das glaube ich dir doch. Und dieser Cole hatte kein Recht dazu. Niemand hat das Recht dazu, dir etwas anzutun, das du nicht willst.«

Ich erinnere mich an das, was sie mir erzählt hat, und schlucke schwer. Ich sitze hier und heule wegen eines Kusses, dabei hat sie so viel Schlimmeres durchgemacht. Der Kuss wäre auch nicht so schlimm, wenn ich dadurch Lincoln nicht verloren hätte. Lincoln, der mich nun hasst.

»Er war so wütend.«

»Dieser Cole?«, fragt Isa, und ich schüttle den Kopf. »Nein, Lincoln. Er will mich nicht mehr. Ich habe einen anderen geküsst, und Lincoln will mich nicht mehr.«

»Okay, stopp«, sagt Isa mit fester Stimme. »Lass uns hier einige Dinge klarstellen. Erstens hast du mir eben gesagt, dass Cole dich geküsst hat, dass du es nicht wolltest. Er hatte kein Recht dazu. Und was Lincoln angeht, ja, er ist wütend. Er würde am liebsten jemanden umbringen. Aber nicht dich, sondern Cole, weil Cole dir Gewalt angetan hat.«

Wieder schluchze ich. Kann das sein? Kann es wirklich sein, dass Lincoln nicht wütend auf mich ist? »Aber warum hat er mich dann so voller Wut angesehen?«

»Weil er nicht wusste, wie er damit umgehen soll. Weil du ihm am Herzen liegst und er nicht verhindern konnte, dass dir jemand Schmerzen zufügt. Weder konnte er dich vor dem Mann schützen, der sich als dein Vater ausgegeben hat, noch vor dem Mann, der dich gegen deinen Willen geküsst hat.«

»Aber«, setze ich an, doch Isa unterbricht mich.

»Nein, da gibt es kein Aber. Lincoln würde alles für dich tun. Das hat er die letzten Tage immer wieder bewiesen. Kleines, ich glaube, wir sollten dir Hilfe suchen. Nicht nur dass du vor so vielem Angst hast, du hast niemals richtig gelebt. Hattest nie Kontakt zur Außenwelt und hast damit so viel aufzuholen. Niemand hier will dir etwas Böses, wir alle lieben dich doch.«

Liebe. Das ist so ein großes Wort, das ich nur aus dem Fernsehen kenne. Und doch bedeutet es mir hier und jetzt alles.

»Ich war in Therapie. Habe so viele Jahre Zeit mit einer Therapeutin verbracht, und es hat nichts gebracht. Ich konnte mich einfach nicht an meine Vergangenheit erinnern.«

Isa blickt mich eine Weile intensiv an, dann schenkt sie mir ein Lächeln. »Wir müssen es ja nicht gleich angehen. Sollen wir zusammen etwas kochen?«

Diese Frage lässt mich beschämt den Kopf senken. »Ich habe noch nie in meinem Leben gekocht.«

»Dann wird es Zeit, dass wir das ändern. Age und ich werden heute Abend zum Essen da sein, und die Männer werden einen Riesenhunger haben. Ich geb Pietro schnell die Einkaufsliste durch, in der Zeit kannst du dich anziehen. Und ich werde alles vorbereiten.« Damit steht sie auf, und ich bleibe allein im Zimmer zurück. Hat sie recht? Ist Lincoln überhaupt nicht sauer auf mich? Der Gedanke erwärmt mir das Herz, denn das würde heißen, dass alles wieder gut werden kann. Und irgendwie freue ich mich auch darauf, gemeinsam mit Isa etwas zu kochen. Also springe ich auf und renne unter die Dusche. Ich erinnere mich daran, was ich vorhin mit Lincoln getan habe. An seine Hände auf meinem Körper, an … War das ein Orgasmus? Es war der reine Wahnsinn! Und das, obwohl er überhaupt nicht viel getan hat. Lächelnd schäume ich mir den Körper ein und schließe die Augen. Doch anstatt Lincoln erscheinen Bilder von meinem Traum. Auch die Stimme ist wieder da. Erschrocken schreie ich leise auf, halte mir aber die Hand vor den Mund. Was ist das? Warum träume ich so etwas? Kann es sein …? Panik macht sich in mir breit, aber es würde passen. Schnell dusche ich mich wieder ab und nehme mir vor, später etwas im Internet zu recherchieren.

In der Küche ist Isa bereits dabei, eine Tüte mit Lebensmitteln auszupacken. Schnell eile ich zu ihr und helfe ihr, alles ordentlich auf die Arbeitsplatte zu legen.

»Danke, dann können wir jetzt beginnen.«

Gemeinsam schnippeln wir Gemüse und Lachs, setzen Nudeln auf und machen uns über die Soße her. Immer wieder machen wir Scherze, lachen und haben einfach einen entspannten Nachmittag, wie ich ihn noch nie erlebt habe. Es fühlt sich fast so an, als müsste es genau so sein. Als wäre das hier das Leben, das Leben, das ich mir immer wieder erwünscht habe. Nachdem alles auf dem Herd ist, kneten wir sogar noch einen Schokoladenteig, aus dem wir leckere Kekse zum Nachtisch formen und in den Backofen schieben.

»Wie bist du denn eigentlich vorhin in mein Zimmer gekommen?«, frage ich zwischendurch.

»Age bekommt jedes Schloss geknackt. Es hat keine Minute gedauert, dann war die Tür offen, und ich hab die beiden weggeschickt, damit wir ein wenig Zeit allein für uns haben. Und? Was meinst du?«, fragt Isa, als sie die ersten Kekse aus dem Ofen holt und mir einen in den Mund steckt.

»Heisch!«, stöhne ich und versuche, etwas kalte Luft in meinen Mund zu bekommen. Dabei lache ich und wedle wie wild mit den Händen vor meinem Mund herum.

Isa lacht, schiebt sich ebenfalls einen Keks in den Mund und stöhnt leise. »Ich bin anscheinend überhaupt nicht hitzeempfindlich.«

Da gebe ich ihr recht. Als mein Keks endlich abgekühlt ist, kaue ich ihn und stöhne ebenfalls. »Boah, sind die lecker!«

»Jupp, das sind Ages Lieblingskekse. Eure Mutter hat die früher immer für euch gemacht.« Plötzlich wird sie bleich und blickt zu Boden.

»Was ist los?«, will ich wissen.

Isa schüttelt den Kopf. »Es wird Zeit, dass du die ganze Geschichte erfährst. Doch nicht von mir, das ist Ages Aufgabe. Meinst du denn, dass du langsam dazu in der Lage bist, ihm zuzuhören?«

Ich überlege eine Weile, dann nicke ich. Irgendwann muss ich da durch. »Ich werde es sein. Eine andere Wahl habe ich ja auch nicht, wenn ich endlich wissen möchte, wer ich wirklich bin und wo ich herkomme.«

Isa schenkt mir ein Lächeln, dann drückt sie mir die Schüssel mit dem Salat in die Hand. »Dann auf, wir decken den Tisch. Die Männer müssten auch gleich kommen, die haben noch eine kleine Überraschung für dich gekauft.«

Eine Überraschung? Allein bei dem Gedanken macht mein Herz einen Satz. »Was denn?«

Wieder lacht Isa. »Wenn ich dir das sagen würde, wäre es ja keine Überraschung mehr. Also, komm, ich hab Hunger!«

Eine Viertelstunde später kommen Age und Lincoln zur Wohnungstür rein, und mein Herz setzt einen Schlag aus. Ich halte die Luft an und blicke zu Lincoln, der mich unsicher mustert. Eine ganze Weile stehen wir beide wie versteinert da, dann durchbreche ich den Moment, gehe langsam auf ihn zu und schmiege mich an ihn. »Ich wollte ihn nicht küssen, wirklich!«, flüstere ich, woraufhin Lincoln seine Arme um mich schließt. »Bist du mir denn arg böse?«

Bei meiner Frage zieht er scharf die Luft ein und greift nach meinem Kinn, damit ich ihn anblicken muss. »Das hast du geglaubt? Hast du gedacht, ich würde so ausflippen, weil ich böse auf dich bin?«

Beschämt will ich den Kopf senken, doch Lincoln lässt mich nicht. »Ja«, hauche ich, woraufhin Lincoln in sich zusammensinkt.

Dann zieht er mich ganz eng an sich. Isa und Age sind längst nicht mehr bei uns, sie haben sich an den Esstisch verzogen.

»Ich war wütend auf den Kerl, der dir wehgetan hat«, flüstert Lincoln. »Ich war wütend auf mich, weil ich nicht da war, um dich zu beschützen. Ich war wütend auf die ganze Welt. Doch keine Sekunde war ich wütend auf dich, das musst du mir glauben.«

Ich glaube ihm, also blicke ich wieder zu ihm hoch. »Du musst nicht wütend sein, du hättest mir nie helfen können.«

Nun schluckt er schwer, sein Körper beginnt zu beben. »Aber es wäre meine verdammte Aufgabe gewesen, dir zu helfen.«

»Warum?«, hauche ich.

»Weil du aus irgendeinem Grund innerhalb weniger Tage mein verdammtes Leben geworden bist.«

Seine Worte erwärmen mein Herz, und auf meinen Lippen bildet sich ein breites Lächeln. »Dein verdammtes Leben?«

Nun lächelt auch Lincoln, beugt sich zu mir runter und küsst mich sanft auf die Lippen. »Ja, mein verdammtes Leben.«

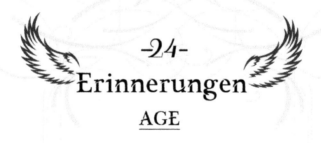

-24-
Erinnerungen

AGE

Es ist das erste Mal, dass ich das Gefühl habe, Sarah kann sich in meiner Gegenwart entspannen. Wir lachen, wir erzählen, und sie scheint irgendwie einen wichtigen Schritt weitergekommen zu sein. Vielleicht ist es gar nicht so schlimm, dass Lincoln vorhin die Beherrschung verloren hat. Immerhin ermöglicht es mir, das erste Mal mit meiner Tochter entspannt zu Abend zu essen.

»Okay«, zerstört Isa nach einer ganzen Weile die ruhige Atmosphäre. »Ich würde sagen, wenn wir alle satt sind, werden Lincoln und ich den Tisch abräumen, und du wirst unserer Prinzessin alles erzählen.«

Ich habe lange mit Isa darüber gesprochen, ob es wirklich klug ist, ihr jetzt die ganze Wahrheit zu sagen. Immerhin freundet sie sich gerade damit an, dass ich ihr Bruder bin. Dass sie vielleicht wirklich Sarah ist, ein Teil unserer Familie. Andererseits denke ich auch, dass Isa recht hat. Sarah hat ein Recht auf die Wahrheit. Sie soll wissen, wer ihre Eltern sind und wie sehr ich sie trotz allem immer geliebt habe. Wie sehr meine Eltern sie vom ersten Moment an geliebt haben.

»Soll ich nicht helfen?«, fragt Sarah mit hoffnungsvollem Blick in Lincolns Richtung. Er ist ihr Anker, ihre Stütze. Ich werde mich mit ihm abfinden müssen und muss gestehen, ich hätte es schlechter treffen können. Natürlich weiß ich mittlerweile alles über ihn. Angefangen bei seiner beschissenen Kindheit mit Eltern,

169

die ihr Geld lieber versoffen haben, als sich um ihre Kinder zu kümmern, über seine Flucht von zu Hause, bis hin zu den Straßenkämpfen, in die er sich hat verwickeln lassen. Ich weiß auch, dass er einer der Besten war, einer, der es bei den Kämpfen zu etwas hätte bringen können. Umso glücklicher bin ich, dass Luca ihn rechtzeitig von der Straße geholt hat. Denn entweder einer der Miesen hätte sich Lincolns angenommen und ihn zu einem Wrack gemacht oder Lincoln hätte nicht mitgespielt und wäre in einer Seitenstraße kaltgemacht worden. So ist das Leben auf der Straße, friss oder stirb. Luca ist einer der wenigen, die sich Jugendlichen und Kindern wie Lincoln verschrieben haben. Schon lange hat er nichts mehr mit illegalen Geschäften am Hut, stattdessen hat er eine eigene Organisation gegründet, in der die Kids lernen, sich gegenseitig zu helfen. So auch Lincoln, der Tag für Tag unterwegs ist, um nach dem Rechten zu sehen. Natürlich hat er durch Luca auch Kontakte zur Unterwelt, weiß, wer gefährlich ist und wem er sich anvertrauen kann. Doch wenn Lincoln nun mit meiner Tochter zusammen ist, kann er das nicht weitermachen. Es ist zu gefährlich, ich möchte nicht, dass meine Tochter zu früh um einen geliebten Menschen trauern muss. Dafür hat sie schon jetzt viel zu viel durchgemacht. Weil ich sie nicht schützen konnte.

»Nein, du sprichst dich jetzt mit Age aus. Es ist an der Zeit, dass du die ganze Wahrheit erfährst. Eine Wahrheit, die du schon vor sechs Jahren hättest erfahren sollen, als wir geplant haben, gemeinsam mit dir das Land zu verlassen«, erwidert Isa.

Wie nicht anders zu erwarten war, blicken Sarah und Lincoln Isa an, als wäre sie ein Alien. Dann gibt es jetzt wohl kein Zurück. Isa hat den Startschuss gesetzt, und ich muss da durch. Aber sie hat recht. Wir wollen in wenigen Wochen heiraten, und Sarah soll als meine Tochter dabei sein. Auch Lincoln nickt, und Isa und er verlassen das Esszimmer.

»Prinzessin«, beginne ich leise und habe doch Angst, dass sie sofort wieder dichtmacht. Doch stattdessen schließt sie die Augen einen Moment, bevor sie mich fest ansieht.

»Wie sicher seid ihr euch, dass ich Sarah bin?«

Ich muss nicht lange über eine Antwort nachdenken. »Ich habe dich zehn Jahre lang jeden Tag gesehen, und wenn ich dich wegen eines Geschäftstermins einmal nicht gesehen habe, haben wir wenigstens telefoniert. Ich kenne dich vom Tag deiner Geburt an, ich weiß, dass du meine kleine Prinzessin Sarah bist.«

Sie schluckt schwer, dann nickt sie. »Dann nenn mich Sarah. Es wird Zeit, dass ich mich daran gewöhne.«

Allein dieses kleine Vorankommen zaubert mir ein Lächeln auf die Lippen, und ich würde sie so gerne in die Arme nehmen. »Dann mache ich das, deine Mutter würde sich so sehr darüber freuen. Denn hier beginnt meine Geschichte, und ich hoffe, dass du sie dir bis zum Ende anhören wirst.«

Sarah nickt, zieht ihre Beine auf den Stuhl und schließt ihre Arme darum. Etwas, das sie früher schon gerne gemacht hat, wenn sie meinen Geschichten gelauscht hat. Ich erzähle ihr von ihrer Mutter. Ich erzähle ihr, wie jung wir waren, und auch wenn ich tausend Fragen in ihren Augen sehen kann, bleibt sie ruhig. Als ich ihr von dem Angriff auf mich und dem damit verbundenen Hirntod ihrer Mutter erzähle, rinnen ihr Tränen über die Wangen. »Hast du ein Bild von ihr?«, fragt sie mit leiser, brüchiger Stimme.

»Ja, ich werde es dir morgen mitbringen. Ich wusste nicht, dass ich dir heute alles erzählen würde, sonst hätte ich es dabeigehabt.«

Sarah nickt, und ich weiß, dass ich weitersprechen soll. Also berichte ich ihr, was meine Eltern entschieden haben und dass ich froh bin, dass sie es getan haben. Denn ich war zwar ein toller Bruder, doch als Vater hätte ich mit meinen sechzehn Jahren versagt. An der Stelle ihrer Geburt rinnen ihr wieder Tränen über die Wange.

»Ich habe dich gehalten. Den ganzen Tag und die ganze Nacht. Keiner durfte dich mir abnehmen, ich habe weder gegessen noch war ich auf Toilette. Ich habe dir die Flasche gegeben und dir die erste Pampers gewechselt. Du warst vom ersten Moment an perfekt, zu perfekt für diese Welt.«

Ich weiß nicht, womit ich das verdient habe, doch plötzlich springt sie auf und schmeißt sich in meine Arme. Ihre Tränen durchnässen mein Hemd, während sie an meiner Brust schluchzt. Sie riecht noch immer so unendlich gut. Wie mein kleines Baby, das viel zu kurz mein Baby war, bevor es zu meiner Schwester wurde. Sanft streiche ich ihr mit der Hand durch die Haare und erzähle leise weiter. Ich erzähle ihr alles, woran ich mich noch erinnern kann. Ihre ersten Worte, ihre ersten Schritte, ihr Lachen und ihre Lebenslust. Als ich zu dem Tag des Anschlags komme, verspannt sie sich, doch da sie nichts sagt, rede ich weiter. Ich lasse nicht einmal aus, wie sehr mich ihr vermeintlicher Tod getroffen hat. Dass ich das ohne Isa niemals überlebt hätte und wie wir die nächsten Jahre verbracht haben, bevor Lance uns durch Zufall in Kanada begegnet ist.

»Also glaubst du mir?«, frage ich, als ich geendet habe, und Sarah nickt.

»Ich weiß, dass es die Wahrheit ist«, flüstert sie leise. »Ich glaube, ich wusste es schon immer. Du warst immer viel mehr als nur ein Bruder für mich.«

Erschrocken erstarre ich mitten in der Bewegung und lasse meine Hand über ihrem Kopf in der Luft schweben. »Du erinnerst dich?«

Meine Stimme ist nur ein Hauchen. Ich weiß nicht einmal, ob sie mich gehört hat.

»Ja«, schluchzt sie leise. »Ja, es ist alles wieder da.«

Tränen rinnen mir über die Wangen. Das erste Mal seit dem Tag ihrer Geburt schließe ich meine kleine Tochter, meine Prinzessin, in die Arme und weine wie ein Baby. Ich habe sie. Endlich sind wir eine Familie. Denn sie erinnert sich nicht nur an mich, sie weiß auch, wie sehr ich sie immer geliebt habe, und macht mir keinerlei Vorwürfe, dass ich sie so lange in dem Glauben gelassen habe, ich sei ihr Bruder. Als ich den Kopf hebe, entdecke ich Isa in der Tür, der ebenfalls Tränen über die Wangen laufen. Ihre Hand liegt schützend über ihrem Bauch, und ich weiß, dass ich der glücklichste Mensch dieser Welt bin.

-25-

♛ Mit jedem deiner Fehler ...

LP

Den Abend verbringen wir gemeinsam auf der Couch. Links neben mir Lincoln, rechts mein Vater, der seine Hand auf meiner liegen hat. Es ist seltsam, dass Noel mein Vater ist, und doch habe ich es schon immer in mir gefühlt. Diese Verbundenheit mit ihm, die so anders als die mit Nate ist. Nie hätte ich geglaubt, dass ausgerechnet dieses Geständnis mir mein Gedächtnis zurückgeben könnte. Doch es scheint, als hätte es eine Blockade in mir gelöst, denn plötzlich war alles da. Jede noch so kleine Erinnerung, bis hin zu dem Anschlag. Ich weiß, dass Nate mich aus meinem Zimmer geholt hat. Erinnere mich an ihre Stimmen und wie mein Vater losmusste, um Isa zu retten. Die Frau, die er liebt. Die Frau, mit der er eine gemeinsame Familie mit mir gründen wollte. Auch wenn ich mir wünschte, die letzten Jahre wären so nicht gewesen, ist es vielleicht gut so, wie es gekommen ist. Mein Kopf liegt auf Lincolns Schulter. Wäre mein Leben anders verlaufen, wäre er heute nicht hier. Dann wäre ich irgendwo auf dieser Welt, doch sicher nicht hier. Aber ich will hier sein. Hier bei meiner Familie. Bei Nate, bei Grandma und auch bei Lincoln. Selbst an Luca kann ich mich erinnern, der mich regelmäßig besucht hat. Es ist seltsam und gleichzeitig, als wäre eine große Last von mir gefallen. Denn nun bin ich nicht mehr Lizzy, die ihr ganzes Leben lang eingesperrt war. Ich bin Sarah, die von den Menschen um sie herum unendlich geliebt wurde. Wie ich das auch nur eine

Sekunde lang bezweifeln konnte, ist mir ein Rätsel, doch sobald ich Zeit habe, im Internet zu recherchieren, werde ich das tun. Denn wenn ich richtigliege, geht das Ganze viel tiefer, als ich je für möglich gehalten hätte.

Immer wieder blicke ich zu meinem Vater und Isa, die ebenfalls den Kopf auf seiner Schulter liegen hat. Während mein Vater meine Hand hält, hat er seine andere beschützend um sie geschlungen und auf ihren Bauch gelegt. Ich bin unendlich aufgeregt. Nicht nur dass ich meine Familie wiederhabe. Ich bekomme Isa als Mutter und ein kleines Geschwisterchen, das ich schon jetzt liebe. Natürlich hat mich mein Vater auch gefragt, ob ich bereit wäre, nach Hause zu kommen. Doch das habe ich abgelehnt. Noch brauche ich Ruhe, um alles zu verarbeiten. Um mit all den Erinnerungen umgehen zu können, die auf mich einströmen. Umso glücklicher bin ich, dass wir es uns vor dem Fernseher bequem gemacht haben und ich meinen Gedanken nachhängen kann.

»Jetzt haben wir fast was vergessen!«, reißt mich mein Vater plötzlich aus den Gedanken.

»Was denn?«

Er und Lincoln stehen auf, dann holen sie eine große Kiste, die in Geschenkpapier gepackt ist, und stellen sie auf den Wohnzimmertisch. »Hier, pack aus!«, verlangt Lincoln und blickt mich voller Eifer an. Aufgeregt reiße ich das Papier von dem Karton und finde darunter eine Schicht aus Stoff vor. Irritiert blicke ich zu den beiden, die breit grinsen. Vorsichtig wickle ich Schicht für Schicht ab, bis ich am Ende viel zu viel Stoff vor mir ausgebreitet habe. Als Nächstes folgt wieder Geschenkpapier, was mich leise aufstöhnen lässt. Doch als ich es abgerissen habe, macht mein Herz einen Satz, und ein spitzer Schrei löst sich aus meiner Kehle. »Eine Nähmaschine!«

»Wir dachten, wir bringen dir auch noch eine kleine Auswahl an Stoffen mit, damit du gleich loslegen kannst«, ergänzt Lincoln feierlich. Voller Freude springe ich zuerst meinem Vater in die Arme und schmiege den Kopf an seine Brust. »Danke dir!«

Der streicht mir sanft über den Rücken, bevor ich mich von ihm löse und zu Lincoln gehe. Sanft schließt er mich in seine Arme und blickt mir fest in die Augen. »Hätte ich gewusst, dass du gerne nähen würdest, hätte ich dir schon längst eine Nähmaschine besorgt.«

Anstatt einer Antwort stelle ich mich auf die Fußspitzen und recke ihm den Kopf entgegen. Seine Lippen legen sich vorsichtig auf meine, doch sein Körper verspannt sich. Ich brauche einen Moment, um zu begreifen. Natürlich, hier steht nicht mehr mein Bruder bei uns. Noel ist nun mein Vater, auch wenn er noch so jung ist. Ein Lächeln schleicht sich auf meine Lippen, als ich ihn näher zu mir ziehe, den Mund öffne und ihn richtig küsse.

»Age, ich glaube, wir sollten langsam nach Hause. Ich bin müde«, höre ich Isas leise Stimme. Einen Moment bekommt sie keine Antwort, doch aus den Augenwinkeln kann ich sehen, wie sie ihn einfach am Arm packt und mit sich zieht.

»Schlaft gut, ihr beiden!«

Schon höre ich die Haustür ins Schloss fallen und fühle mich unendlich glücklich.

»Wenn du so weitermachst, bringt mich Noel noch um, das ist dir bewusst, oder?«, fragt Lincoln leise lachend.

»Wenn er das macht, bringe ich ihn um. Immerhin scheine ich eine Mafiabraut zu sein.« Mit diesen Worten ziehe ich Lincoln ins Schlafzimmer, ohne dabei meine Lippen von seinen zu lösen. Das vorhin war so intensiv, so schön, ich möchte es wieder und wieder erleben. Doch nicht nur das, ich möchte ihm genauso viel Freude schenken.

Lincoln zieht mich noch enger an sich und lässt seine Hände unter mein Shirt gleiten. Ein prickelndes Gefühl steigt in mir auf, und mein Herz verdoppelt seine Schläge. »Es tut mir so leid wegen vorhin«, flüstert er an meinen Lippen.

»Ich habe es verstanden. Du warst nicht wütend auf mich.«

»Ich könnte nie wütend auf dich sein. Du bist so wundervoll, so heiß und so sexy!« Lincoln zieht mir das Shirt über den Kopf, geht einen Schritt zurück und betrachtet mich eingehend. Nur in Hose und BH fühle ich mich seltsam und doch unendlich begehrt.

»Zieh deine Hose für mich aus«, raunt Lincoln, und ich habe das Gefühl, seine Augen fangen Feuer. Einen Moment fühle ich mich unwohl in meiner Haut und tapse von einem Fuß auf den anderen. Doch dann recke ich das Kinn und öffne meine Hose. Lincoln zieht scharf die Luft ein, was mir einen weiteren Kick gibt. Also hake ich meine Daumen in den Bund der Hose und schiebe sie langsam über meine Hüften.

»Holy shit«, raunt Lincoln und fährt sich mit der Hand durch die Haare. Mir zaubert das ein Lächeln auf die Lippen, und als ich meine Hose von den Beinen gestreift habe, hake ich die Daumen in den Slip.

»Die auch?«, frage ich herausfordernd. Lincoln ist mit einem Satz bei mir und hält meine Arme nach oben, damit ich nicht weitermachen kann.

»Nein, das ist meine Aufgabe.« Ohne Vorwarnung schubst er mich aufs Bett, was mich zum Quieken bringt. Einen Moment noch betrachtet Lincoln mich, bevor er sich auf mich schmeißt. Seine Knie heften sich neben meinen Hüften in die Matratze, und sein Blick wandert zu meinem BH. »Du bist so wunderschön, so perfekt«, raunt er und streicht mit dem Daumen über den Ansatz meiner Brust. Langsam und vorsichtig schiebt er das Körbchen nach unten, bis es meinen Busen nach oben drückt und meine Brustwarze sich ihm voller Vorfreude entgegenreckt.

»So perfekt«, raunt er noch einmal, bevor er sich zu mir runterbeugt und sie zwischen seine Lippen zieht. Das Gefühl ist so intensiv, dass ich meinen Rücken durchstrecke, um ihm noch näher zu kommen. Das nutzt Lincoln, um meinen BH zu öffnen. Doch irgendwie will ihm das nicht gelingen, und bevor ich auch nur darüber nachdenken kann, was er tut, hat er mich bereits auf den Bauch gedreht. Panik steigt in mir auf, bisher habe ich es immer geschafft, ihm meinen Rücken vorzuenthalten. Mich vor ihm zu verbergen und ihn meine Narben nicht sehen zu lassen. Jetzt schließe ich die Augen. Denn ich weiß, ich bin alles andere als perfekt. Ich bin gezeichnet fürs Leben.

Eine ganze Weile sagt er nichts, öffnet einfach meinen BH und fährt die einzelnen Narben, die zum Glück kaum auf der Haut ertastet werden können, nach. Wenigstens darum haben sich die Monster, die mich entführt haben, gekümmert. Auf mein körperliches Wohl haben sie immer sehr geachtet. Noch immer sagt Lincoln nichts, stattdessen beginnt er, meinen Rücken zu küssen. Jeden Millimeter, jede verbrannte Stelle, die mich zeichnet.

»Ich wünschte, ich könnte sie wegküssen, und gleichzeitig liebe ich sie«, haucht er, woraufhin ich die Luft scharf einziehe. Wie kann er sie lieben?

»Ich wünschte nur, du könntest sie wegküssen.«

»Aber sie sind auch ein Teil von dir. Eine Kriegsverletzung, die dich zu dem Menschen macht, der du heute bist. Nur das Wissen, welchen Schmerz sie dir verursacht haben müssen, macht mir zu schaffen. Denn wenn ich mit einem nicht umgehen kann, dann ist es das Wissen, dass du Schmerzen hattest.«

Liebe. Pure Liebe flutet mein Herz, und doch fühle ich mich noch immer so fehlerhaft, so beschmutzt. »Aber sie sind so hässlich, entstellen meinen ganzen Körper.«

Eine ganze Weile noch fährt er die Narben nach, und ich frage mich, was er denkt. »Das hier sieht aus wie eine Krone«, spricht er irgendwann leise. »Little Princess.«

Die Luft stockt mir, und ich schließe einen Moment die Augen. Dann fährt er die nächste Narbe nach. »Und die hier könnten Engelsflügel sein. Mit deinen Haaren könntest du wirklich ein Engel sein, du musst nur die Flügel ausbreiten und würdest in den Himmel davonfliegen. Doch wenn du das tust, würdest du mein

Herz mit dir nehmen, also bitte ich dich, auf Erden zu bleiben. Bei mir.«

Tränen rinnen mir über die Wangen, und ich frage mich, wie viel ein Mensch überhaupt weinen kann. Ich scheine ein Fass ohne Boden zu sein.

»Und die hier«, flüstert er, »sieht aus wie ein Schloss. Ein Schloss, das erst noch geknackt werden musste, bevor du endlich wieder zu der Frau werden konntest, die du immer hättest sein sollen.«

Es ist zu viel. Wie schafft dieser Mann es, aus mir etwas so Wundervolles zu machen? Mir die Hässlichkeit zu nehmen und daraus etwas zu machen, das ich nicht nur annehmen, sondern lieben kann? Denn genau das macht er mit mir. Er macht mich zu etwas Besonderem.

»Lincoln«, schluchze ich leise, woraufhin er mich sanft in den Nacken küsst.

»Nicht weinen, Kleines. Du bist das perfekteste Wesen, das mir je begegnet ist.«

Noch einmal küsst er mich, dann steht er auf und schaltet ein Lied ein. Es ist in einer fremden Sprache, Deutsch, wenn ich raten müsste. Ein Sänger mit einer unheimlich gefühlvollen Stimme. Im Hintergrund Klavier, ein Xylofon und eine Geige. Auch wenn ich den Text nicht verstehe, dringt er bis in mein Innerstes, wo er mich wärmt und mir ein unheimlich schönes Gefühl gibt.

Lincoln kommt zu mir zurück und zieht mich in seine Arme. Mit den Fingern streift er über meinen Körper, liebkost mich und summt dabei die Melodie mit.

»Wovon handelt das Lied?«, frage ich mit rauer Stimme und kann mich doch nur noch auf Lincolns Hände auf meinem Körper konzentrieren.

»Das Lied ist so etwas wie ein Statement. Eine Liebeserklärung der anderen Art. ›Mit jedem deiner Fehler liebe ich dich mehr.‹ Ich mochte das Lied schon, seit ich es das erste Mal gehört habe. Doch jetzt … Es ergibt so viel Sinn. Mit dir.«

Mein Herz quillt über. Soll das heißen, dass er mich liebt? Mit allem, was ich bin? Mit all meinen Fehlern und all den Schwierigkeiten, die ich mit mir bringe? Ich traue mich nicht, ihn danach zu fragen, gebe mich einfach nur seinen Berührungen hin und genieße, was er mit mir macht. Als er mich wieder nur durch Berührungen auf meinem Slip zum Kommen bringt, zerberste ich in tausend Stücke und fühle mich so ganz wie noch nie in meinem Leben.

Aufgeregt renne ich vor und zurück, während sich Isa und mein Vater das Lachen nicht verkneifen können. Wie ein kleines Kind, das zum ersten Mal zur Kirmes geht. Oder eben wie ich, die endlich wieder das Haus verlassen kann, ohne Angst zu haben. Es ist erst wenige Wochen her, dass ich Geburtstag hatte. Doch das war eine Lüge, genauso eine Lüge wie die letzten sechs Jahre meines Lebens. Heute weiß ich es, denn heute ist wirklich mein Geburtstag. Der Tag, an dem ich sogar schon siebzehn werde. Es ist seltsam, als wären mir einige Monate gestohlen worden. Dabei waren es Jahre.

»Sarah, renn nicht zu weit!«, weist mich mein Vater zurecht, woraufhin ich rückwärts laufe und ihm eine Kusshand zuwerfe. Meine Haare wehen mir ums Gesicht, und meine andere Hand greift wie von selbst an die Kette um meinem Hals. Ein Medaillon in Herzform, das Noel und Isa mir heute Morgen geschenkt haben. Darin ein Foto von ihnen und eins von Lincoln und mir. Es ist schlicht, wunderschön und um so vieles wertvoller als alles, was ich in meinem ganzen Leben geschenkt bekommen habe.

Ursprünglich wollten wir alle gemeinsam hierherfahren. Doch Lincoln hatte es plötzlich ganz eilig, noch mal wo hinzugehen, und Nate hat angerufen, dass er mit Grandma direkt zum Restaurant fahren wird. Nach langen Überredungen ist es mir gelungen, meinen Vater dazu zu bewegen, dass wir noch einen Spaziergang machen. Ich wollte so unbedingt mein neues Kleid ausführen, das ich mir selbst genäht habe und das so schön um meine Beine schwingt. Nie in meinem Leben habe ich mich wohler gefühlt. Nie geliebter.

»Ich renne gar nicht weg, ich genieße meine Freiheit!«, antworte ich lachend, woraufhin Isa ebenfalls in Kichern ausbricht. Es ist so schön, sie und meinen Vater für einen Moment unbeschwert erleben zu können. Natürlich ist mir bewusst, dass um uns herum mehr als nur ein Bodyguard aufpasst, dass uns niemand zu nah kommt.

»Dann lass uns reingehen, Lance wartet bestimmt schon auf uns.«

Lance! Ich weiß gar nicht, was ich ohne ihn gemacht hätte. Durch ihn hat mein Vater von mir erfahren, dank ihm ist er gekommen, um nach mir zu suchen. Also drehe ich mich wieder nach vorne und stürme in das Lokal. Ich benehme mich wirklich wie ein kleines Kind, doch der Tag ist einfach viel zu schön! Ich liebe es, am Leben zu sein, ich liebe Lincoln, und ich liebe meine Familie. Es hat sich einfach alles perfekt gefügt, und auch wenn ich noch Zeit brauche, um vieles zu verarbeiten, weiß ich, dass es Menschen gibt, die für mich da sind.

Drinnen empfängt Lance mich gleich und bringt mich zu unserem Tisch, während Isa und mein Dad uns folgen.

»Kann ich euch schon was bringen?«, fragt Lance.

»Für mich bitte 'ne Coke«, bestelle ich, während Isa ein Wasser wählt, genau wie mein Vater. Ich glaube, er trinkt keine Cola, weil Isa keine trinken soll, und ich finde, dass die beiden so toll zusammenpassen! Ich kann mir keine andere Frau an seiner Seite vorstellen, aber ich mochte sie ja von der ersten Sekunde an.

»Dann bring ich euch das. Bis gleich.« Lance verschwindet genau in dem Moment, in dem Nate und Grandma auftauchen.

»Alles Gute zu deinem Geburtstag!«, begrüßen mich die beiden und nehmen mich nacheinander in den Arm.

»Danke!« Mein Herz quillt über. Der Einzige, der noch fehlt, ist Lincoln. Doch noch bevor ich ihn richtig vermissen kann, streckt Grandma mir ein kleines Paket entgegen. »Das ist von Nate und mir«, erklärt sie, und ich reiße an dem Geschenkpapier. Darin finde ich eine kleine Kiste mit Ohrringen, die zu meinem Medaillon passen. Sie sind schlicht gehalten und gerade deswegen so wunderschön!

»Danke!« Ich umarme die beiden und ziehe die Ohrringe blind an. Ich liebe sie jetzt schon, denn sie sind kein Ersatz für irgendetwas anderes, wie es bei der Frau war, bei der ich so viele Jahre gelebt habe. Sie sind Ausdruck dessen, wie wichtig ich ihnen bin, das weiß ich.

Grandma und Nate bestellen auch etwas zu trinken, und wir unterhalten uns eine ganze Weile. Ich erzähle aus meiner Vergangenheit, was ich von meinem Privatlehrer alles gelernt habe und was ich in Zukunft gerne machen würde. Zu meinem Wunsch, eine normale Schule besuchen zu können, sagen sie nicht viel, doch sie tun ihn auch nicht gleich ab, sodass ich Hoffnung habe, dass es vielleicht doch noch wahr werden könnte. Dann endlich blickt mein Vater hinter mich, und ich weiß, dass Lincoln endlich da ist. Er strahlt übers ganze Gesicht, wie ich ihn noch nie gesehen habe, und als ich aufstehe, um ihn zu küssen, zieht er mich mit sich nach draußen.

»Was ist denn los?«, frage ich aufgeregt und runzle die Stirn.

»Ich hatte heute plötzlich die Vorlage meines nächsten Tattoos vor Augen, und ich habe es mir gleich stechen lassen, bevor ich dein Geschenk gekauft habe.«

Verwirrt kneife ich die Augen ein wenig zusammen. »Ein neues Tattoo? Was für eins?«

Lincoln sieht irgendwie unsicher aus, als er sein Shirt auszieht und sich zu mir umdreht. Dann zieht er die Folie von seinem

Schulterblatt, woraufhin ich erschaudere. »Ein Engel?« Vorsichtig fahre ich mit den Fingern über das Tattoo, betrachte vor allem die Flügel, die mir irgendwie bekannt vorkommen.

»Deine Flügel haben mich inspiriert.«

Meine Flügel? Ich brauche einen Moment, um zu begreifen. Dann erst fällt mir wieder ein, wie er über meine Narben am Rücken gefahren ist, wie er sie liebkost hat und wie ich sie dadurch ein bisschen besser akzeptieren konnte. »Oh mein Gott!«, flüstere ich und fahre weiter sein Tattoo nach. So sieht meine Narbe aus? So schön? Ich kann es kaum fassen, bin geblendet vor Glück. »Lincoln ...«

Ich muss nicht mehr dazu sagen, schon zieht er mich in seine Arme und blickt mir tief in die Augen. Wie ich seine Augen liebe! Diesen dunklen, bernsteinfarbenen Ton mit dem Goldrand. Ich kenne nichts Schöneres auf dieser Welt. Ganz langsam beugt er sich zu mir runter, mein Herz schlägt mir bis zum Hals, während sich in meinem Bauch alles tummelt, was sich da so tummeln kann. Ich brauche ihn, brauche seine Lippen auf meinen, brauche seine Nähe, das Gefühl der Geborgenheit, das er mir vermittelt. Es fühlt sich so an, als würde der Moment ewig dauern, als wollten seine Lippen einfach nicht näher kommen, bis endlich ...

Das Gefühl von seinem Mund auf meinem ist unbeschreiblich. Er ist so weich, so sinnlich und gleichzeitig so fordernd. Ich hab nie wirklich einen anderen geküsst, Cole gilt nicht. Und ich habe auch nicht das Bedürfnis, jemals in meinem Leben einen anderen Mann als Lincoln zu küssen. Dazu sind die Gefühle, die ich für ihn hege, einfach zu groß, zu ... Ich weiß selbst nicht, wie ich sie beschreiben soll. Ganz langsam und sanft und doch fordernd dringt er mit der Zunge in mich ein, entlockt mir ein Stöhnen, während sich mein Innerstes zusammenzieht und sich ein Kribbeln zwischen meinen Beinen ausbreitet. Ich schlinge die Arme um seinen Hals, ziehe ihn enger an mich und drücke mich fest zwischen seine Beine.

»Kleines«, stöhnt er leise, genau in dem Moment, in dem ich fühle, wie er hart wird. Langsam und unwillig löst er sich von mir, blickt mich aber weiter fest an wie ein Raubtier, das seine Beute fixiert.

»Was ist eigentlich mein Geschenk?«, frage ich, um irgendwie auf andere Gedanken zu kommen. Wir sind hier auf offener Straße, die Männer meines Vaters im Verborgenen um uns herum. Ich möchte ihnen keine Show liefern.

»Oh, warte!« Lincoln löst sich komplett von mir und greift in seine Hosentasche. Dort zieht er einen Zettel heraus. Verwirrt greife ich danach, bevor mein Herz einen Satz macht. Ich kann es kaum fassen, ich halte wirklich eine Karte für die Street-Style Fashion Week in New York. Ein Event, das ich seit Jahren einmal besuchen wollte. Nur dass ich nicht einmal gewagt hatte, davon zu träumen!

»Lincoln!« Ich blicke ihn ungläubig an. »Aber kann ich da auch hin? Ich meine …«

Lincoln lässt mich nicht aussprechen und legt mir den Zeigefinger auf die Lippen. »Ich habe alles mit Noel geklärt. Wir bekommen das hin, das wird dein Tag. Genieße den Tag heute, und freu dich auf die Fashion Week.«

Damit zieht er sein Shirt wieder zurecht, greift nach meiner Hand, und gemeinsam gehen wir zurück ins Restaurant, in dem meine ganze Familie auf mich wartet. Die Menschen, denen ich wirklich etwas bedeute und die mich immer schützen werden.

Vier weitere Wochen sind vergangen, seit ich meine Erinnerung wiederhabe. Die unergründliche Angst ist mit der Erinnerung gewichen, zurück blieb nur noch unendliche Glückseligkeit. Ich habe nicht nur meinen Geburtstag mit meiner Familie genossen, sie kommen auch fast jeden Abend, um gemeinsam mit uns zu Abend zu essen. Ich liebe diese Zeit, genieße es, ihnen nah zu sein.

Auch mit Grandma verbringe ich viel Zeit. Sie hat es sich zur Aufgabe gemacht, mich zu Hause zu unterrichten. Lieber würde ich in eine richtige Schule gehen, doch das ist zu gefährlich. Auch wenn sie mir nicht alles erzählen, weiß ich, dass die Menschen, die mich entführt haben, überall nach mir suchen.

»Liebes, ich möchte gerne, dass du zu uns nach Hause kommst«, versucht Grandma es wieder einmal, was mich zum Seufzen bringt. Gerade hat sie mit mir über die Welt philosophiert. Fremde Länder, die Meere, die Wüste, der Regenwald. All das will ich einmal sehen. Ich möchte reisen, möchte den Eiffelturm besteigen, die Chinesische Mauer entlanglaufen und mir den Schiefen Turm von Pisa ansehen. All das und noch viel mehr. Doch davor findet mein Leben hier statt. Hier bei den Menschen, die ich liebe. Und da ich erst siebzehn bin, ist es natürlich, dass sie möchten, dass ich zu Hause lebe. In dem Haus, aus dem ich damals entführt wurde. Einen Moment überlege ich, ob ich das wirklich kann, dann nicke ich. Denn ja, ich möchte in ihrer Nähe sein.

»Habe ich dann auch meine privaten Räume, in denen ich nicht einfach gestört werde?«

Grandma strahlt. Ihr Äußeres lässt schnell darauf schließen, dass sie eine kalte, vom Leben gezeichnete Frau ist. Ihre oft kalte Miene, ihre weißen Haare, die sie immer streng aus dem Gesicht frisiert. Doch das ist nur Fassade. In ihrem Inneren ist sie einer der liebevollsten Menschen, die ich kenne. Und ich weiß es, immerhin war sie zehn Jahre lang meine Mum. Noch immer ist es seltsam, dass das nun anders ist. Doch was in meinem Leben ist nicht seltsam? Außerdem war es genau diese Erkenntnis, die meine Erinnerung zurückgebracht hat.

»Ein eigenes Wohnzimmer, ein eigenes Bad und ein eigenes Schlafzimmer. Du kannst sogar noch das Arbeitszimmer deines Vaters nutzen, wenn du das möchtest, niemand wird dich und Lincoln dort stören. Zumindest nehme ich an, dass der junge Mann dann ebenfalls viel Zeit bei uns verbringen wird.«

Lincoln. Ich muss mit ihm darüber reden. Denn sie hat recht, das kommt für mich nur infrage, wenn er mit mir kommt. Die letzten zwei Wochen waren so schön, so perfekt. Jeden Tag lerne ich ihn ein Stück besser kennen. Ich schlafe in seinen Armen, lache mit ihm, teile meine Träume mit ihm. Dazu zeigt er mir Stück für Stück meinen Körper, auch wenn wir noch immer nicht miteinander schlafen, weil er es perfekt machen möchte. Er möchte, dass ich mich selbst kenne. Dass ich weiß, wie mein Körper auf welche Berührung reagiert und wonach er sich sehnt. Langsam sehnt er sich nur noch nach einem. Nämlich danach, endlich mit Lincoln zu schlafen. Diese Verbindung mit ihm zu fühlen, nach der ich mich so sehr sehne.

»Ich denke schon. Ich werde nachher mit ihm sprechen, wenn er nach Hause kommt.«

Grandma blickt mich etwas betrübt an. »Ich hatte eigentlich gehofft, ich könnte dich gleich mit mir nehmen. Nate will heute gemeinsam mit uns zu Abend essen.«

Nate. Er ist nicht mehr mein Bruder, und doch fühle ich noch immer so für ihn. Er hat einen Platz in meinem Herzen, und ich weiß, dass ich mich ihm immer anvertrauen kann. Jetzt sogar irgendwie anders als Noel, meinem Vater. Nur dass Nate nicht jeden Abend mit hier dabei ist, er ist der, der die meiste Arbeit hat.

»Das wird sowieso nichts. Isa kommt nachher, wir wollen gemeinsam ein Kleid für mich kaufen, das ich bei der Trauung tragen werde.« Schon allein bei dem Gedanken, dass Isa und mein Vater heiraten, macht mein Herz einen Satz. Die Frau ist mehr wie eine Schwester für mich, und gleichzeitig kann ich mir keine liebevollere Mutter vorstellen. Mein Leben ist kompliziert, und doch will ich kein anderes. Denn es ist, wie dieser Philipp Poisel singt. Mit jedem meiner Fehler. Und mittlerweile lerne ich, jeden einzelnen zu lieben.

»Stimmt, das hatte sie erwähnt. Ich freue mich ja so, dass Noel es endlich geschafft hat, sie zu fragen. Und auch dass ich noch ein

Enkelkind bekomme. Es ist alles so aufregend. Aber müsst ihr dazu denn weggehen? Könnt ihr nicht einfach übers Internet ein schönes Kleid für dich bestellen?«

Seufzend schüttle ich den Kopf. »Grandma, ich sitze seit Wochen hier drinnen fest. Ich muss endlich hier raus, ich will mich nicht immer wie eine Gefangene fühlen. Und mein Vater hat alles organisiert. Ich will gar nicht wissen, wie viele Wachen uns nachher in die Mall begleiten werden. Die halbe Mall wird nur mit Männern von ihm besetzt sein.«

Grandma lacht beruhigt auf. »Das kann wohl sein. Dein Vater hat noch nie gerne etwas dem Zufall überlassen, wenn es um Menschen geht, die er liebt. Wann soll es denn losgehen?«

Das ist der Moment, in dem eine Nachricht von Isa bei mir eingeht, und ein Lächeln breitet sich auf meinen Lippen aus. »Jetzt, Isa wartet draußen. Kommst du mit runter?«

Grandma greift nach ihrer Handtasche. Ich lasse alles einfach stehen und liegen. Ich kann auch heute Abend noch aufräumen. Gemeinsam verlassen wir die Wohnung über den geheimen Weg. Ein flatterndes Gefühl macht sich in meiner Brust breit, ich war so lange nicht mehr draußen. Grandma schafft es kaum, mir zu folgen, als ich die Haustür aufreiße, um Isa in die Arme zu springen. Die Sonne scheint, es ist der perfekte Tag, sich wieder frei zu fühlen.

Doch anstatt Freiheit empfängt mich Schwärze – und unsagbarer Schmerz in meinem Kopf.

Um LP zu überraschen, hab ich heute früher Feierabend gemacht. Sie will mit Isa ein Kleid kaufen, und ich möchte die beiden gerne begleiten. Doch wenn ich ehrlich bin, will ich das nicht nur, um sie zu beraten, ich möchte vor allem an ihrer Freude, das Haus zu verlassen, teilhaben und sie gleichzeitig in Sicherheit wissen. Immerhin suchen die Schweine noch immer nach ihr. Wäre Noel nicht, der eine ganze Kavallerie abkommandiert hat, um die beiden zu schützen, hätte ich LP überredet, es zu lassen. So jedoch wird es ein schöner Nachmittag mit den beiden. Isa müsste schon da sein, sie wollte vorher noch ein wenig mit LP quatschen, bevor in einer halben Stunde Pietro mit den Männern kommt, um sie abzuholen. Alles ist vorbereitet.

Als ich jedoch am hinteren, versteckten Eingang ankomme, setzt mein Herzschlag einen Moment aus. Die Tür steht sperrangelweit offen, das dürfte nicht sein. Obwohl ich keine unnötige Panik verbreiten möchte, wähle ich Noels Nummer, während ich nach oben renne, um mich zu vergewissern, dass es LP und Isa gut geht.

»Was gibt es?«, meldet sich Noel, wie immer kurz angebunden.

»Die Tür unten stand offen, sind die beiden schon unterwegs?«

»Nein, Isa müsste gerade erst bei Sarah angekommen sein.«

Schnell gebe ich den Code für die Tür ein und schließe auf. »LP, bist du hier?«, rufe ich in die stille Wohnung hinein. Es hallt unwirklich, als würde die Wohnung schon seit Jahren leer stehen. Dabei habe ich sie heute Morgen erst verlassen.

»Sag mir, dass sie da sind!«, brüllt Noel in mein Ohr.

»LP, Isa, seid ihr hier?«, versuche ich es noch einmal und renne von Zimmer zu Zimmer. Selbst vor dem Atelier mache ich keinen Halt.

»Könnten sie unten in der Galerie sein?«, frage ich Noel, der nebenher schon Befehle gibt.

»Geh nachsehen, und frag nicht so blöd!«, fährt er mich an. Dass ich längst auf dem Weg dorthin bin, verbeiße ich mir, denn wenn er nur halb so angespannt ist wie ich, wird er daraufhin nur noch wütender. Schnell reiße ich die Tür zur Galerie auf und renne in alle Räume. Immer wieder rufe ich nach den beiden, doch sie sind nicht hier. Verdammt!

»Sie sind weg«, stöhnt Noel nach einer ganzen Weile ins Telefon. »Pietro hat soeben Isas Auto gefunden. Die Wachen sind tot, von Isa fehlt jede Spur.«

Ein Schrei durchbricht die Stille, die kurz zwischen uns lag. Es hört sich an wie ein gequältes Tier, unmenschlich und doch so voller Trauer.

»Wer?«, frage ich nach einer Weile, weil ich mir denke, dass Noel mir sonst keine weiteren Informationen geben wird. Er ist viel zu sehr in seinem eigenen Leid gefangen.

»Ich weiß es nicht«, flucht er leise und gebrochen. »Ich sehe mir gerade die Überwachungsaufnahmen an. Die Männer, die Isa überfallen haben, tragen Sturmmasken. Sie haben Isa bewusstlos geschlagen und mit ihrem Fingerabdruck ihr Handy aktiviert. Die Schweine müssen Sarah eine Nachricht geschickt haben, weshalb sie einfach so das Haus verlassen hat!«

Kochende Wut ist in seiner Stimme zu hören, die auch ich empfinde. Ich will mir gar nicht ausmalen, wie sich Noel fühlt.

Immerhin haben sie nicht nur die Frau, die er liebt. Sie haben auch sein ungeborenes Kind und seine Tochter, die er gerade erst wiedergefunden hat. Ohne auch nur eine Sekunde zu überlegen, springe ich in meinen Wagen. Die Erinnerung, wie ich LP mit K.I.T.T. zum Lachen gebracht habe, flutet meine Gedanken, und ich atme schwer durch.

»Ich fahre sie suchen«, informiere ich Noel und starte den Motor. »Ich werde sie finden und hol sie da raus, wo auch immer sie sind. Oder ich sterbe bei dem Versuch!« Ich weiß genau, wo LP festgehalten wurde, wo sie die Jahre davor gelebt hat, wer ihr Hauslehrer war. Ich kenne sogar diese verschissene Therapeutin, die wir nächste Woche besuchen wollten, um sie in die Mangel zu nehmen. LP hat mir von ihrer Vermutung ihre Therapeutin betreffend erzählt. Sie glaubt, dass sie ihr nie geholfen hat. Sie glaubt, dass sie während der Hypnosen eingeredet bekommen hat, Angst vor ihrer Familie haben zu müssen.

Irgendwer von diesen Schweinen, die ihr all das angetan haben, hat sie.

»Das bringt nichts!«, wettert Noel ins Telefon, und ich höre, wie er nebenher noch andere Befehle gibt. Sieht so aus, als würden wir die Kavallerie doch noch brauchen. Jetzt aber, um die Frauen zu retten, anstatt mit ihnen shoppen zu gehen. »Komm hierher, wir müssen uns gut überlegen, wie wir vorgehen. Sonst bringen wir die drei nur unnötig in Gefahr!«

»Drei?«, frage ich irritiert.

»Meine Mutter haben sie auch.«

Ich atme einmal tief durch und überlege, was ich machen soll. Ich kann einfach nicht untätig danebensitzen, während andere Pläne schmieden. »Er hat sie gegen ihren Willen geküsst.« Meine Stimme ist viel zu dünn, ich bekomme kaum noch Luft. »Ich fahre zu Cole und werde alles vor Ort unter die Lupe nehmen. Ich melde mich, wenn ich was habe.« Damit lege ich auf und fahre mit quietschenden Reifen um die nächste Kurve. Dass ich dabei fast in einen Wagen krache, ist mir egal. Zumindest, bis ich durch die Scheibe des Wageninneren blicke und auf dem Beifahrersitz den Mann erblicke, der LP jahrelang gefangen gehalten hat.

Schmerz

LP

Dröhnende Schmerzen breiten sich in meinem Kopf aus, als ich die Augen öffne. Ich habe keine Ahnung, wo ich bin oder wie ich hierhergekommen bin. Ich liege auf einem Bett mit weißen Laken, das helle Licht der Sonne scheint durch ein kleines Fenster.

»Sarah!«, flüstert in dem Moment eine mir allzu vertraute Stimme, und ich setze mich stöhnend auf. Der Schmerz flutet meine Sinne, sodass mir einen Moment schwarz vor Augen wird. Doch ich schaffe es, nicht umzukippen, und kurz darauf lichtet sich auch mein Blick.

»Isa?«, frage ich vorsichtig und blicke mich suchend um. Dann finde ich sie auf einer Couch, am anderen Ende des Zimmers. In ihren Armen liegt Grandma, deren Augen geschlossen sind. Ihre Hautfarbe ist unnatürlich bleich, und Panik macht sich in mir breit. Ich weiß nicht, was geschehen ist, doch ich weiß, dass wir in großer Gefahr schweben. Sonst wären wir nicht in einem mir fremden Zimmer. Oder ist das hier das Zimmer, das Grandma für mich eingerichtet hat? Wurde ich einfach so bewusstlos und sie haben mich hierhergebracht?

Nein, das ergibt keinen Sinn. Dann würde Grandma nicht bewusstlos in Isas Armen liegen. »Wo sind wir hier?«

Vorsichtig stehe ich auf und laufe zu ihr. Vor der Couch lasse ich mich auf dem Boden nieder und streiche meiner Grandma eine

Strähne aus dem Gesicht. Ihr Brustkorb hebt und senkt sich, doch sie sieht nicht gut aus.

»Ich weiß es nicht. Wir wurden überfallen, und noch bevor ich Age anrufen konnte, wurde ich niedergeschlagen. Dann bin ich hier aufgewacht.«

»Aber …«, stottere ich und atme tief durch, um nicht in Panik auszubrechen. Ich habe Schlimmeres durchgemacht, diesmal bin ich wenigstens nicht allein. Ich kenne die Geschichten, wie Isa diesem Alessandro ins Gesicht gelacht hat, als er sie entführt hat. Sie ist bei mir, gemeinsam werden wir einen Weg hier raus finden. »Isa, ich habe Angst«, gestehe ich leise. Isa legt den Kopf meiner Grandma auf die Couch und rutscht vorsichtig zu mir auf den Boden. »Es wird alles gut«, flüstert sie leise und schließt mich in ihre Arme. Blut klebt an ihrem Shirt, und ich frage mich, wie schwer sie sie erwischt haben. »Age wird kommen und uns retten. Das hat er bisher immer getan.«

»Außer er glaubt, wir sind alle tot«, schluchze ich und spreche damit meine größte Angst aus. Immerhin war es so. Viele Jahre lang dachten sie, ich sei tot, weshalb niemand nach mir gesucht hat. Und jetzt, da ich sie endlich alle wiederhabe … ich will nicht schon wieder eine Gefangene sein. Möchte nicht Gefahr laufen, dass mir jemand etwas antut. Allein die Erinnerung, wie mein Vater, der Mann, der jahrelang behauptet hat, mein Vater zu sein, mich geschlagen hat, lässt meinen Körper erbeben.

»Das wird ihm nicht noch einmal passieren«, versichert Isa mir leise. »Du weißt, dass er die letzten sechs Jahre unheimlich gelitten hat, er wird Himmel und Hölle in Bewegung setzen, um uns zu retten.«

Ihre Worte beruhigen mich wirklich, ich bin so froh, dass ich nicht allein hier bin.

»Meinst du denn, sie wissen schon, dass wir entführt wurden?«

»Mit Sicherheit. Age entgeht so schnell nichts, und wir waren ja verabredet. Ich war nur eine halbe Stunde zu früh, dann wäre auch

Pietro mit den anderen Securitys gekommen, um uns zu begleiten. Sie sind uns bestimmt schon auf der Spur.«

Hoffnung keimt in mir auf. Isa hat recht. Mein Vater ist ein gefürchteter Mann, von Nate ganz zu schweigen. Wenn sie uns suchen, werden sie uns auch finden. Immerhin hätten sie mich auch befreit, wenn ich nicht davongelaufen wäre. Lincoln hat mir erzählt, wie frustriert sie waren, als sie den Wagen gestoppt hatten und ich nicht darin war.

Die nächsten Stunden ziehen sich wie Kaugummi. Immer wieder geht Isa zum Fenster und versucht, draußen etwas zu erkennen. Doch außer einem gepflegten Garten ist da nichts. Das Fenster ist natürlich verschlossen und vergittert, ebenso wie die einzige Tür, die hier rausführt, verschlossen ist. Eine ganze Weile schaffe ich es, meinen düsteren Gedanken nicht nachzuhängen, doch irgendwann wird es zu viel. Immer wieder male ich mir aus, wie gleich jemand hier reinkommt, um uns zu schlagen. Um uns irgendwie Gewalt anzutun. Dabei denke ich immer wieder, dass ich doch noch viel zu jung bin zum Sterben. Dass ich es nicht einmal geschafft habe, mein Leben mit Lincoln richtig zu genießen. Wir haben keine langen Ausflüge gemacht, waren nicht gemeinsam im Kino. Ja, wir hatten bisher nicht einmal ein richtiges Date.

Langsam drückt meine Blase, und ich blicke mich unsicher um. Isa ist fast die ganze Zeit bei meiner Grandma, die nur einmal kurz bei Bewusstsein war. Es hat sie schlimm erwischt, denn sie konnte kaum reden und ist dann eingeschlafen. Vielleicht ist es besser, wenn sie das hier nicht mitbekommt. Ich wünschte selbst, ich könnte mich meiner Traumwelt ergeben, um nicht durchgehend meinen Gedanken ausgeliefert zu sein. Vor allem aber würde ich gerne wissen, wer uns entführt hat. Und was er sich davon erhofft.

Unruhig hibble ich hin und her, während der Druck auf meine Blase immer schlimmer wird. Ich will gar nicht wissen, wie es Isa geht, sie trägt immerhin ein Kind in sich. Mein Geschwisterchen.

Als mir das bewusst wird, wird mir schlecht. Was, wenn sie ihr etwas tun und …

Weiter komme ich nicht, weil in dem Moment die Tür geöffnet wird. Drei Männer kommen herein, ihre Gesichter hinter schwarzen Sturmmasken verborgen. Voller Angst springe ich zu Isa und verstecke mich hinter ihr. Die stellt sich beschützend vor mich, geht sogar noch einen Schritt auf die Männer zu.

»Was wollt ihr von uns?«

»Halt die Klappe!«, grunzt der eine und schlägt ihr ohne Vorwarnung so fest ins Gesicht, dass sie zu Boden geht. Ein spitzer Schrei entweicht meiner Kehle, und ich falle neben Isa auf die Knie.

»Isa, ist alles in Ordnung? Hast du dir wehgetan?«

Noch bevor sie mir antworten kann, werde ich an der Schulter zurückgerissen. Isa will nach mir greifen, doch als sie aus den Augenwinkeln sieht, wie einer der Kerle auf sie eintreten will, reißt sie ihre Beine nach oben und schließt ihre Arme schützend um ihren Bauch.

»Die Kleine kommt mit uns«, blafft uns einer von ihnen herrisch an und schmeißt mich einfach über seine Schulter. Der Druck auf meinen Bauch ist zu viel, ebenso wie die Angst. Bevor ich weiß, was geschieht, schreit der Mann unter mir schon und schmeißt mich mit voller Wucht auf den Boden. Ein dumpfer Schmerz breitet sich in meiner Schulter und der Hüfte aus, sodass ich mich zusammenkrümme und nach Luft schnappe.

»Die Scheißgöre hat mich angepisst!«, schreit der Mann und tritt mir in den Unterleib. Schwarze Punkte tanzen vor meinen Augen, als sich jemand schützend über mich wirft.

»Lasst sie, verdammt! Wir sind hier seit Stunden eingesperrt, natürlich muss sie auf Toilette! Und wenn du Idiot sie blöderweise mit dem Bauch über deine Schulter schmeißt …« Weiter kommt sie nicht, denn nun wird sie an den Haaren von mir gerissen. Doch anstatt vor Schmerzen zu schreien, schlingt sie nur die Arme um ihren Bauch und blickt ihr Gegenüber böse an.

»Du Schlampe hast hier nichts zu melden!«, fährt einer der Typen sie an. Sie alle sind in Schwarz gekleidet, ich könnte sie nicht einmal auseinanderhalten, wenn ich wollte. Mit Schwung schmeißt er sie vor der Couch auf den Boden, dann werde ich an den Haaren nach oben gerissen. Der Schmerz zieht durch meinen ganzen Körper, und jetzt fühle ich, wie es um meine Beine herum kalt wird. Ich würde mich schämen, wenn ich nicht damit kämpfen müsste, mich irgendwie auf den Beinen zu halten.

»Bringt sie fort und sorgt dafür, dass sie sich sauber macht!«, befiehlt einer von ihnen. Bevor ich auch nur noch einen Blick zurückwerfen kann, werde ich aus dem Zimmer gerissen. Ein unterdrückter Schrei begleitet mich, und ich weiß, dass sie ihre Wut an Isa auslassen. Tränen der Angst laufen mir über die Wangen. Denn gerade ist mir der Schmerz, den ich empfinde, egal. Alles, was ich hoffe, ist, dass dem Baby nichts geschieht. Dass Isa ihr Kind nicht verliert und mein Vater uns rechtzeitig findet.

Am ganzen Körper zitternd liege ich nackt auf dem fliesenbedeckten Boden. Immer mehr Tränen rinnen mir über die Wangen, während ich kaum noch atmen kann. Wasser tropft über meine Haut, die sich anfühlt, als würde sie brennen. Die letzte Stunde zog wie in einem Film an mir vorbei. Sie haben mir nicht wirklich wehgetan und doch … Sie haben mir die Kleider vom Körper gerissen, haben mich dabei grob begrapscht und gelacht. Immer wieder haben sie über die Narben an meinem Rücken gelacht, haben sich darüber ausgelassen, dass mich niemals ein Mann lieben könne. Dass ich einfach nur hässlich mit diesen Narben sei. Einen Moment dachte ich, es wäre alles aus. Ich dachte, sie würden mich zu dritt vergewaltigen. Doch dieses Schicksal blieb mir erspart, stattdessen haben sie mich irgendwann unter die Dusche gestellt und mit eisigem Wasser abgeduscht. Die Kälte ist mir schmerzhaft bis in die Knochen gedrungen, von wo sie noch immer nicht weichen will. Ebenso wenig, wie ich trocknen will, denn ich sitze gefühlte Stunden hier, ohne mich rühren zu können. Schluchzend vergrabe ich mein Gesicht zwischen den angezogenen Beinen und wünsche mich weit weg von hier. Nicht einmal meine Kleider haben sie mir gelassen. Immer wieder male ich mir in Gedanken aus, wie Lincoln und mein Vater hereinstürmen. Wie sie mir eine Decke über die Schultern legen und mich von diesem fürchterlichen Ort wegbringen. Ich male mir aus, dass sie die Bösen hier besiegen, wie auch immer das aussehen mag, und ich keine Angst mehr zu haben brauche. Dass ich in Zukunft in die Schule gehen kann, dass ich sogar studieren kann. Doch das alles ist Wunschdenken, nichts davon wird geschehen. Das weiß ich.

Ein Schuss in der Ferne lässt mich zusammenzucken. Dann noch ein Schuss und Schreie. Ich habe panische Angst, will von hier weg und weiß doch, dass ich eingeschlossen bin. Die meiste Angst habe ich um meine Grandma, um Isa und um ihr Kind. Was, wenn sie sie erschossen haben? Wenn sie nun tot in dem Zimmer liegen und einfach nicht mehr sind? Was, wenn sie meinetwegen umgebracht wurden? Ich bekomme kaum noch Luft, als die Schüsse immer näher kommen, bis mir irgendwann der Geruch nach Feuer in die Nase dringt. Tränen strömen mir übers Gesicht, das werde ich nicht überleben! Wenn ich noch einmal solche Wunden davontrage wie das letzte Mal, werde ich das nicht schaffen! Anstatt von meiner Befreiung träume ich von Flammen, die alles vernichten. Hier unten wird mich keiner finden, niemand wird wissen, wo sie mich suchen müssen. Wahrscheinlich ist der Weg längst abgeschnitten und sie werden nicht rechtzeitig kommen, um mich aus den Flammen zu ziehen. Das Schluchzen, das meinen Körper erfasst, wird immer heftiger, die Panik unüberwindbar. Ich sollte versuchen, mich zu befreien. Sollte versuchen, irgendwie die Tür zu öffnen. Doch als zitterndes Häufchen Elend wird mir das nicht gelingen. Über mir wird es leiser, dennoch höre ich noch immer Schritte.

Irgendwann öffnet sich die Tür zu dem Kellerraum, in dem ich noch immer nackt und zitternd liege.

»Scheiße!«, flucht eine männliche Stimme. Ich kenne sie, kann sie aber nicht zuordnen. Jemand kommt zu mir, und ich presse die Augen fest aufeinander. Ich will nicht wissen, wer es ist. Will meinem Peiniger nicht in die Augen blicken. Doch anstatt

Schmerzen erwartet mich eine Jacke. Jemand hüllt mich ein, und starke Arme heben mich hoch. »Ruft den Arzt, er soll zu mir nach Hause kommen. Ich fürchte, sie wird nachher dringend Hilfe brauchen.«

Einen Moment beruhigen mich seine Worte, doch dann begreife ich, wer es ist. Wer mich hier auf den Armen hält und einen Arzt für mich ordert. Mein Herz setzt einen Schlag aus, und ich halte die Luft an. Nein, das darf nicht sein! Nicht er! Nicht hier! Nicht jetzt! Lincoln, wo bist du? Warum bist du nicht hier? Warum wollte ich so dringend das Haus verlassen, wo ich doch wusste, wie gefährlich es ist! Ich will nicht hier sein, will nicht, dass er mich hat! Ich will doch nur frei sein! Um mich herum beginnt alles, sich zu drehen, doch noch schaffe ich es, bei mir zu bleiben. Noch rasen meine Gedanken. Fieberhaft überlege ich, wie ich aus dieser ausweglosen Situation entkommen kann. Wie ich es schaffen kann, hier mit heiler Haut rauszukommen.

»Wir müssen hier raus, bevor das Haus zusammenfällt. Sollen wir die Toten noch bergen?«, fragt eine andere, mir unbekannte Stimme.

»Nein, das würde euch unnötig in Gefahr bringen. Die Feuerwehr wird sie bergen. Ich hoffe nur, dass Lizzy … nein, Sarah. Sie war Noels Tochter. Ich hoffe, dass sie mit diesem unerwarteten Verlust umgehen kann.«

Ich fühle, wie der Mann den Kopf schüttelt.

»Wüsste nicht, wie ein so junges Ding damit leben kann, dass all die Menschen, die es geliebt hat, von ihr gegangen sind. Vorhin bin ich auf einen gestoßen, der noch am Leben war. Er hat mich am Hosenbein festgehalten.« Ein leises Rascheln ist zu hören, während sich mein Herz verkrampft. »Ich musste ihm versprechen, dass ich sie suche. Er meinte, er liebe sie und jemand müsse sie retten. War noch recht jung, der Bursche. Viel zu jung, um in solch einen Krieg hineinzugeraten. Nachdem er mir dieses Versprechen abgerungen hat, ist er von uns gegangen.«

Lincoln. Alles in mir zerbricht. Es ist vorbei. Sie alle sind gestorben, haben mich hier allein zurückgelassen. Mein Herz und meine Seele brechen entzwei, und eine Dunkelheit, tiefer, als ich sie je empfunden habe, umhüllt mich.

Kalte Hände fahren vorsichtig über meinen Körper. »Sie scheint keine ernsthaften Verletzungen zu haben, nur ein paar Prellungen.«

Wieder eine fremde Stimme. Ein Mann, den ich nicht kenne, den ich nicht kennen will. Denn in dem Moment, in dem ich zu mir komme, kehren die Erinnerungen zurück, und ein Schluchzen entweicht meiner Kehle. Ich liege auf einer weichen Unterlage, eine Decke über mir. Voller Verzweiflung ziehe ich meine Beine an mich, beiße mir auf die Wangeninnenseiten und hoffe, dass ich sterbe. Nicht fühlen, nicht denken. Nur noch der Tod.

»Oh, sie ist wach«, sagt der Mann ruhig, und wieder fühle ich seine Hände. Diesmal auf meinen Armen. »Sarah, kannst du mich hören?«

Ich will ihn nicht hören, ich will ihn nicht sehen. Ich will nur sterben. Dennoch, ich muss es wissen. »Sind sie alle tot?«

Die nächste Stimme, die folgt, kenne ich. Er hört sich einfühlsam an, fast so, als wären wir alte Bekannte. Dabei weiß ich, wie brutal er sein kann und was er von mir wollte. Als ich noch eine Gefangene in einem Haus war, das ich mein Zuhause genannt habe. Unter Menschen, die nicht meine Familie waren, sich aber als diese ausgegeben haben. »Ich habe durch Zufall mitbekommen, wie sie nach dir gesucht haben, und mich ihnen angeschlossen. Also Noel, deinem Vater, und seinen Leuten. Ich wusste damals nicht, wer du bist, sonst hätte ich dir sofort geholfen. Dein Onkel und ich waren nie Feinde. Und auch dein Vater und ich hatten nie Differenzen.« Er räuspert sich leise. »Ich kam etwas später, es war zu spät. Deine Großmutter und die Freundin deines Vaters lagen tot in einem Raum. Noel mit einer Kugel im Kopf an ihrer Seite. Auch Nate habe ich mit eigenen Augen gesehen, er starb mit der Waffe in der Hand. Ein Tod, den er sich wohl gewünscht hätte.«

Ein unmenschliches Geräusch löst sich aus meinem Inneren. Dachte ich vorhin schon, es würde nicht schlimmer gehen, jetzt weiß ich es besser. Die Schmerzen und die Qualen, die ich vor sechs Jahren durchmachen musste, sind nichts gegen die seelischen Qualen, die ich leide. Es fühlt sich so an, als würde ich bei lebendigem Leib auseinandergerissen werden. Als würde jemand Säure in mein Innerstes, in mein Herz und meine Seele schütten und mein Leid damit hinauszögern, dass er mir das Sterben verbietet. Ich muss in der Hölle sein. Solche Qualen kann man nicht auf Erden empfinden, ich muss bereits tot und in der Hölle sein.

»Lincoln!«, schreie ich aus voller Seele. Von ihm haben sie nichts gesagt, er muss noch leben. Es kann nicht sein, dass er auch gestorben ist, dass er nicht mehr bei mir ist. »Lincoln!«

»Sie hat einen Zusammenbruch«, dringt eine Stimme aus der Ferne bis zu mir durch. »Es war zu viel für sie, sie ist viel zu jung, um so etwas durchmachen zu müssen.«

»Lincoln!«, schreie ich erneut und klammere mich an diesen letzten Strohhalm. Alles, was ich noch habe.

»Oh, Kleines«, flüstert er an meinem Ohr. »Ich wünschte, er könnte dich hören. Ich wünschte, ich könnte dir all diesen Schmerz ersparen.«

Es ist zu viel. Einfach viel zu viel. Sie sind gegangen, sie werden nicht wieder zu mir kommen. Ich bin völlig allein auf dieser Welt. Nein, in dieser Hölle, die mein Leben darstellen soll. Was nur habe ich getan, um so viel Leid erfahren zu müssen? Warum nur haben sie mich alle verlassen, mich einfach allein gelassen?

Zwei Tage sind vergangen. Zwei Tage, in denen ich nicht geredet, nicht gegessen und nicht getrunken habe. Eine Frau kommt regelmäßig, um nach mir zu sehen. Ihr mitleidiger Blick verbrennt mich, ich möchte nicht, dass sie hier ist. Doch sie kümmert sich um mich, bringt mir Essen, das ich nicht anrühre, hilft mir auf Toilette und zieht mich um, obwohl ich das nicht will. Ich könnte nackt daliegen, es würde mich nicht stören. Nichts würde mich stören, denn mein Körper ist eine leblose Hülle. Es gibt nichts, was ich noch wollen würde. Sie könnten mich schlagen und schänden, es würde keinen Unterschied machen. Doch das tun sie nicht. Stattdessen kommt Cole immer wieder zu mir, versucht mich in Gespräche zu verwickeln. Er legt mir väterlich eine Hand auf die Schulter, streicht sanft über mein Gesicht. Doch nichts dringt zu mir durch. Ich bin gebrochen und habe nicht einmal den Wunsch, noch einmal zu heilen.

»Sarah, es ist nun zwei Tage her«, spricht Cole leise auf mich ein. »Es wird Zeit, dass du etwas isst und vor allem etwas trinkst. Sonst wirst du mir unter den Händen wegsterben.«

Ich wünschte, es wäre schon so weit. Ich wünschte, mein Körper würde seinen Geist aufgeben und meine Seele einfach ins Jenseits weichen lassen.

»Ich weiß, dass es dir schlecht geht. Doch lange kann ich nicht mehr dabei zusehen. Langsam musst du zu dir kommen, sonst muss ich andere Maßnahmen einleiten.«

Er dreht mich auf den Rücken. Mein Blick geht an die Decke. Durch die Decke hindurch. Ein Teil von mir überlegt, ob sie alle ihren Tod vorgetäuscht haben. Ob sie alle nur ein Leben fernab dieses Lebens führen wollen. Doch ich weiß es besser. Mein Vater hätte mich nicht zurückgelassen. Isa hätte mich nicht zurückgelassen. Nate hätte mich nicht zurückgelassen. Meine

Grandma hätte mich nicht zurückgelassen. Und Lincoln hätte mich am allerwenigsten zurückgelassen. Sie sind nicht mehr hier, sonst wären sie bei mir.

Cole legt seine Hand auf meine Wange und blickt mich mit traurigen Augen an. Habe ich ihn wirklich so falsch eingeschätzt? Gerade liegt so viel Fürsorgliches in seinen Augen. So viel Zuneigung. »Sarah, Kleines.«

»Nicht!«, stöhne ich, weil dieses eine Wort mir körperliche Schmerzen bereitet. »Bitte nenn mich nicht so.«

Cole versteht. Ein leichtes Lächeln huscht über seine Lippen. »Natürlich. Soll ich einfach nur bei Sarah bleiben?«

»Nenn mich Lizzy.« Sarah ist gestorben, setze ich in Gedanken hinterher.

»Okay, wenn du das möchtest. Ich werde dir jetzt aufhelfen, dann musst du etwas trinken. Meinst du, du wirst das schaffen?«

Eine einzelne Träne rinnt mir über die Wange. Doch ich nicke. Cole greift vorsichtig unter meine Arme, und schon sitze ich im Bett. Er führt ein Glas mit Wasser an meine Lippen, und ich schlucke. Ganz automatisch. Dann bricht es wieder über mir ein. Es fühlt sich so an, als würde ich keine Luft bekommen. Als würde sich um mich ein Vakuum bilden, das mir keine Möglichkeit gibt, mich auch nur einen Zentimeter zu bewegen. Ein Schluchzen dringt aus meinem Inneren, und dann spüre ich Arme. Arme, die mich in meiner Hölle halten. Die mir irgendwie Schutz versprechen, so wenig ich ihn auch haben möchte. Denn ich möchte nicht gehalten werden, ich möchte sterben.

»Oh Lizzy«, flüstert er an meinem Ohr und streicht mir sanft über den Kopf. Mein Gesicht drücke ich an seine Brust. Nie hätte ich gedacht, dass ausgerechnet dieser Mann mir so etwas wie Sicherheit geben könnte. Dass ausgerechnet er mich retten könnte. »Wenn ich auch nur einen Teil deiner Schmerzen auf mich nehmen könnte, ich würde es sofort tun.«

Zwei weitere Tage vergehen, in denen ich wenigstens trinke. Essen tue ich noch immer nicht. Cole ist jede Minute bei mir, die er nicht arbeiten muss. Er hat begonnen, mir von seinem Leben zu erzählen. Von seiner Familie, die ihm vor Jahren genommen wurde, von seinen Geschäften und von den Hoffnungen, die er einst hatte. Mich lässt das alles kalt. Und doch tut mir seine Anwesenheit gut. Nichts ist mehr von dem kalten Mann zu sehen, der mich einst dazu gezwungen hat, ihn zu küssen. Nichts von dem Monster, das ich in ihm gesehen habe. Dennoch, ich will nicht leben. Ich will sterben, um bei ihnen zu sein.

Die Sonne scheint hell in mein Zimmer, kitzelt meine Haut und verspricht einen schönen Tag. Ann, die Frau, die sich um mich kümmert, war gerade bei mir. Wie immer habe ich sie ignoriert. Wie immer ignoriere ich alle. Doch das Bedürfnis, nach draußen zu gehen, die Sonne auf meiner nackten Haut zu spüren – ich brauche das jetzt. Also stemme ich mich im Bett auf und stelle meine Beine auf den Boden. Ich bin viel zu schwach, und so taumle ich, als ich aufstehe. Doch mit der Wand, an der ich mich abstützen kann, schaffe ich es, zur Tür zu gelangen. Als ich sie öffne, erblicke ich einen langen Gang. Die Wände sind klinisch weiß, der Boden aus Fliesen. Nichts Gemütliches ist hier zu erblicken, selbst die Bilder an der Wand wirken kalt. Langsam schleppe ich mich weiter über den Gang, bis ich zu einer offenen Tür gelange. Interessiert blicke ich in den Raum, es scheint ein Arbeitszimmer zu sein. Ein Zimmer, wie Lincoln auch eins hatte. Allein bei der Erinnerung an ihn rinnt mir eine Träne über die Wange. Er fehlt mir so sehr! Seine Nähe, sein Geruch, sein Geschmack. Seine Stimme. Mein Blick fällt auf ein Telefon auf dem Tisch, und ein Schluchzen entrinnt meiner Kehle. Ohne mir wirklich darüber Gedanken zu machen, gehe ich zu dem Telefon. Ich kenne seine Nummer auswendig. Ob seine Mailbox noch aktiv ist? Ob noch immer der gleiche Spruch darauf zu hören ist? Seine Stimme, die einem mitteilt, dass er zu beschäftigt ist, um ranzugehen, oder er grad keinen Bock hat. Seine

Stimme, die hinterhersetzt, dass das nicht für mich gilt, weil er immer Bock auf mich hat. Seine Stimme.

Also wähle ich wie ferngesteuert und warte, bis die Mailbox rangeht. Es ist die gleiche Ansage. Seine Stimme, die ich so sehr vermisse. Ich sage nichts, stattdessen lege ich auf, als er darum bittet, eine Nachricht zu hinterlassen, und wähle einfach noch mal seine Nummer. Immer mehr Tränen rinnen mir über die Wangen, während ich lausche. Während mein Herz immer und immer wieder bricht. Denn außer dieser kurzen Nachricht, außer diesen paar Sätzen habe ich nichts mehr von ihm. Und doch kann ich es nicht lassen. Immer wieder wähle ich seine Nummer, lausche seiner Stimme und lasse meinen Tränen freien Lauf. Bestimmt schon zehnmal, als sich etwas verändert. Es klingelt nicht siebenmal, es tutet nur einmal, als der Hörer abgenommen wird.

»Scheiße, ich war gerade duschen!«, dringt seine Stimme bis zu mir, und es reißt mir den Boden unter den Füßen weg. Ich fühle den Boden unter meinem Hintern, ein Schmerz, der sich von meinem Steißbein ausbreitet. Und Leben. Mit Lincolns Stimme kehrt auch das Leben in mich zurück. »Wer ist denn da? Ich habe keine Zeit für Spielchen!«, wettert er, als ich noch immer nichts sage. Den Hörer drücke ich mir fest gegen das Ohr.

»Du lebst«, flüstere ich und kann es kaum glauben. »Aber er hat gesagt, dass du tot bist!«

»Kleines!« Wie meine Worte sind auch seine ein Stöhnen. »Er hatte also recht. Du bist nicht tot!«

Ich tot? »Nein, jetzt nicht mehr!«, schluchze ich.

»Verdammt, ich dachte, ich hätte dich verloren! Ich dachte, du wärst unter den Trümmern des Hauses begraben!«

Begraben. So wie mein Vater. So wie Isa, ihr ungeborenes Kind, meine Grandma und Nate. »Nein«, schluchze ich. »Cole, er hat mich in letzter Sekunde rausgezogen. Lincoln, ich dachte, du wärst tot!« Immer mehr Tränen rinnen über meine Wangen, während mein Herz seine Tätigkeit nach so vielen Tagen wieder aufnimmt.

Es schlägt. Schlägt allein für diesen einen Menschen, der mir noch geblieben ist.

»Sarah, hör mir genau zu!«, spricht Lincoln ernst. »Noel hat nicht aufgegeben, er hat nicht glauben können, dass du unter den Trümmern begraben bist. Er sucht überall nach dir, und wir werden dich finden! Weißt du, wo du bist?«

»Was?«, keuche ich und stütze mich auf meinen Armen ab. »Noel lebt auch?«

»Natürlich lebt er! Er sucht überall nach dir. Bitte, diesmal wird mein Handy nicht überwacht. Weißt du, wo du bist?«

Ich brauche einen Moment, dann stemme ich mich auf meine Beine und laufe zum Fenster. Langsam setzen sich die Puzzleteile zusammen und das Gebilde, das sie ergeben, macht mir Angst. Mein Blick aus dem Fenster zeigt mir eine Straße, Bäume, andere Häuser. »Ich weiß nicht. Ich bin bei Cole, aber ich weiß nicht, wo das ist. Ich … Da ist ein rotes Haus. Selbst das Dach ist rot. Die Autos sind zu weit weg, und ein Straßenschild kann ich auch nicht sehen!«

Noch bevor ich hören kann, was Lincoln antwortet, trifft mich ein Schlag an der Wange, und das Telefon wird mir aus der Hand gerissen. »Du dummes, kleines Mädchen. Hat dir denn niemand beigebracht, dass man nicht einfach das Telefon eines Fremden benutzt?«

Cole thront über mir, sein Gesicht zu einer gehässigen Maske verzogen. Von dem fürsorglichen Mann, der die letzten Tage an meinem Bett gesessen hat, ist nichts mehr zu sehen. »Was hast du ihm erzählt?«

»Scheusal!«, spucke ich ihm entgegen und frage mich, woher ich plötzlich diese Kraft nehme. Ist es allein das Wissen, dass Lincoln und mein Vater am Leben sind? Dass sie nicht aufgegeben haben und noch immer nach mir suchen? Leben die anderen dann auch noch, und das Ganze war nur ein perfides Spiel von Cole, um mich zu brechen? Ich weiß es nicht, doch ich weiß, dass ich nicht mehr mitspielen werde.

»Stimmt, das bin ich wohl. Doch du gehörst mir, Perez hat dich an mich weitergegeben, damit ich einen Krieg gegen seinen Erzfeind führe. Damals dachten wir noch, dass du nur seine Schwester bist. So jedoch …« Er lässt den Satz unbeendet und zieht genüsslich seinen Gürtel aus der Hose. Diesmal weiß ich, was auf mich zukommt, und mir stockt der Atem. Wenn ich eben noch dachte, ich könne alles ertragen, bin ich mir jetzt nicht mehr so sicher. Zuerst höre ich das Surren, dann kommt der Schmerz. Er trifft mich direkt auf meine Arme, die in Flammen aufgehen.

»Also, was hast du ihm gesagt?«

»Fick dich«, schmeiße ich ihm entgegen. Sie leben. Sie werden mich befreien. Und ich werde nicht wieder zusammenbrechen. Ich werde so stark sein wie Isa. Denn ich habe Schlimmeres in meinem Leben ertragen müssen als körperliche Schmerzen.

»Eher nicht. Und wenn du denkst, du würdest hier wieder rauskommen, hast du dich getäuscht. Wir sind weit entfernt von New York, egal was du ihnen gesagt hast, sie werden dich nicht finden.«

Grob packt er mich am Arm und zieht mich zu sich hoch. Vor meinen Augen flimmert es, und jetzt verfluche ich mich dafür, dass ich so lange nichts gegessen habe. Bevor ich weiß, wie mir geschieht, zerrt Cole mich zurück in das Zimmer, in dem ich die letzten Tage verbracht habe. Dort schmeißt er mich aufs Bett, packt meine Arme und zieht sie über meinen Kopf. Ich liege auf dem Bauch, und er fixiert meine Hände mit einem Seil, das am Bettgestell befestigt ist. Warum habe ich das die letzten Tage nicht gesehen? Wie konnte mir so etwas wie ein Seil entgehen? Ich weiß es nicht, doch da ich nicht vorhabe, ihm die Genugtuung zu geben zu schreien, beiße ich in die Decke unter mir. Mit groben Bewegungen reißt er mir die Hose und den Slip von den Beinen und schiebt mein Top nach oben.

»Wollen doch mal sehen, wie viel du erträgst, bevor ich dich zum Reden bekomme.«

Der erste Hieb kommt ungebremst und reißt mir die Haut an meinem Hintern auf. Ein ersticktes Schreien wird von der Decke gedämpft, der Schmerz flutet meinen Körper, und ich weiß, lange werde ich das nicht aushalten. Der zweite Schlag ist noch stärker, diesmal gelingt es mir nicht, den Schrei auch nur ansatzweise zu unterdrücken. Also tue ich das Einzige, was mir hier helfen kann. Ich klammere mich an den Hoffnungsschimmer, dass sie mich finden. Dass meine Informationen gereicht haben, um herauszufinden, wo Cole mich gefangen hält.

Dad.

Isa.

Lincoln.

Immer wieder blicke ich zu Isa. Sie liegt ruhig im Bett, ihr Brustkorb hebt und senkt sich in langsamem Rhythmus. Ihr rostbraunes Haar liegt wie ein Fächer um ihren Kopf und verdeckt einen Großteil ihres Gesichtes. So gerne ich sie auch betrachte, ich bin froh, dass ihre Haare ihr Gesicht verdecken. Noch immer wird mir schlecht, wenn ich mich daran erinnere, wie ich sie aus dem brennenden Haus gezogen habe. Gemeinsam mit Nate, der unsere Mutter herausgetragen hat, während Lincoln wie ein Irrer durch die Zimmer geirrt ist, um Sarah zu suchen.

Isa lag bewusstlos auf dem Boden, meine Mutter auf einer Couch. Isas Körper war blutbedeckt, erste Verfärbungen zeichneten sich in ihrem Gesicht ab. Nie werde ich die Panik vergessen, die mich bei ihrem Anblick erfasst hat. Nie die Angst, die ich empfunden habe, als wir auf den Krankenwagen gewartet haben. Ich war zerrissen, wusste nicht, was ich tun sollte. Das erste Mal in meinem Leben war nicht klar, was ich tun konnte. Ich hatte keine Ahnung, was sie ihr angetan hatten, hatte keine Ahnung, ob unser Kind noch am Leben war. Und gleichzeitig wusste ich, dass meine Tochter noch immer in dem brennenden Haus sein musste. Also ließ ich Isa zurück, vertraute sie Luca an, der ebenfalls mit uns gekommen war, und rannte zurück in das Haus. Lincoln war noch immer irgendwo darin, ich konnte nur hoffen, dass er Sarah bereits gefunden hatte. Die ersten Sirenen waren zu hören, während ich mir mein Hemd vor den Mund hielt, um nicht den ganzen Qualm einzuatmen. Ich hätte Stunden nach ihr gesucht, hätte mich von niemandem davon abbringen lassen. Doch noch während ich hineinstürmte, fielen die ersten Wände in sich zusammen. Lincoln kam von oben heruntergestürzt, sein panischer Blick auf das Feuer gerichtet, das uns umgab.

»Hast du sie?«, fragte ich, obwohl ich es besser wusste. Dennoch hoffte ich, dass er sie eingeklemmt gefunden hatte und nur Hilfe brauchte, um sie zu befreien. Aber Lincoln schüttelte den Kopf, woraufhin mir schlecht wurde. Überhaupt, das Szenario, das wir hier vorgefunden hatten, war erschreckend. Bereits als wir hier eingedrungen waren, fanden wir die Leichen ihrer Entführer. Es sah aus wie ein Bandenkrieg, in dem es nur wenige Überlebende gegeben hatte. Mittendrin der Mann, der sich jahrelang als ihr Vater ausgegeben hatte und der mit einer Kugel im Kopf mitten im Gang lag. Der Mann, der uns überhaupt hierhergeführt hatte, dank Lincoln. Mittlerweile habe ich eine Ahnung, was in dem Haus vorgefallen ist, doch so ganz passen noch nicht alle Puzzleteile zusammen. Lincoln und ich haben so lange nach Sarah gesucht, bis uns im wahrsten Sinne des Wortes die Decke über dem Kopf zusammengebrochen ist. Sein Bein hatte es erwischt, und die Feuerwehr musste ihn befreien. Ich glaube, unter anderen Umständen wäre er im Feuer auf der Suche nach Sarah umgekommen. Ich selbst habe das Haus nur verlassen, weil ich Isa nicht verlassen konnte. Sie brauchte mich, vor allem, wenn der schlimmste Fall der Fälle eingetreten wäre. So ließ auch ich mich von den Feuerwehrmännern aus dem Haus schleifen und zerbrach. Denn wir hatten sie nicht gefunden. Meine kleine Prinzessin, die ich endlich wiedergefunden hatte. Ein Teil meines Lebens.

Als ich im Krankenhaus angekommen war, lag Isa bereits im OP. Sie hatten sie schwer verletzt, innere Blutungen mussten gestoppt werden. Lange stand aus, ob unser Kind das überleben würde, und ich werde die Stunden der Ungewissheit und der Trauer niemals vergessen. Mich selbst habe ich nicht behandeln lassen, ich war ein unruhiges Tier im Käfig, das dringend eine Möglichkeit brauchte, um auszubrechen. Meine Männer blieben bei dem Haus, trimmten die Feuerwehrmänner darauf, jeden Zentimeter des Gebäudes zu durchsuchen. Doch es war so sehr beschädigt, dass es keinen Einblick in den Keller gab. Er lag in Schutt und Asche, und alles deutete darauf hin, dass Sarah dort begraben war.

Noch immer schmerzt meine Brust, und ich schließe einen Moment die Augen. Wie kann es nur sein, dass Romero, der Mann, der sich zuletzt Perez genannt hat, sich so viele Feinde gemacht hat, dass sogar seine Verbündeten gegen ihn waren? Dass sie ihn alle nur noch tot sehen wollten? Ich beklage mich nicht, ich selbst wollte ihn tot sehen, nach dem, was er Sarah angetan hat. Ohne ihn ist die Welt ein kleines bisschen sicherer. Ohne ihn haben wir hier in New York kaum noch Feinde, denn die Zeiten ändern sich, und Nate regiert sein Imperium gut. Statt sich wie früher auf Kämpfe einzulassen, schließt er Bünde, sodass es für alle mit der Zeit sicherer wird. Mein Bruder ist eindeutig erwachsen geworden.

Ein leises Stöhnen von Isa, und meine Aufmerksamkeit liegt wieder auf ihr. Sie hat sich nicht überreden lassen, im Krankenhaus zu bleiben, also habe ich sie nach Hause gebracht und für geschultes Personal gesorgt, das sich um sie kümmert. So kann ich wenigstens rund um die Uhr bei ihr sein.

»Hey, wie geht es dir?«, frage ich leise und streiche ihr eine Strähne aus dem Gesicht. Noch immer ist ihr eines Auge geschwollen, und ihr Gesicht leuchtet in allen Farben. Doch sie wäre nicht Isa, wenn sie nicht hart im Nehmen wäre. Allein der Umstand, dass der Arzt ihr wegen unseres Kindes völlige Bettruhe verordnet hat, hält sie ruhig.

»Müde«, stöhnt sie leise und dreht sich auf die Seite. »Aber sonst gut. Bist du schon lange wach?«

»Eine Weile«, wiegle ich ab. In Wahrheit kann ich seit der Entführung nicht mehr schlafen. Ich ermittle in alle Richtungen und glaube erst an Sarahs Tod, wenn ich ihre Leiche mit eigenen Augen sehe. Solange werde ich die Hoffnung nicht aufgeben. Ich werde sie nicht noch einmal im Stich lassen.

»Hast du denn überhaupt geschlafen?«, fragt Isa und will sich aufsetzen.

»Nicht«, tadle ich sie und drücke sie leicht an der Schulter nach unten. »Du weißt, du sollst die nächste Zeit liegen.«

Isa stöhnt, ergibt sich aber ihrem Schicksal. »Lieg du mal den ganzen Tag, dann reden wir weiter!«, beschwert sie sich, legt aber ihre Hand schützend auf ihren Bauch. Eine leichte Rundung ist zu sehen, und mein Herz quillt über vor Liebe. Gleichzeitig ertrinkt es in einem Meer aus Schmerz, in Trauer um meine Tochter.

Mein Handy durchbricht die kurze Stille, und ich fluche in mich hinein. Wahrscheinlich ist es wieder einer meiner Handlanger, der mir mitteilt, dass er nichts gefunden hat. Dass ich wieder einer falschen Spur nachgegangen bin und Sarah noch immer verschollen ist. Denn alles in mir sträubt sich dagegen, auch nur in Gedanken auszusprechen, dass sie tot sein könnte. Doch als ich auf mein Handy blicke, entdecke ich Lincolns Nummer. Der Mann ist ebenso fertig wie ich. Es ist klar, wie viel ihm meine Tochter bedeutet und wie sehr er leidet.

»Hi Lincoln«, grüße ich und stehe auf, um Isa ein Glas Wasser zu holen. Sie trinkt zu wenig, also achte ich auch darauf.

»Cole hat sie!«, schreit der Mann am anderen Ende in die Leitung. »Sie hat eben angerufen, sie dachte, wir alle wären bei dem Brand ums Leben gekommen.«

Das Glas, das ich bereits in der Hand hielt, fällt klirrend zu Boden und zerschellt in tausend Splitter. Mein Herz bleibt stehen, und einen Moment hört die Welt auf, sich zu drehen. Dann beginnt die Zeit zu rasen. Adrenalin strömt durch meine Venen, und mein Hirn arbeitet in Höchstgeschwindigkeit.

»Was hat sie gesagt?«, frage ich und blicke zu Isa, die mich voller Hoffnung ansieht.

»Nicht viel. Sie hat aus dem Fenster gesehen, und das Auffälligste war ein rotes Haus mit roten Dachziegeln. Ich habe Scott schon angerufen und bin nun auf dem Weg zu dir. Noel, wir müssen sie da rausholen, er hat sie beim Telefonieren erwischt!«

Mit ist, als würde mir das Blut in den Adern gefrieren. Ich suche Cole seit der Entführung, da ich weiß, dass er mit Perez zu tun hatte. Nur dass Cole wie vom Erdboden verschluckt ist. Dieses rote Haus ist mein erster Anhaltspunkt überhaupt.

»Gut, ich werde Scott auch noch mal anrufen. Beeil dich!«

Damit lege ich auf und blicke zu Isa.

»Sie lebt?«, fragt sie mit erstickter Stimme und Tränen in den Augen.

»Sie hat Lincoln angerufen.«

Ein Damm bricht, und das erste Mal seit ihrer Entführung bricht meine geliebte Frau in Tränen aus. Schnell setze ich mich neben ihr aufs Bett, ziehe ihren Kopf auf meinen Schoß und schließe sie in meine Arme.

»Ich werde sie finden, ich verspreche es. Und dann werden wir heiraten und endlich das Leben führen, das wir uns so sehr wünschen.«

Wenige Minuten später ist Lincoln bei uns zu Hause. Kelly, eine Schwester, die ich für Isa engagiert habe, ist bei ihr und kümmert sich um sie. Sie hat Isa zum Glück gut im Griff und weiß mit ihr umzugehen, sodass sie nicht aufsteht oder sonst einen Unsinn macht.

»Also, was hat Scott berichtet?«, fragt Lincoln, der es nicht schafft, sich hinzusetzen. Nate und ich dagegen wissen, wie wichtig es ist, jetzt Ruhe zu bewahren. Ohne einen guten Plan könnten wir sie in noch größere Schwierigkeiten bringen.

»Er hat eine Spur, wir brechen gleich auf. Sieht so aus, als hätte er die Stadt verlassen. Womit dieses Schwein nicht gerechnet hat, ist, dass wir den besten IT-Spezialisten überhaupt haben und der eine Spur zu ihm gefunden hat. Wir müssen nach Hartford, also sollten wir schnell losfahren. Doch davor, Lincoln, es wird keine unüberlegte Mission!« Ich blicke den Mann an, der es nicht gewohnt ist, Befehle entgegenzunehmen. Er ist hitzig und eigensinnig, und manchmal frage ich mich, wie es Luca gelungen ist, ihn unter seine Fittiche zu bekommen.

»Ich halte mich an euren Plan, wenn LPs Leben dadurch nicht in Gefahr ist.«

Kopfschüttelnd stehe ich auf. »Gut, dann komm. Wir müssen noch unsere Waffen holen. Diese Mission wird etwas umfangreicher als der geplante Ausflug in die Mall.«

Natürlich sind all meine Männer in Alarmbereitschaft. Wir werden Cole überrennen, sodass er keine Möglichkeit mehr hat, Sarah auch nur ein Haar zu krümmen. Doch bevor es losgeht, gehe ich ein letztes Mal zu Isa, die frustriert auf der Fernbedienung für den Fernseher herumdrückt. Als sie mich sieht, schaltet sie den verhassten Kasten aus und blickt mich voller Sorge an.

»Ihr werdet jetzt losgehen?«, fragt sie mit gedrückter Stimme.

»Ja. Und wir werden nicht ohne Sarah zurückkommen.« Ich weihe Isa mit Absicht nicht in meinen Plan ein. Es würde ihr unnötige Sorgen bereiten und damit unser ungeborenes Kind in Gefahr bringen. Also tue ich so, als wäre alles ganz einfach.

»Isa, versprichst du mir, ruhig liegen zu bleiben, bis der Arzt dir erlaubt, wieder aufzustehen? Es kann sein, dass wir mehrere Tage unterwegs sind. Wir wissen noch nicht genau, wo sich Sarah befindet, glauben aber, den Ort zu kennen.«

Ihr Blick versteinert, und ich weiß, wie schwer es ihr fällt, hier liegen zu müssen. Ungewissheit ist eins der schlimmsten Dinge und dazu die Unfähigkeit, helfen zu können. Ich kenne sie, ich weiß, wie stark sie ist und wie schwach sie sich seit der Entführung fühlt. »Natürlich. Wirst du dich regelmäßig melden?«

Hier gilt es nun zu lügen. »Nein. Ich werde mich erst melden, wenn wir Sarah haben. Die Gefahr, dass es Cole irgendwie gelingt, unsere Telefone abzuhören und aufzuspüren, ist zu groß. Ich habe schon sichere Geräte besorgt, die nicht auf uns deuten, doch hier zu Hause kann ich nicht anrufen.«

Wie erwartet schluckt sie hart, und es fällt mir so schwer, mich von ihr zu verabschieden. Allein der Gedanke, ich könnte sie heute zum letzten Mal sehen, zerreißt mir das Herz. Doch sie wird es verstehen. Ich muss alles für Sarah tun. Also beuge ich mich zu ihr und küsse sie. Zuerst sanft und voller Liebe. Doch der Kuss ändert sich. Wie so oft wird er leidenschaftlicher, intensiver. Ihre Tränen benetzen unsere Gesichter, während sie sich in mein Hemd krallt. Wir wissen beide, dass es gefährlich wird. Nur weiß sie nicht, was ich alles bereit bin, zu opfern. Mit diesem Kuss verabschieden wir uns, schwören uns ewige Liebe und wissen, dass dies unser letzter Kuss sein könnte.

Völlig erschöpft liege ich auf dem Bett. Meine Glieder zittern, meine Haut steht in Flammen. Nie hätte ich gedacht, etwas erleben zu müssen, das an den Schmerz meiner Verbrennungen herankommt. Etwas, das mich tief bis in meine Seele vernichten könnte.

Cole ist nicht nur grausam, jetzt weiß ich, was ein Sadist ist. Ein Mensch, der sich am Schmerz anderer ergötzt und darin aufgeht. Er hat mich nicht einfach nur geschlagen, er hat mich fühlen lassen, wie sehr es ihm gefällt. Hat es immer weiter getrieben, bis ich bewusstlos auf dem Bett zusammengebrochen bin und mich tiefe Dunkelheit aus der Realität gerissen hat. Einer Realität, in der ich nicht mehr leben will, denn mein Leben gleicht einem Albtraum.

Ich weiß nicht, wie lange ich hier schon liege. Seit ich wieder zu mir gekommen bin, umhüllt mich völlige Dunkelheit. Die Rollläden sind zugezogen, und das Licht ist aus. Nicht einmal Lärm von draußen könnte mir irgendeinen Anhaltspunkt geben, wie die Zeit verstreicht, weil mein Zimmer komplett abgeschottet ist. Immer wieder versuche ich mit den Füßen, die Decke über mir auszubreiten, weil ich unheimlich friere. Doch sobald die Decke meine Haut berührt, würde ich am liebsten aufschreien. Ich will mir nicht ausmalen, wie mein Rücken und meine Beine aussehen.

Alles spannt und brennt, und bei dem Gedanken, dass mich noch mehr Narben zeichnen werden, steigen mir Tränen in die Augen. Ich habe mich doch gerade erst mit den Alten angefreundet.

Als ich an meine Narben denke, wandern meine Gedanken zu Lincoln. Wo er wohl gerade ist? Ich hoffe so, dass er mich irgendwie finden wird. Dass er hier gemeinsam mit meinem Vater hereinspaziert kommt, um mich zu retten. Mein Herz und meine Seele sehnen sich nach ihm, nach dem Mann, der von der ersten Sekunde für mich da war. Der Mann, der mich Nacht für Nacht gehalten hat. Der Mann, der mir meinen ersten Kuss geraubt hat und dem ich meine Unschuld schenken möchte. Ruhe überkommt mich, als ich mich an Situationen mit ihm erinnere. Wie wir gemeinsam vor dem Fernseher sitzen, wie wir uns durch die Wohnung jagen, weil wir rumalbern, wie er mich mit seinen bernsteinfarbenen Augen fixiert. Warme Augen, die mir bis auf die Seele blicken. Ich glaube, ich habe mich vom ersten Moment in seine Augen verliebt. Ich fühle seine Hände auf meiner Haut. Wie er mich liebkost, wie er mich sanft streichelt und jede meiner Narben küsst. Narben, die für ihn nicht einfach nur hässlich sind. Narben, die er für mich wunderschön gemacht hat.

»Sie sind ein Teil von dir. Eine Kriegsverletzung, die dich zu dem Menschen gemacht hat, der du heute bist. Nur das Wissen, welchen Schmerz sie dir verursacht haben müssen, macht mir zu schaffen. Denn wenn ich mit einem nicht umgehen kann, dann ist es das Wissen, dass du Schmerzen hattest«, höre ich ihn in meinen Erinnerungen sagen. Fühle seine Finger auf mir, seinen Atem, seine Lippen.

»Das hier sieht aus wie eine Krone«, spricht er irgendwann leise. »Little Princess.«

»Oh Lincoln«, schluchze ich in die Decke unter mir. Wie sehr ich mir wünsche, dass er hier wäre. Dass er mir sagt, dass er auch diese Narben lieben wird. Dass er mir sagt, dass alles wieder gut werden wird.

»Und die hier könnten Engelsflügel sein. Mit deinen Haaren könntest du wirklich ein Engel sein, musst nur die Flügel ausbreiten und würdest in den Himmel davonfliegen. Doch wenn du das tust, würdest du mein Herz mit dir nehmen, also bitte ich dich, auf Erden zu bleiben. Bei mir.«

Ich weiß nicht, ob ich bei dir bleiben kann. Ich weiß nicht, ob ich das hier noch einmal überlebe. Ob ich es noch einmal ertrage, solche Schmerzen zugefügt zu bekommen. Die Pein, der Schmerz, die Scham. Es ist alles zu viel.

»Und die hier«, flüstert er, »sieht aus wie ein Schloss. Ein Schloss, das erst noch geknackt werden musste, bevor du endlich zu der Frau werden konntest, die du immer hättest sein sollen.«

Die Frau, die ich immer hätte sein sollen. Bin ich das noch, wenn ich hier irgendwann fliehen kann? Werde ich noch der Mensch sein, den er lieben gelernt hat?

»Nicht weinen, Kleines. Du bist das perfekteste Wesen, das mir je begegnet ist.«

Immer mehr Tränen laufen mir über die Wangen. Es fühlt sich fast so an, als wäre er hier, und gleichzeitig fühle ich mich unendlich einsam.

Eine ganze Weile hänge ich noch meinen Gedanken nach, als sich die Tür öffnet. Ich blicke nicht auf, ich öffne die Augen nicht. Ich möchte nicht wissen, ob er es ist. Ob er gekommen ist, um mich weiter zu quälen. Doch anstatt seiner Stimme höre ich die von Ann. »Oh mein Gott, was hat er dir nur angetan?«

Ihre Stimme ist leise, und als sie eine Hand auf meinen geschundenen Körper legt, zucke ich vor Schmerzen zusammen.

»Tut mir leid«, flüstert sie und setzt sich zu mir aufs Bett. »Ich wünschte, ich könnte dir helfen. Doch er würde mich umbringen.«

Ich weiß nicht, was ich dazu sagen soll. Ich bin es gewohnt, eingesperrt zu sein. Ich bin es gewohnt, mich machtlos zu fühlen. Und doch wünsche ich mir nichts sehnlicher, als hier auszubrechen.

»Kannst du bitte meine Fesseln lösen? Meine Arme schmerzen so sehr.«

Ein leises Rascheln lässt mich vermuten, dass sie den Kopf schüttelt. »Ich darf mich nur um deine Wunden kümmern, wobei ich gar nicht weiß, wo ich anfangen soll. Ich fürchte, es wird sehr wehtun.«

Machtlosigkeit.

Trauer.

Resignation.

Wenn mein Vater und Lincoln nicht kommen, um mich zu befreien, werde ich hier sterben. Also sage ich nichts mehr. Ergebe mich meinem Schicksal und versuche, nicht auf die Schmerzen zu reagieren.

Ann ist vorsichtig, als sie beginnt, meine Wunden zu reinigen. Dennoch brennt die Desinfektion, und mehr als einmal versuche ich, nicht zu schreien. Versuche, alles auszublenden und in eine Welt aus Träumen zu flüchten. In eine Welt, in der Ann mir hilft zu fliehen. In eine Welt, in der ich gerettet werde. In eine Welt, in der ich Cole eigenhändig erschieße.

»Hier, du solltest noch etwas trinken.« Ann setzt mir eine Schnabeltasse an die Lippen. Ich will nichts trinken, und doch fordert mein Körper Flüssigkeit. Doch was mache ich, wenn ich auf Toilette muss? Was, wenn ich es nicht mehr kontrollieren kann? Werden sie mich in meinem eigenen Dreck liegen lassen? Oder werden sie mich aufstehen lassen?

»Ann, ich muss mal«, versuche ich es einfach. Vielleicht habe ich ja eine Chance. Vielleicht kann ich sie überrumpeln und mich irgendwie aus dem Haus schleichen? Wie vorhin denke ich wieder an Isa. An ihre Stärke, an ihre Kraft. Ich will mehr wie sie sein, also sammle ich all meine verbleibende Kraft und hoffe auf das Beste.

Ann überlegt eine Weile, dann seufzt sie. »Ich werde dich danach wieder festbinden müssen, doch der Master will bestimmt nicht, dass du ins Bett machst.«

Damit beugt sie sich zu meinen Händen. Als sie die Seile gelockert hat, beginnen meine Finger zu kribbeln. Erst leicht, dann fühlt es sich an, als würden tausend Nadeln in meine Haut gejagt werden. Da ich mich nicht aufsetzen kann, krieche ich vom Bett, schreie aber, als mein Top über meinen Rücken rutscht und an den Wunden scheuert.

»Warte, ich werde es am Rücken aufreißen«, sagt Ann ruhig und macht sich an meinem Top zu schaffen. Erleichtert, dass ich nicht ganz nackt bin, seufze ich und balle meine Hände immer wieder zu Fäusten, um die Durchblutung anzuregen.

»Kann ich jetzt noch mal einen Schluck trinken? Im Liegen ist das nicht so angenehm.« Meine Stimme ist zittrig, doch ich habe mir fest vorgenommen, es wenigstens zu versuchen. Irgendwie muss es mir gelingen, sie zu überwältigen und zu fliehen.

Ann reicht mir den Becher, diesmal ohne den Schnabelaufsatz, und ich trinke vorsichtig ein paar Schlucke.

»Danke dir«, seufze ich und reiche ihr den Becher zurück. Dann torkle ich in das kleine angrenzende Bad. Jede Bewegung brennt auf meinem Hintern, meinem Rücken und meinen Schenkeln. Doch ich ignoriere die Schmerzen. Wie erwartet folgt mir Ann ins Bad. Als wir beide drin sind, lehne ich mich erschlagen an der Wand an. Mein Blick huscht schnell hin und her, bis ich am Waschbecken einen Becher erkenne. Aus unschuldigen Augen blicke ich wieder zu Ann und hoffe, dass mein Plan aufgeht.

»Kannst du mir noch einmal Wasser in den Becher füllen?«

Als sie mir ein warmes Lächeln schenkt, zieht sich mein Herz zusammen. Sie will mir nichts Schlechtes, ich kann nur hoffen, dass dieses Monster sie nicht bestraft, wenn mir die Flucht gelingt. Ann geht zum Waschbecken, dreht das Wasser auf und füllt den Becher. Diesen Moment nutze ich, greife mit der Hand zur Tür neben mir und versuche, den Schlüssel leise aus der Tür zu ziehen. Erst hängt er, und mein Herz beginnt zu rasen. Ich brauche nur den Schlüssel, dann kann ich aus dem Bad stürmen und Ann einschließen. Dann kann ich das Zimmer verlassen und finde vielleicht einen Ausweg hier heraus. Kalter Schweiß sammelt sich auf meiner Stirn, als es leise klickt und ich den Schlüssel in der Hand halte. Ann hört das Geräusch und blickt zu mir auf. Es braucht genau eine Sekunde, bis sie realisiert, was ich vorhabe. Eine Sekunde, die mir die nötige Zeit verschafft. Ich stürze aus der Tür raus, ziehe sie hinter mir zu und halte mit aller Kraft dagegen, während ich den Schlüssel reinstecke und abschließe.

»Sarah, nein!«, schreit Ann im Bad. »Er bringt dich um, wenn er merkt, dass du fliehen willst!«

Mit aller Macht hämmert sie gegen die Tür, doch ich habe es geschafft! Ich war stark und habe sie eingesperrt. Ich werde auch einen Weg hier raus finden.

Um rauszurennen, fehlt mir die Kraft. Doch das Adrenalin, das meine Venen flutet, verleiht mir Stärke, die ich gerade brauche. Vorsichtig gehe ich zur geschlossenen Tür und werfe einen vorsichtigen Blick in den Gang. Hinter mir höre ich noch immer Anns Schreie und das wütende Trommeln gegen die Tür. Ich kann nur hoffen, dass das so schnell kein anderer hört. Da der Gang leer scheint, husche ich nach draußen. Immer wieder halte ich mich dabei an der Wand fest, versuche mich klein zu machen, auch wenn das nichts bringt. Mein ganzer Körper zittert vor Aufregung, und doch fühle ich mich seltsam ruhig. Es ist, als würde ich ganz von allein funktionieren. Die Schmerzen sind in den Hintergrund gerückt, nur das Rauschen in meinen Ohren stört mich. Am Ende des Gangs biege ich links ab, da in der Richtung das Zimmer lag, das auf die Straße hinausgeschaut hat. Gerade als ich wirklich Hoffnung habe, es zu schaffen, höre ich Schritte auf mich zukommen. Es sind mehrere schwere Schritte. Panisch blicke ich mich in alle Richtungen um, doch außer Türen ist nichts zu sehen. Schnell versuche ich, die erste zu öffnen, um mich dahinter zu verstecken. Doch sie ist verschlossen. Also husche ich zur nächsten, die wieder verschlossen ist. Erst die dritte lässt sich öffnen. So schnell ich kann, schließe ich sie hinter mir und lege den Kopf gegen die Tür. Dann höre ich schon die Schritte davor. Das war Rettung in letzter Sekunde.

Ein dunkles Lachen hinter mir lässt mich herumfahren. Erschrocken blicke ich auf die Szene, die sich vor mir auftut. Cole, der mich diabolisch angrinst. In seinen Armen hält er meinen Vater. Sein Gesicht voller Blut und Schwellungen. Dennoch steht er mit gefesselten Händen aufrecht vor ihm. Er blickt mich entsetzt an, Tränen glitzern in seinen Augenwinkeln.

»Sarah«, haucht er. Ich brauche nur eine Sekunde, dann springe ich zu ihm und kralle mich an seiner Brust fest. Er ist gefesselt, er wird mir nicht helfen können. Doch er ist hier, sie haben mich gefunden. Ein Schluchzen löst sich aus meiner Kehle, und ich sauge seine Wärme in mich auf.

»Schön, schön, da hat meine kleine Gefangene also einen Weg aus ihrem Zimmer gefunden?«

Voller Wut blicke ich zu Cole auf, doch es ist mein Vater, der zuerst etwas sagt.

»Ich schwöre dir, du wirst für jedes Haar, das du ihr gekrümmt hast, bezahlen. Wir haben eine Abmachung, halte dich daran!«

Eine Abmachung? Ich weiß nicht, worauf mein Vater hinauswill, doch instinktiv kralle ich mich fester an ihn.

»Keine Angst, ich habe es nicht vergessen.« Cole blickt hinter sich, und erst jetzt entdecke ich die Bullen von Männern, die sich in den Ecken des Raumes verborgen halten. »Bringt sie raus. Ich habe, was ich will.«

Panisch blicke ich zu meinem Vater hoch und schüttle den Kopf. »Was habt ihr für einen Deal?«

Der schüttelt den Kopf und schenkt mir ein aufrichtiges Lächeln. »Meine kleine Prinzessin. Du bist frei. Er wird dir nichts mehr tun. Wir bringen dich gemeinsam nach draußen, dort wird sich Lincoln um dich kümmern. Er wartet bereits sehnsüchtig auf dich.«

Mein Vater beugt sich zu mir herunter und küsst mich sanft auf den Kopf. »Sei stark«, flüstert er. »Und mach dir keine Sorgen um mich. Die größte Qual war, nicht zu wissen, wie es dir geht. Dein Schmerz ist schlimmer als alles, was sie mir antun könnten.«

»Nein!«, schluchze ich, als einer der Männer kommt, um mich von Noel fortzuziehen. Ich kann den Kampf in seinen Augen sehen, kann sehen, wie schlimm er es findet, dass sie mich so grob anfassen. Dass ich fast komplett nackt vor ihm stehe, macht es mit Sicherheit nicht besser.

»Bringt sie raus!«, befiehlt Cole.

»Nein!«, donnert mein Vater. »Wir begleiten sie. Ich möchte sehen, wie sie an Lincoln übergeben wird, will sehen, wie sie wegfahren.«

Ich werde hier nicht gefragt. Ich bin nur noch stille Zuschauerin.

»Dann auf, ich habe noch Besseres zu tun, als euch dabei zuzusehen, wie ihr euch verabschiedet.«

Damit werde ich aus dem Zimmer geschleift. »Fass sie nicht so grob an!«, knurrt mein Vater. Doch der Bulle ignoriert ihn und greift nur noch fester um meinen Arm. Schon jetzt fühle ich, dass sich dort Blutergüsse bilden werden. Dennoch beklage ich mich nicht und versuche, so aufrecht wie möglich zu gehen. Stärke. Ich möchte stark sein. Möchte nicht, dass mein Vater sich noch mehr Sorgen um mich macht.

Wir laufen in die Richtung, aus der ich gekommen bin. Sieht so aus, als hätte ich vorhin den falschen Weg gewählt. Doch gerade als wir an meinem Zimmer vorbeikommen, höre ich einen dumpfen Schlag und etwas, das zu Boden sinkt.

»Fessel sie wieder am Bett«, befiehlt Cole ruhig, und als ich hinter mich blicke, entdecke ich meinen Vater bewusstlos auf dem Boden.

»Nein!«, schreie ich und versuche, mich von dem Bullen von Mann loszureißen. »Ihr hattet eine Abmachung! Lasst mich los!«

Doch egal wie sehr ich mich wehre, alles, was ich ernte, sind noch mehr Schmerzen. Der Bulle trägt mich problemlos zu meinem Bett, schmeißt mich mit dem Bauch voran darauf und fesselt meine Hände.

Es ist hoffnungslos. Mein Vater hat sich für nichts geopfert. Nun ist auch er ein Gefangener, er kann mich nicht befreien. Und wenn ihm das nicht gelingt, wird es keinem gelingen.

Wie durch einen Schleier bekomme ich noch mit, wie Ann aus dem Bad befreit wird. Ich höre einen Schlag und ein leises Wimmern. Doch Schuld kann ich keine empfinden. Ich wollte doch nur frei sein.

Kochende Wut steigt in mir auf. Und Verzweiflung. Nie hätte ich es für möglich gehalten, dass es so schlimm sein könnte, sie zu sehen. Noel ist zu Cole reinspaziert, um sich im Tausch gegen LP anzubieten. Cole war erfreut, und schon hier musste ich mehrmals schlucken. Cole wollte wissen, wie ernst es ihm ist, und hat Noel geschlagen. Mitten ins Gesicht. Die Kamera, die er an seinem Hemd trägt, hat uns alles gezeigt. Eine ganze Weile musste ich die Luft anhalten, während Nate neben mir nur ruhig dabei zugesehen hat. Unbeeindruckt, emotionslos.

Gerade als der Deal besiegelt war und sie von ihm abließen, öffnete sich die Tür, und als sich Noel umdrehte, sackte mein Herz in die Hose.

LP steht mit der Stirn gegen die Tür gelehnt vor ihm. Außer einem zerrissenen Top ist sie splitternackt. Bei ihrem Anblick wird mir schlecht. Ihr Rücken, ihr Hintern, ihre Beine. Alles ist voller Blut und zerrissener Haut. Wie sie damit überhaupt noch aufrecht stehen kann, ist mir ein Rätsel. Doch sie tut es, bis Cole leise zu lachen beginnt. Erst dann dreht sie sich zu ihm um. Schock, Erkenntnis, Hoffnung, Hoffnungslosigkeit. All das kann ich in ihrem Blick erkennen, und es zerreißt mir das Herz. Alles in mir sehnt sich danach, in das Haus zu stürmen und sie da rauszuholen. Sie in die Arme zu schließen und sie vor allem Unrecht dieser Welt

227

zu schützen. Doch für den Moment krallt sie sich an Noel fest. Ich kann sie leise schluchzen hören und balle die Hände zu Fäusten. Kochende Wut steigt in mir auf, die ich nur sehr schwer kontrollieren kann. Doch ich muss sie kontrollieren, muss für mein Mädchen da sein.

Einen Moment glaube ich, Cole hält sich an den Deal. Sie werden über den Gang geführt, und Hoffnung steigt in mir auf. Am liebsten würde ich aus dem Auto springen, um ihr entgegenzulaufen. Doch Nate, der meine Bewegung spürt, blickt mich fest an.

»Warte, bis sie draußen sind. Sonst wissen sie, dass wir sie irgendwie beobachten.«

Nickend setze ich mich wieder. Es ist ein seltsames Gefühl, hier in einer Stretch-Limousine zu sitzen und auf diesen Bildschirm zu schauen, während einige Straßen weiter unsere Kavallerie auf ihren Einsatz wartet. Ich atme tief durch und öffne und schließe meine Fäuste einige Male, um ruhig zu bleiben. Doch dann verändert sich das Bild vor uns, Noel geht zu Boden, und ich höre Coles kalte Stimme, die befiehlt, Sarah wieder in ihr Zimmer zu bringen und sie zu fesseln. Ihr Schreien geht mir durch Mark und Bein. Und ich sitze hier und kann ihr nicht helfen!

»Bleib ruhig!«, befiehlt Nate, und erst jetzt wird mir bewusst, dass ich bereits auf dem Weg aus dem Wagen bin.

»Aber er hält sich nicht an die Abmachung!«, brülle ich.

»Das wollten wir auch nicht. Damit war zu rechnen. Aber wir müssen noch wissen, wo sie Noel hinbringen. Scott hat in seinem Plan bereits markiert, wo Sarah ist. Sobald wir das Haus stürmen, wissen wir genau, wo wir hinmüssen.«

Er hat recht, und dennoch fällt es mir unendlich schwer, ruhig hier sitzen zu bleiben. Es ist nicht meine Art, zu warten, doch ich weiß auch, dass Nate recht hat. Wenn wir überstürzt handeln, bringen wir sie unnötig in Gefahr.

Noel wird durch die Gänge geschleift, und ich schließe die Augen. In Gedanken beginne ich, zu zählen. Als ich bei dreitausend ankomme, greift Nate zu seinem Telefon.

»Hast du sie beide?«, fragt er ruhig. »Gut, gib die Positionen der einzelnen Männer an unsere Crew weiter, wir schlagen in fünf Minuten zu. Jede weitere Minute wäre ab jetzt vergeudete Zeit.«

Aus den Augenwinkeln sehe ich, wie Cole auf Noel zutritt. Noel wurde mit den Armen irgendwo festgebunden und steht nun wieder auf den Beinen. Selbst er schafft es, ruhig zu bleiben, trotz des Verrates.

»Weißt du, was ich nun machen werde?«, flüstert Cole Noel zu. Wir können es nur hören, weil er direkt vor der Kamera steht. »Ich werde zu deiner kleinen Tochter gehen und sie mir nehmen. Ich werde sie noch einmal schlagen, ihr die Haut von den Knochen schälen und sie dann ficken, wie sie noch nie gefickt wurde. Und wenn ich mit ihr fertig bin, wird nichts mehr von ihr übrig bleiben.«

Kurze Stille entsteht. Cole scheint sich irgendeine Reaktion von Noel zu erhoffen, doch der steht völlig ruhig da, als hätte Cole gerade nicht gedroht, LP zu vergewaltigen.

»Und weißt du, warum ich das tun werde?«, spricht er weiter.

»Weil du ein krankes Schwein bist?«, fragt Noel ruhig. Keinerlei Gefühlsregung ist in seiner Stimme zu hören. Nur am Rand bekomme ich mit, wie Nate in sein Telefon schreit, dass der Einsatz in zwei Minuten losgeht. Doch ich bin gefangen, kann den Blick nicht von dem Bildschirm losreißen. In Gedanken poliere ich dem Wichser die Fresse. Ein Schlag nach dem anderen, bis sein Schädel aufbricht und sich sein Hirn auf dem Boden verteilt.

»Nein, Noel. Ich werde es tun, weil ich sie vor Monaten gekauft habe und diese kleine Schlampe es gewagt hat, sich mir zu entziehen.«

»Lincoln, jetzt!«, schreit Nate. Nur aus den Augenwinkeln bekomme ich noch mit, wie Cole Noel stehen lässt und es dunkel im Raum wird.

Verdammt, ich hätte gleich losstürmen sollen! Der Plan war so einfach. Noel geht da rein, bekommt heraus, wo LP ist, und sobald sie allein in einem Zimmer ist, gehen wir rein und retten die beiden. Jetzt habe ich selbst wertvolle Sekunden vergeudet. Ausgestattet mit einer kugelsicheren Weste und mehreren Knarren und Messern stürme ich hinter Nate her und stecke mir ein Headset ins Ohr. Keine Ahnung, wo sie solch eine Ausrüstung herhaben, eigentlich kenne ich das nur aus dem Fernsehen. Doch ich werde mich nicht beschweren. Nate führt mich zur hinteren Tür, dann höre ich in meinem Ohr auch schon den Befehl, das Haus zu stürmen. Dank Scott haben wir einen genauen Plan von dem Haus. Und dank Noel wissen wir, wo sich LP befindet. So schnell wir können, rennen wir die Gänge entlang. Als sich uns der erste dieser Schweine in den Weg stellt, zögert Nate keine Sekunde. Noch bevor er weiß, wie ihm geschieht, hat der Kerl eine Kugel im Kopf und geht zu Boden. Gefühlte Stunden vergehen, während wir uns weiter zu LP vorarbeiten. In Gedanken sehe ich den Wichser von Cole schon über ihr. Ich höre ihre Schreie, sehe in ihre gebrochenen Augen.

Es kostet mich alle Kraft, tief durchzuatmen und die Bilder aus meinem Kopf zu verdrängen. Noch schlimmer wird es aber, als sich uns sechs Männer in den Weg stellen. Kostbare Zeit vergeht, Zeit, in der LP alles geschehen könnte.

Immer wieder schreie ich, ziehe an meinen Fesseln und hoffe, irgendwie loszukommen. Sie haben meinen Vater, haben uns betrogen, und ich kann nichts tun. Kann nicht entkommen, kann keine Hilfe für ihn holen. Ich will mir nicht ausmalen, was Cole ihm antut. Will mir nicht ausmalen, was er danach mit mir tun wird. Also kämpfe ich weiter.

Ann ist mit dem Bullen aus dem Zimmer gegangen. Sie haben mich in tiefer Dunkelheit zurückgelassen, dabei weiß ich nun, dass draußen der Abend erst angebrochen ist. Noch scheint die Sonne, noch hätte ich hier drinnen Licht. Dennoch verschluckt mich die Dunkelheit, und die Angst streckt ihre kalten Krallen nach mir aus.

»Ihr Schweine!«, brülle ich, einfach um irgendetwas zu tun. »Ihr verdammten Wichser, ihr seid so armselig! Ihr habt keinen Schwanz in der Hose, wenn ihr ein kleines Mädchen fesseln müsst!«

Das Seil schneidet mir schmerzhaft in die Handgelenke, doch auch diesen Schmerz ignoriere ich. Ich reiße, ich zerre, und ich brülle aus vollem Leib. Doch nichts tut sich. Alles um mich herum ist still, und ich frage mich das erste Mal, ob mein Zimmer vielleicht sogar schallisoliert ist. Das würde erklären, warum Ann vorhin niemand gehört hat.

Als plötzlich die Tür aufgerissen wird und das Licht angeht, bin ich geblendet. Angst kriecht mir in die Knochen, dennoch habe ich nicht vor, mich einfach so zu ergeben. Ohne etwas zu sehen, spucke ich aus. »Ihr Wichser, macht mich los! Ihr seid Memmen, die nur auf Befehle hören können!«

»Kleines!«, dringt in dem Moment eine Stimme zu mir, die mir die Luft zum Atmen raubt. Im nächsten Moment fühle ich seine Hände auf meinem Gesicht, die mich zärtlich halten. Lippen auf meinen. Tränen rinnen mir über die Wangen, und ein Schluchzen entweicht meiner Kehle. »Du bist wirklich hier!«

»Natürlich bin ich hier. Und ich hole dich jetzt hier raus.«

Lincoln schneidet mit einem Messer meine Fesseln auf, nimmt meine Hände und reibt sie, um die Durchblutung wieder anzuregen. »Einen Moment müssen wir noch warten, dann bringe ich dich hier raus.«

Ich ziehe die Beine an den Körper und lege den Kopf auf seinen Schoß. Sein vertrauter Geruch steigt mir in die Nase, und endlich fühle ich mich geborgen.

»Okay, LP. Ich werde dich nun auf meine Arme nehmen und dich hier raustragen. Der Weg müsste frei sein.«

Damit legt er mir eine dünne Decke über den Körper, um mich zu verhüllen, und hebt mich hoch. Schmerz flutet meine Sinne, doch ich ignoriere ihn. Ich weiß, ich wäre nicht mehr stark genug, hier rauszulaufen. Vor der Tür wartet anscheinend einer unserer Männer. Er geht mit erhobener Waffe vor uns her, und es dauert nur wenige Augenblicke, bis mir frische Luft um die Nase weht. Lincoln legt mich in eine Limousine, die sogleich losfährt.

Freiheit. Ich bin endlich frei.

Die Stunden ziehen sich wie Kaugummi. Nachdem Lincoln mich in mein Elternhaus gebracht hat, wurden meine Wunden versorgt und verbunden. Ich habe Schmerzmittel bekommen und liege neben Isa im Bett.

Sie alle leben. Isa, das Baby, meine Grandma. Isa muss zwar liegen, doch es geht ihr gut, und ich genieße sowohl ihre als auch die Nähe von Lincoln und meiner Grandma.

»Warum hören wir nichts von ihnen?«, frage ich irgendwann. Wir haben den Fernseher angemacht, doch ich weiß nicht einmal, was läuft. Mein Kopf ruht auf Lincolns Schoß, während meine Grandma meine Hand hält und sie nicht wieder loslassen möchte.

»Sie werden sich um Cole kümmern«, versucht Isa mich zu beruhigen. »Sie werden sicherstellen, dass von ihm keine Gefahr mehr ausgeht.« Würde ihre Stimme nicht so zittern, könnte ich ihr glauben. Doch es ist ihr Verlobter, der unerreichbar ist. Der Vater ihres ungeborenen Kindes. Natürlich hat sie Angst, und ich sollte diese Angst nicht noch schüren.

»Ja, natürlich.«

Lincoln streicht mir sanft über die Wange, und ich schließe meine brennenden Augen. Ich bin so unendlich müde, doch meine wirren Gedanken lassen mich nicht zur Ruhe kommen. Immer wieder sehe ich Cole über mir aufragen. Höre ihn über meine

Schwäche lachen, während sein Gürtel auf mich niedersaust. Ich will mir nicht ausmalen, was er mir noch alles angetan hätte, hätte er nur die Möglichkeit dazu bekommen.

»Sarah, hast du noch große Schmerzen? Soll ich dir noch mal was dagegen holen?« Meine Grandma blickt mich liebevoll an und drückt meine Hand.

»Kann ich eine Schlaftablette bekommen? Ich bin so müde, kann aber nicht schlafen.«

Als wäre das das Zeichen zum Aufbruch, stehen Grandma und Lincoln auf. »Dann bring ich dich ins Bett, dort hast du mehr Ruhe.«

»Nein«, sage ich und schüttle den Kopf. »Ich will hier schlafen, ich will mitbekommen, wenn es etwas Neues gibt.«

Die Angst um meinen Vater und Nate ist übermächtig, ich muss hier sein, um mitzubekommen, wenn sich etwas ergibt.

»Kleines«, sagt Lincoln leise und kniet sich neben das Bett, um mit mir auf Augenhöhe zu sein. »Du hast die letzten Tage so viel durchgemacht. Ich will mir gar nicht ausmalen, was alles. Bitte, ich bring dich ins Bett, und sobald wir etwas hören, wecke ich dich. Aber du musst wieder zu Kräften kommen.«

Ein Teil von mir will widersprechen, ein anderer ist zu erschöpft dafür. Also nicke ich, woraufhin Lincoln mir ein Lächeln schenkt. Vorsichtig hebt er mich auf seine Arme, und ich ziehe scharf die Luft ein. Wenn nicht alles so schmerzen würde, wäre es um so vieles leichter. Ich will gar nicht wissen, mit wie vielen Stichen mich der Arzt genäht hat, es war die Hölle. Doch da ich nicht ins Krankenhaus wollte, wo ich eine Vollnarkose bekommen hätte, musste ich alles bei vollem Bewusstsein ertragen. Die Betäubungsspritzen, die er gesetzt hatte, schienen einfach nicht zu wirken.

»Willst du lieber laufen?«, fragt Lincoln, und ich schüttle den Kopf und lege ihn an seine Schulter. Allein seine Nähe schenkt mir Kraft.

Unser Haus ist so groß, wie ich es in Erinnerung habe, und als Lincoln mich in mein Schlafzimmer bringt, muss ich lächeln. Es hat sich nichts verändert, alles sieht noch genauso aus, wie ich es in Erinnerung habe. Dabei wurde damals alles von einer Bombe zerstört. Ich will nicht wissen, wie Grandma es hinbekommen hat, alles wieder so herzurichten. Sanft legt Lincoln mich aufs Bett, als meine Grandma auch schon mit einem Glas Wasser reinkommt.

»Hier, damit solltest du gut schlafen können.«

Ich schlucke die Tablette herunter und lasse den Kopf ins Kissen sinken. Selbst der Geruch ist noch der gleiche wie früher. »Danke«, flüstere ich.

»Dann lass ich euch jetzt allein. Ich gebe Bescheid, wenn wir was Neues erfahren.«

Damit lässt sie uns allein. Meine Lider sind schon jetzt so schwer, dass ich sie kaum offen halten kann. Eigentlich dürfte die Tablette nicht so schnell wirken, doch gerade überkommt mich die Müdigkeit.

»Legst du dich zu mir?«, frage ich leise, woraufhin Lincoln das Licht an meinem Nachttisch anmacht und das große Licht löscht.

»Nichts anderes hatte ich vor.« Er legt sich vor mich, sodass ich mich auf die Seite drehen kann, mein Bein um seins schlinge und den Kopf auf seiner festen Brust ablege. »Kleines!«, flüstert er und streicht mir sanft über die Haare.

»Hm?«, frage ich schon halb im Schlaf.

»Ich … ich habe mich nicht getraut, den Arzt zu fragen. Ich … Verdammt!« Lincoln atmet tief durch, und ich fühle, wie er sich unter mir anspannt. Ich kann mir vorstellen, was er wissen möchte. Was er wissen muss, um seinen Frieden zu finden.

»Er hat mich nur geschlagen. Die Tage davor war er freundlich zu mir, wenn man davon absieht, dass er mir erzählt hat, dass ihr tot seid.«

Lincoln atmet tief aus und küsst mich auf den Kopf. »Danke«, flüstert er, was nur dazu führt, dass mir nun doch Tränen über die

Wangen laufen. Ich wollte doch stark sein, wollte nicht mehr weinen.

»Wein ruhig, meine kleine Prinzessin«, flüstert er in meine Haare. »Schäm dich nicht, denn du hast so viel durchgemacht, da würde jeder weinen. Und wenn du es in dich reinfrisst, wird es nur noch schlimmer.«

Seine Worte sorgen dafür, dass mir immer mehr Tränen über die Wangen laufen und ich zu schluchzen beginne. Meine Hand krallt sich in sein Shirt, während er mich einfach hält und sanft streichelt, bis ich irgendwann in einen traumlosen Schlaf falle.

Sarah hat gerade mal vier Stunden geschlafen, bevor sie mit Lincoln wieder zu mir kam. Für mich ist Schlaf keine Option. Nicht bevor ich nicht weiß, dass es Age gut geht. Dass er heil und gesund wieder zu mir zurückkommen wird. Doch noch immer habe ich keine Möglichkeit, ihn oder Nate zu erreichen. Nicht einmal Luca geht an sein verschissenes Telefon. Dabei brauche ich doch nur ein kleines Lebenszeichen. Irgendetwas, das mir ein wenig Hoffnung gibt. Hoffnung auf eine gute und schöne Zukunft mit den Menschen, die ich liebe.

Jede Sekunde, die ich nichts höre, zerreißt es mich innerlich. In meinen Vorstellungen sehe ich, wie Age tot am Boden liegt. Wie es Cole gelungen ist, ihn mir zu entreißen. Ich weiß, Sarah ist fast erwachsen. Doch sie ist Ages Tochter. Ich fühle mich für sie genauso verantwortlich wie für unseren Krümel. Das Leben in mir, das mir genauso viele Sorgen bereitet, wie es Age tut. Ich sage es niemandem, doch immer wieder zieht es in meinem Bauch, sodass ich kurz die Augen schließe und tief durchatme. Ich weiß wirklich nicht, wie ich das aushalten soll. Wie ich das die nächsten Monate ohne Age überstehen soll.

Wieder zieht es, und diesmal verliere ich die Kontrolle über mich.

»Scheiße!«, fluche ich und kann die Tränen kaum zurückhalten. Age, wo bist du nur? Ich brauche dich doch so dringend. Wir brauchen dich.

»Alles okay? Hast du Schmerzen?«, fragt Sarah voller Sorge in der Stimme. Schnell schüttle ich den Kopf und atme tief durch. Das Ziehen ist schon wieder vorbei, es war nichts. Es ist einfach nur die Sorge um Age.

»Wenn sie sich nicht bald melden, fahre ich persönlich los, um nach ihnen zu suchen!«, wettere ich und schmeiße den Kopf frustriert in die Kissen. Wenn ich doch wenigstens aufstehen könnte! Wenn ich doch wenigstens irgendetwas tun könnte, als nur in diesem verkackten Bett zu liegen! »Ich halte das nicht aus. Das ist schlimmer als jede Folter, die ich je durchgemacht habe.«

»Vergiss es, meine Liebe«, meldet sich Laticia, Ages Mutter, zu Wort. »Du trägst mein Enkelkind unter deinem Herzen, und der Arzt hat dir Bettruhe verordnet. Du wirst nirgends hingehen, und wenn ich dich ans Bett fesseln muss. Ich kenne meine Jungs, die bekommen das schon hin, da bin ich mir sicher.«

Laticia blickt mich so finster an, dass ich mich frage, ob sie das ernst meint.

»Das wirst du dich nicht wagen!«, feuere ich zurück. Mein Blick bohrt sich in ihren. Wenn ich es nicht von Age gewohnt wäre, würde ich bestimmt einknicken, doch so werde ich ganz sicher nicht nachgeben.

»Glaub mir, ich würde. Ich würde alles für die Menschen tun, die ich liebe, und so leid mir das für dich gerade tut, du und mein Enkelkind gehört dazu. Ebenso wie Noel, der es mir nie verzeihen würde, wenn ich nicht gut auf dich achtgebe.«

»Dennoch würde ich mich niemals einsperren oder gar fesseln lassen!«, presse ich durch zusammengebissene Zähne hervor.

»Dann bleib liegen, dann müssen wir auch nicht darüber nachdenken. Und jetzt werde ich dir einen Tee bringen, der dich beruhigt. Und hast du deine Medikamente schon genommen?«

Ich hasse sie. In diesem Moment hasse ich sie, weil sie recht hat. Ich darf nichts riskieren, darf nicht einmal allein aufstehen, um auf Toilette zu gehen. Dabei will ich doch nur Age zurück. Den Mann, mit dem ich längst verheiratet sein wollte. Noch immer hängt mein Kleid im Schrank. Wäre die Entführung nicht dazwischengekommen, hätten wir einen schönen Tag verbracht, bei Lance im Restaurant gegessen und uns im kleinsten Kreis das Jawort gegeben.

Laticia gibt mir keine Möglichkeit, noch irgendetwas zu erwidern, und das ist auch gut so. Mein Starrsinn hätte mich noch um Kopf und Kragen gebracht. Also blicke ich starr an die Decke und zähle bis hundert, um mich zu beruhigen. Um irgendwie wieder zu Sinnen zu kommen. Das leichte Ziehen im Unterleib ignoriere ich dabei, genauso wie das Ziehen in meinem Herzen.

Age, wo bist du nur?

Zwei Tage. Es ist zwei Tage her, dass ich ihn das letzte Mal gesehen habe. Dass ich ihn berührt habe, dass er mich geküsst hat. Mittlerweile liegen meine Nerven blank, genauso wie die der anderen. Ich habe sie alle aus meinem Zimmer geschickt, um mich meinen Tränen hingeben zu können. Tränen, die mittlerweile unablässig über meine Wangen strömen und mein Bett durchnässen. Alles in mir sehnt sich nach ihm. Diese Trennung ist nicht nur physisch, sie löst einen körperlichen Schmerz in mir aus. Schlimmer als alles, was ich je durchmachen musste.

Nur wenn Sarah zu mir kommt, schließe ich sie in meine Arme. Ich halte sie, wenn sie leise weint, und versichere ihr, dass schon alles gut gehen wird. Dass sie sich keine Gedanken machen muss, weil ihr Vater unendlich stark ist. Stärker als jeder andere Mann, den ich kenne.

»Wie hältst du das aus?«, fragt sie schluchzend. Eine eisige Hand legt sich um meine Kehle, und ein Stein bildet sich in meinem Hals.

»Indem ich nicht aufhöre, zu glauben.«

Sarah schluchzt noch einmal, dann legt sie den Kopf wieder zu mir. Ich würde ihr so gerne über den Rücken streichen, würde sie so gerne halten. Doch ihre Verletzungen machen ihr noch immer zu schaffen. Jede Berührung lässt sie zusammenzucken, und so streiche ich ihr lediglich über den Kopf. Bald atmet sie ruhiger, und ich bin mir sicher, dass sie eingeschlafen ist. Wenn ich doch auch nur schlafen könnte. Doch es will sich keine Ruhe einstellen. Mehr als drei Stunden am Stück schaffe ich es nicht, die Augen geschlossen zu halten.

Nach einer ganzen Weile öffnet sich die Tür, und Lincoln tritt ein. »Schläft sie?«, fragt er leise, und ich nicke.

»Gibt es etwas Neues?« Obwohl ich weiß, dass er das sofort gesagt hätte, muss ich es von ihm hören. Wie erwartet schüttelt er den Kopf.

»Nein. Wir erreichen sie nicht. Ich bringe Sarah in ihr Bett, dann hast du auch etwas Ruhe.«

Ruhe. Ich habe viel zu viel Ruhe, ich will endlich aufstehen und etwas tun können! Ich will meinen Engel mit den grünen Augen wiederhaben, ihn in die Arme nehmen und von ihm gesagt bekommen, dass alles gut wird! Doch nichts. Er ist nicht da. Er ist gegangen und hat mich ohne ein Wort der Erklärung zurückgelassen. Selbst Nate und Luca hintergehen mich, indem sie mir nicht ins Gesicht schauen oder mich auch nur anrufen und mir die beschissene Wahrheit sagen. Eine Wahrheit, die mich zerstören wird.

»Sei vorsichtig«, ermahne ich Lincoln und weiß doch, dass ich das nicht brauche. Er ist so liebevoll zu Sarah, so wundervoll. Sie könnte sich keinen besseren ersten Freund wünschen.

»Immer.«

Damit verlässt er das Zimmer und lässt mich allein zurück.

Weitere Stunden vergehen, in denen ich apathisch vor mich hinstarre. Ich will niemanden sehen, will niemanden hören. Alles, was ich will, ist Age. An einem Stück und gesund. Doch das Schicksal meint es wie immer nicht gut mit uns. Er ist wie vom Erdboden verschluckt, keiner hat auch nur eine Idee, wo er sein könnte. Und niemand hat die Möglichkeit, nach ihm zu suchen. Lincoln brauchen wir hier für Sarah. Er würde sie nicht zurücklassen, nicht solange noch nicht klar ist, ob die Gefahr gebannt ist. Luca und Nate sind nicht erreichbar. Selbst Pietro, der sonst für meinen Schutz zuständig ist, ist noch immer nicht aufgetaucht. Vielleicht verstecken sie sich auch alle nur vor mir. Vor der Schwangeren, die jeden Moment wie eine Bombe explodieren könnte, weil es wegen dieser Schweine, die mich geschlagen und getreten haben, eine Risikoschwangerschaft ist. Weil sie mir die Wahrheit nicht sagen können. Eine Wahrheit, in der ich meinen Mann verloren habe.

Wieder zieht es in meinem Unterleib, und eine einzelne Träne rinnt mir über die Wange. Wenn doch wenigstens dieses Ziehen aufhören würde. Wenn ich mir doch wenigstens nicht auch Gedanken über mein Baby machen müsste, das seinen Vater wahrscheinlich niemals kennenlernen wird. Zwischen meinen Beinen wird es warm, und ich schließe die Augen. Verdammt, kann ich denn nicht mal wenigstens meine Blase kontrollieren? Immer wieder entweichen mir Tropfen, die ich nicht halten kann, seit diese Schweine mich verprügelt haben. Und immer wieder brauche ich Kelly, damit sie die Sauerei wegmacht, weil ich es nicht darf. Doch irgendetwas fühlt sich anders an. Das Gefühl, dass etwas nicht stimmt, schleicht sich in meine Gedanken, und ich halte einen Moment die Luft an, um in mich reinzuhören. Ich habe keine Schmerzen, nichts, was meine plötzliche Angst erklären würde. Und doch … Vorsichtig lange ich mit der Hand zwischen meine Beine. Dort hat sich mehr Flüssigkeit gesammelt, als ich gedacht habe. Als ich meine Hand zurückziehe, gefriert mir das Blut in den Adern. Rot. Blut. Tot.

»Laticia!«, brülle ich und schüttle panisch den Kopf. »Laticia!«

Sie ist immer in der Nähe, lässt mich nicht aus den Augen, aus Angst, dass ich doch etwas Blödes tun könnte. Doch ich habe nichts Blödes getan! Ich bin liegen geblieben! Ich habe meine Tabletten genommen, den Tee getrunken und mich ordentlich ernährt, obwohl ich keinerlei Appetit hatte! Ich habe nichts getan, was meinem Kind hätte schaden können!

»Laticia!«, brülle ich noch einmal und greife mit der Hand zwischen meine Beine. Ich will es stoppen, will das Blut aufhalten. Es darf nicht sein, das darf einfach nicht sein! Was mache ich, wenn Age doch noch am Leben ist? Wie erkläre ich ihm, dass ich unser Kind verloren habe? Und was mache ich, wenn ich auch ihn verloren habe? Wenn mir nichts mehr auf dieser Welt bleibt außer Trauer und Einsamkeit?

Die Tür wird aufgerissen, und Laticia kommt zu meinem Bett geeilt.

»Isa, was ist passiert?«

»Ein Arzt, ich brauche Hilfe! Da ist überall Blut!«, schluchze ich und drücke die Hand fester gegen mich.

Laticia hebt kurz die Decke hoch, keucht, dann rennt sie davon. Nur wenige Minuten später werde ich auf eine Trage gehoben. Noch immer halte ich meine Hand zwischen den Beinen, versuche meinen Krümel bei mir zu behalten, will ihn nicht gehen lassen. Er ist doch das Einzige, was mir von Age geblieben ist! Mein Baby!

Die Verzweiflung, die sich in mir breitmacht, verschlingt mich mit Haut und Haaren, und ich bekomme nur am Rand meines Bewusstseins mit, wie mir ein Zugang in den Arm gelegt wird, während sie mich in einen Krankenwagen bringen. Laticia weicht nicht von meiner Seite, während Sarah nicht zu sehen ist. Wahrscheinlich hat Laticia Lincoln beauftragt, sich um sie zu kümmern und für sie da zu sein.

Oh, Age, wo bist du nur!

Die Fahrt zum Krankenhaus dauert nur wenige Minuten. Ich wurde angekündigt, ein Arzt wartet bereits auf mich. Die Lichter der Decke ziehen in Schlieren an mir vorbei, während ich das erste Mal in meinem Leben bete. Nicht um mein Leben, nicht einmal um das von Age. Ich bete um das Leben meines ungeborenen Kindes. Um das Leben eines Wesens, das so rein ist, dass es mir das Herz zerbricht. Mein Baby hatte nie eine Chance, hat niemals etwas Böses getan. Es hatte nicht einmal einen Atemzug in dieser fürchterlichen Welt.

»Isa?«, höre ich in dem Moment eine mir allzu vertraute Stimme und blicke auf. Die Trage wird zum Stehen gebracht, und als sich grüne Augen in mein Sichtfeld schieben, schluchze ich noch mehr.

»Ist er tot?«, frage ich und fürchte mich doch vor der Antwort.

»Er wird gerade operiert«, spricht Nate ruhig auf mich ein. »Wir haben ihn vor zwei Stunden gefunden, er lebt.«

Ein Schluchzer löst sich aus meiner Kehle.

»Isa, bleib ganz ruhig. Du musst dich jetzt auf dich und dein Kind konzentrieren. Nichts anderes zählt.«

Mein Kind. Ich darf es nicht verlieren. Age lebt, und mein Kind muss das hier auch überleben. Oder wir werden heute alle gemeinsam ins Jenseits gehen, denn ich werde es nicht schaffen, dieser Trauer standzuhalten, sollte Age bei der OP sterben.

Unsicher stehe ich vor dem Spiegel und betrachte mich von allen Seiten. Ich weiß nicht, ob ich das Passende zum Anziehen gewählt habe, doch jetzt ist es zu spät. Jetzt muss ich den Tag in diesen Klamotten verbringen, denn zum Umziehen reicht die Zeit nicht mehr.

Das ist der Moment, in dem sich meine Zimmertür öffnet und Lincoln reinkommt. Von hinten schlingt er seine Arme um mich, und ich zucke kurz zusammen. Meine Wunden sind fast verheilt, dennoch schmerzt es ab und an.

»Bist du bereit?«, fragt Lincoln und küsst mich sanft auf den Kopf.

»Ich glaube nicht«, gestehe ich leise, und mein Herz zieht sich schmerzhaft zusammen. Es ist sechs Wochen her seit meiner Befreiung, und noch immer fühle ich mich unwohl, wenn wir das Haus verlassen. Noch immer muss ich mit meinen Ängsten und Dämonen leben.

»Ich werde nicht von deiner Seite weichen, versprochen.«

Seine Worte beruhigen mich wirklich, und ich lehne mich gegen ihn. »Danke.«

»Nicht dafür. Doch wir müssen gehen, wir sind schon spät dran.«

Seufzend lasse ich mich von ihm aus meinem Zimmer führen und hoffe, dass der Tag kein schlimmes Ende findet. Ich hoffe, dass nirgends eine Bombe explodiert, ein Feuer ausbricht oder jemand entführt wird. Denn das würde ich nicht überleben.

Draußen setze ich mich in die schwarze Limousine, die bereits auf uns wartet. Gänsehaut überzieht meinen Körper, und ich kuschle mich enger an Lincoln. Es ist das erste Mal, dass ich ihn in einem Anzug sehe, und ich weiß noch nicht, ob mir dieser Anblick gefällt. Irgendwie fühlt es sich seltsam an, ihn so zu sehen. Als wäre er ein anderer Mann. Doch er ist kein anderer Mann, er ist mein Lincoln.

»Hast du an alles gedacht?«, fragt er mich, um mich etwas abzulenken.

»Ich brauche nichts. Meine Rede kenne ich auswendig.«

Seine Lippen fahren sanft über meinen Nacken, und ich schließe die Augen. Nur mit Mühe gelingt es mir, ein Stöhnen zu unterdrücken. Wie sehr wünsche ich mir wieder mehr Intimität mit ihm. Wünsche mir, dass er mich wieder richtig anfasst. Doch seit meiner Entführung traut er sich nicht. Er hat noch immer Angst, mir wehzutun.

Das Auto hält nur wenige Minuten später, und als ich aussteige, blicke ich zu der kleinen Kirche auf. Sie erinnert mich ein bisschen an die Kirche aus »Eine Himmlische Familie«, und ich würde mich nicht wundern, wenn gleich Reverend Camden um die Ecke kommt, um uns zu begrüßen. Doch das tut er natürlich nicht, und so lasse ich mich von Lincoln die Stufen hinaufführen. Die Tore stehen weit offen, und als wir die Kirche betreten, spielt schon leise Orgelmusik. Es sind nicht viele Menschen da, und doch schlägt mein Herz bis zum Hals. Vorne angekommen nimmt Grandma mich in den Arm, bevor Nate mich ebenfalls kurz drückt. Die beiden Frauen, Kata und Ella, habe ich die letzten Tage schon kennengelernt, und beide begrüßen mich freundlich. Ich mag sie, vor allem Kata, die eine unheimliche Lebensfreude ausstrahlt.

Sonst sind nur noch Luca, Devron und Jesselin hier, alles enge Freunde der Familie und die wenigen Menschen, denen wir trauen.

Gerade als ich nach meinem Vater fragen will, höre ich Schritte hinter mir und lächle ihm entgegen. »Hey, Prinzessin«, grüßt er mich, nimmt mich in den Arm und drückt mich fest an sich. Ich unterdrücke ein Stöhnen, als er eine Stelle an meinem Rücken erwischt, die schmerzt.

»Hey Dad. Bist du bereit?«

»Ich bin mehr als bereit«, flüstert er mir ins Ohr. »Auf diesen Tag warte ich nun schon viel zu lange. Und du, bist du bereit?«

Ich nicke und lasse mich von ihm zu meinem Platz in der ersten Reihe, gleich neben Lincoln und Grandma, führen. Lincoln hat darauf bestanden, dass ich bei den Vorbereitungen außen vor bin, damit ich mich nicht übernehme. Langsam nervt es, dass er mich noch immer wie ein rohes Ei behandelt, obwohl es mir wieder fast ganz gut geht. »Bis nachher, Prinzessin«, verabschiedet sich mein Vater von mir und stellt ich vor den Altar. Ich hätte nicht gedacht, dass alles noch einmal so schön werden könnte, doch das Blatt hat sich vollkommen gewendet.

Irgendwie war es Cole gelungen, Dad aus dem Haus zu schaffen, in dem ich gefangen gehalten wurde. Als die ersten Schüsse gefallen sind, muss ihm klar gewesen sein, dass er nicht so einfach davonkommen würde, und er hat ihn als Geisel mit sich genommen. Nate, Luca und Pietro haben Himmel und Hölle in Bewegung gesetzt, um Dad wiederzufinden. Aus Angst vor Isas Reaktion haben sie sich bei keinem von uns gemeldet. Sie wollten erst Dad befreien, um ihr nicht noch mehr Angst zu machen. Dass sie damit genau das Gegenteil erreicht haben, wurde ihnen erst im Nachhinein klar. Denn diese Unsicherheit hat Isa fertiggemacht. Sie war mit den Nerven so am Ende, dass sie leichte Wehen bekommen hat, die ein Gefäß in ihrem Unterleib zum Platzen brachten. Nichts Schlimmes, und doch erinnere ich mich an meine Panik, als ich gehört habe, dass sie blutete. Umso erleichterter war ich, als ich hörte, dass es ihr und dem Kind gut ging und dass sogar mein Vater wieder aufgetaucht war und eine Operation gut überstanden hatte. Wie Isa hatten sie mir natürlich vorher auch nichts von alldem mitgeteilt, und so konnte ich den beiden in die Arme fallen, als mich Lincoln endlich ins Krankenhaus gebracht hatte, in dem sie sich ein Krankenzimmer teilten.

Nun geht es Isa wieder deutlich besser. Noch immer muss sie sich schonen, doch sie hat keine Wehen mehr, und auch sonst sieht sie wieder besser aus. Also gab der Arzt vor zwei Tagen sein Okay, dass sie für wenige Stunden aufstehen dürfe, um Dad zu heiraten.

Die Orgelmusik verändert sich, und das typische Lied, wie man es aus dem Fernsehen kennt, ertönt. Alle drehen sich um, ich ebenso. Als ich Isa erblicke, macht mein Herz einen Satz. Sie ist so wunderschön. Ihr einfaches weißes Kleid geht bis zum Boden und endet in einer kurzen Schleppe. Es ist eng anliegend, sodass man ihren Babybauch, den sie voller Stolz vor sich herträgt, gut erkennen kann. Ihre rostbraunen Haare trägt sie offen, sodass sie ihr in weichen Wellen über die Schulter fallen. Ihre grauen Augen strahlen, sodass ich es bis hier sehen kann. Aufrecht und voller Würde schreitet sie auf meinen Dad zu. Luca hat ihr angeboten, sie zum Altar zu führen, doch das hat sie abgelehnt. Sie wollte allein zu Dad gehen, genau so, wie er sie kennengelernt hatte. Allein und unabhängig. Wie ich sie bewundere für diese Stärke.

Als ich den Blick zum Altar wende, sehe ich Dad mit offenem Mund dastehen. Er kann seine Augen nicht von ihren nehmen, und ich kann es ihm nicht verübeln. Die beiden lieben sich, das ist mehr als offensichtlich. Und ab heute werden wir eine Familie sein.

Als Nate und Luca Cole endlich aufgespürt hatten, haben sie kurzen Prozess mit ihm und allen gemacht, die ihm nahestanden. Es war ein Schlag, wie man ihn in der Vergangenheit nur selten gesehen hat. Noch lange werden die Medien über das Massaker berichten, das sie angerichtet haben. Doch ich kann nicht einmal Ekel empfinden, nur unendliche Erleichterung. Denn mit Cole ist der letzte Gegner unserer Familie verschwunden. Mit allen anderen mächtigen Männern ist Nate Verbindungen eingegangen, von denen beide Seiten profitieren und die keiner leichtsinnig aufs Spiel setzen würde. Nicht nur New York ist nun sicher, seine Verbindungen reichen bis in alle Teile der USA. Wenn ich meine Angst überwunden habe, darf ich mit Personenschutz sogar zur Schule gehen und meinen Abschluss wie jeder andere auch machen. Danach möchte ich studieren, und ich hoffe, irgendwann eine berühmte Designerin zu werden. Träume, die nun greifbar sind.

Lincoln zieht mich enger an sich und fährt mit der Nase über meinen Nacken. »Meinst du denn, deine Wunden sind alle verheilt?«, fragt er mit rauer Stimme, während der Pfarrer vorne mit der Trauung beginnt.

»Sie sind so weit verheilt, dass du mich nicht mehr in Watte packen musst«, antworte ich leise und schließe einen Moment die Augen.

»Das ist gut. Ich fürchte nämlich, langsam platze ich, wenn ich nicht endlich in den Genuss komme, dir zu zeigen, wie schön Sex sein kann.«

Ein Schauer durchfährt meinen Körper, und ich halte die Luft an, um nicht laut aufzustöhnen. Schon jetzt fühle ich die Hitze, die sich zwischen meinen Schenkeln ausbreitet. Wie soll ich das nur den ganzen Tag überstehen?

»Du bist echt mies«, beschwere ich mich, woraufhin Lincoln leise lacht.

»So war der Plan. Ich werde dich den ganzen Tag verrückt machen, damit du heute Nacht danach bettelst, dass ich dir endlich zeige, wie schön es sein kann.«

Ich schlucke schwer und bekomme nur am Rand mit, wie sich Isa und Dad ihre Versprechen geben. Versprechen auf eine gemeinsame Zukunft. Auf Liebe und Freundschaft und Treue. Und dann endlich küssen sie sich, und ich seufze leise auf.

Es ist mitten in der Nacht, als Lincoln und ich endlich in seiner Wohnung ankommen. Grandma wollte mich gar nicht gehen lassen, doch Isa hat mir nur zugezwinkert und uns viel Spaß gewünscht. Sie und Dad werden sich wohl auch eine schöne Nacht gönnen, auch wenn ich mir darüber keine Gedanken machen möchte. Stattdessen versuche ich, mein rasendes Herz irgendwie unter Kontrolle zu bekommen.

Lincoln zieht mich an meiner Hand hinter sich her. Den ganzen Tag hat er mich verrückt gemacht. Hat mich mit seinen Worten und kleinen Berührungen fast in den Wahnsinn getrieben. Vor dem Schlafzimmer bleibt er stehen und dreht sich zu mir um. Seine Augen glühen, sein schönes Gesicht wirkt angespannt. Er legt seine Hände an meine Wangen, kommt einen Schritt auf mich zu und blickt mir tief in die Augen.

»Wie geht es dir?«, fragt er mit rauer Stimme.

»Ich will endlich wissen, wie es ist, mit dem Mann zu schlafen, den ich liebe«, gestehe ich und stehle ihm mit meinen Worten ein überhebliches Lächeln. Das gleiche Lächeln, das er mir schon bei unserem ersten Aufeinandertreffen geschenkt hat. Bevor er mir meinen ersten Kuss gestohlen hat.

»Wirst du mir sagen, wenn du Schmerzen hast?«, fragt er dennoch ruhig, und ich nicke.

»Ja, aber mir geht es gut.«

»Aber du fährst oft zusammen, wenn ich dich am Rücken berühre.«

Ich zucke mit den Schultern. »Das ist nie schlimm. Es fühlt sich eher an wie die Erinnerung eines Schmerzes, den mein Körper noch nicht vergessen hat.«

Lincoln schließt einen Moment die Augen, bevor er mich wieder ansieht. »Ich wünschte so sehr, ich hätte dich vor diesen Schmerzen bewahren können.«

»Ich weiß«, antworte ich knapp und gehe einen Schritt auf ihn zu. Meine Brust berührt seine, seine Wärme geht auf mich über. Mein ganzer Körper vibriert ob seiner Nähe. »Dann lass sie mich jetzt vergessen. Mach, dass ich nicht mehr daran denken muss, was er mir angetan hat.«

Seine Lippen fahren sanft über meine, und ein leises Stöhnen entrinnt meiner Kehle. Er weiß am besten, wie tief die Narben meiner Vergangenheit gehen. Weiß am besten, wie sehr ich noch immer leide. Nicht wegen dem, was Cole mir mit seinem Gürtel oder mit der Lüge, alle, die ich liebe, wären tot, angetan hat. Auch die Jahre, in denen ich von meiner Familie getrennt war, machen mir noch immer zu schaffen. Ich habe rausgefunden, dass meine Psychiaterin mich nicht richtig therapiert hat. Im Gegenteil, während der Hypnose hat sie mich darauf getrimmt, vor meiner wahren Familie, vor meinem wahren Ich Angst zu haben. Panische Angst, die noch immer manchmal ausbricht, wenn ich mit Situationen überfordert bin. Eine Weile habe ich überlegt, ob ich zu ihr gehen soll. Ob ich sie zur Verantwortung ziehen soll für das, was sie mir angetan hat. Doch als ich endlich bereit dafür war, hielt mich Nate davon ab. Ich hatte ihm davon erzählt, auch um mein Verhalten in bestimmten Situationen zu erklären. Und er meinte nur, er hätte sich um sie gekümmert. Ich will mir gar nicht ausmalen, wie er sich um sie gekümmert hat, denn ich weiß, meine Familie schützt die Ihren und geht im schlimmsten Fall über Leichen. Das ist etwas, mit dem ich nie werde leben können. Denn den Tod hat niemand verdient, auch wenn ich unendlich glücklich bin, für den Moment in Sicherheit zu sein.

Lincoln beißt mir sanft in die Unterlippe, knabbert an ihr, dringt mit der Zunge in meinen Mund vor. Sein Geschmack breitet sich auf meiner Zunge aus, und bevor ich weiß, was ich tue, schlinge ich die Arme um seinen Rücken, ziehe ihn eng an mich und stöhne laut in seinen Mund. »Bitte!«, flehe ich, woraufhin er leise lacht. Mit einem Ruck packt er mich und hebt mich auf seine Arme. Dann trägt er mich ins Schlafzimmer, stellt mich aber vor sich ab, sodass wir beide in den Spiegel sehen. Mein Blick ist verhangen, voller Lust und Begierde. Er zieht mich förmlich mit den Augen aus. Langsam lässt er seine Hände über meinen Körper gleiten, öffnet den Reißverschluss meines lila Kleides und schiebt die Träger von meinen Schultern. Seine Lippen liegen auf meinem Hals, während er mich weiter durch den Spiegel fixiert.

»So wunderschön«, haucht er leise und streift mein Kleid herunter, sodass es sich um meine Füße herum ergießt. »So perfekt«, flüstert er weiter und streicht über meine Taille, sodass ich leicht zusammenzucke. Ich bin nicht in der Lage, irgendetwas zu tun. Zu gefangen bin ich von dem Anblick, der sich mir bietet. Seine Augen, die meinen Körper regelrecht verschlingen, seine Hände, die meine Haut liebkosen. Ein starker, wunderschöner Mann hinter einer Frau, die im Moment selbst ich wunderschön finde.

»Siehst du das auch?«, fragt er leise und schiebt die Schalen meines BHs unter meinen Busen, sodass er nach oben gedrückt wird. Der Hof der Brustwarzen zeichnet sich dunkel auf meiner hellen Haut ab, die Nippel sind kleine Knospen, die sich in Erwartung auf seine Finger verhärten. Stöhnend schmeiße ich den Kopf in den Nacken, als Lincoln seine Finger ganz leicht über meine Brustwarzen tanzen lässt, bevor er meine Brust sanft massiert. Die Emotionen sind zu viel, um sie länger im Spiegel verfolgen zu können.

»Und wie gut du riechst«, flüstert er. Er öffnet meinen BH, lässt ihn zu Boden fallen und trägt mich vorsichtig zum Bett. Von dort aus kann ich ihm mit verhangenem Blick dabei zusehen, wie er sich langsam auszieht. Die Jacke, das Hemd, die Hose. Bis er nur noch in Boxershorts vor mir steht. Sein Körper ist so perfekt, ich weiß gar nicht, wie ich ihn beschreiben soll. Muskulös, hart und doch schlank. Seine kurzen Haare, das kantige Gesicht. Dieser Mann ist durch und durch schön, von innen wie von außen. Ich erwarte schon, dass er sich auf mich schmeißt, dass er endlich mit mir schläft, nachdem er mich den ganzen Tag verrückt gemacht hat. Seine Härte zeichnet sich unter den Boxershorts ab, und ich lecke mir genüsslich über die Lippen. Vor meiner Entführung haben wir schon viel ausprobiert. Einmal habe ich ihn überrascht, indem ich einfach zwischen seine Beine gerutscht bin und meine Lippen um seinen Penis geschlossen habe. Noch immer kann ich mich an den salzigen Geschmack seiner Lust erinnern, an die samtene Haut auf meiner Zunge, an die dicken Adern, die sich auf seinem Penis abzeichnen. Irgendwann möchte ich das wiederholen, irgendwann möchte ich einen Schritt weitergehen und ihn nicht nur einen Moment mit dem Mund verwöhnen, sondern ihn so zum Kommen bringen.

Lincoln klettert langsam auf das Bett, schiebt meine Beine auseinander und fährt mit den Händen über meine Beininnenseiten. »Bist du schon nass?«, fragt er mit rauer Stimme, beugt sich zu mir herunter und küsst meinen durchtränkten Slip. Noch bevor ich antworten kann, drückt er mit seiner Zunge auf meinen Kitzler, sodass ich laut aufstöhne.

»Wie gut du riechst, wie gut du schmeckst!«, raunt er, schiebt den Slip mit der Nase zur Seite und leckt durch meine Spalte. Anfangs war mir das peinlich. Ich hatte Angst, schmutzig zu sein, zu riechen oder schlecht zu schmecken. Doch Lincoln hat mir beigebracht, dass nichts davon der Fall ist, und so stöhne ich nur, als er mir den Slip von den Beinen streift und auch seine Boxershorts endlich auszieht. Stöhnend greife ich neben meinem Kopf in die Laken und winde mich unter seinem Blick. Lincoln beobachtet mich eine Weile, greift zu seinem Glied und fährt ein paarmal daran auf und ab. Ich habe keine Angst, dass er mir wehtun könnte. Ich habe keine Angst vor dem Moment, in dem er in mich eindringen wird. Alles, was ich empfinde, ist vollkommenes Vertrauen, Liebe und Verlangen.

»Bitte, ich will dich!«, flehe ich leise und schließe die Augen, weil ich es kaum noch aushalten kann. Mein Flehen bringt Lincoln zum Lachen, doch ich fühle, wie er seine Hände über meinen Körper streifen lässt. Seine Lippen fahren über meine Haut, seine Zunge hinterlässt feuchte Spuren an meiner Brust. Lincoln legt sich auf mich, und ich spüre sein Glied zwischen meinen Beinen. Ich bin so erregt, dass ich fühle, wie ich auslaufe.

»Seit wann nimmst du die Pille?«, fragt er flüsternd und lässt seine Hüfte an meiner kreisen. Mit den Fingern fahre ich über seinen perfekten Rücken, mit den Lippen suche ich die Haut an seinem Hals.

»Seit knapp einem Monat«, stöhne ich und lasse meine Hüften ebenfalls kreisen. Immer wieder fährt sein Penis über meine Scheide, verteilt meine Feuchtigkeit und bringt mich zum Stöhnen. Ich weiß, es braucht schon jetzt nicht mehr viel, und ich zerspringe unter ihm. Schon jetzt stehe ich kurz vor einem Orgasmus. Als er auch noch seine Hand nach unten sinken lässt und einen Finger in mich eintaucht, schreie ich laut auf. »Oh Gott, bitte!«

Lincoln lacht wieder leise, drückt seine Hand fest gegen meine Scham und schiebt einen zweiten Finger in mich. »Ich will, dass du schreist. Ich will, dass du nach mir bettelst.«

Der zu erwartende Orgasmus rauscht über mich, durchfährt jede Faser meines Körpers und breitet sich bis in meine Fingerspitzen aus. Nur am Rande meines Bewusstseins fühle ich ein leichtes Ziepen zwischen meinen Beinen, ein Gefühl der Dehnung und höre Lincoln laut fluchen. Ich weiß, er ist in mir, ich fühle ihn mit jeder Faser meines Körpers. Doch er hält ganz still, bewegt sich nicht und wartet, bis ich mich an die Dehnung gewöhnt habe und bis ich von meinem Hoch langsam wieder runterkomme.

»Oh Gott«, stöhne ich und bewege meine Hüfte leicht nach vorne.

»Fuck, nein!«, flucht Lincoln und drückt mich mit seiner Hüfte in die Matratze. »Beweg dich nicht, wenn du noch nicht so weit bist.«

Dabei dringt er noch tiefer in mich ein. Diesmal fühle ich ein leichtes Reißen, und ich zucke zusammen.

»Hab ich dir wehgetan?«, fragt er voller Sorge, durch zusammengepresste Lippen.

»Nein, es geht schon. Sei nur … ein bisschen langsam und vorsichtig.«

Lincoln nickt und zieht sich ein Stück aus mir zurück. Wieder ziept es, diesmal aber nicht so heftig. Und als er wieder in mich eindringt, stöhne ich laut auf. Meine Finger krallen sich in seinen Rücken, und Lincoln knurrt. Eine Weile behält er dieses langsame, vorsichtige Tempo bei, bis ich ihm bei jedem Stoß weiter entgegenkomme.

»Mehr?«, fragt er leise und mit rauer Stimme.

Anstatt zu antworten, schiebe ich mein Becken noch weiter zu ihm, nehme ihn noch tiefer in mir auf und fühle, wie sich die Welt um mich herum aufzulösen scheint. Lincoln küsst mich stürmisch, liebkost die sensible Haut an meinem Hals und schafft es immer weniger, die Kontrolle zu behalten. Doch das muss er nicht. Ich habe keine Schmerzen, alles, was ich empfinde, ist pure Lust, die mich zu einem weiteren Orgasmus trägt. Gerade als meine Muskeln um ihn zu zucken beginnen, schreit Lincoln meinen Namen, und gemeinsam finden wir unseren Höhepunkt.

»Ich liebe dich so sehr, My Little Princess«, flüstert er leise in mein Ohr.

Und das ist der Moment, in dem ich weiß, dass das hier für immer ist. Dass ich nie wieder ohne diesen Mann leben möchte, der Mann, der mir in mehr als nur einer Hinsicht ins Leben zurückgeholfen hat.

Der süße Duft von Parfum steigt in meine Nase, während ich gemütlich bei Raul sitze und mit ihm esse. Er hat sich verändert, seit er im Gefängnis war. Er ist noch immer ein knallharter Geschäftsmann, doch von Dingen wie Menschenhandel lässt er zum Glück die Finger. Wäre es anders, würde ich keine Geschäfte mehr mit ihm machen. Doch so genieße ich die Zeit bei ihm und seinen Frauen.

»Nate!«, säuselt Simone, als sie mich sieht, und kommt zu mir geeilt. Sie hat ein Faible für mich, seit sie mich das erste Mal vor vier Jahren hier gesehen hat. Und ich muss gestehen, ich bin ihr nicht abgeneigt. Mit ihrem braunen Haar und den grauen Augen erinnert sie mich ein klein wenig an meine Schwägerin. Auch wenn ich längst über Isa hinweg bin, ich scheine ein Faible für Frauen zu haben, die ihr ähneln.

»Hi, Simone«, grüße ich sie und heiße sie auf meinem Schoß willkommen. Ihre Hand gleitet über meine Brust, während sie ihren süßen Hintern an mir reibt. Mein Schwanz zuckt, und ich frage mich, ob ich noch etwas Zeit mit ihr verbringen kann, bevor ich nachher zurückfliege.

»Simone, stör unseren Gast nicht beim Essen!« Raul blickt sie finster an, und ich seufze. Wenn er ihr nicht erlaubt, Zeit mit mir zu verbringen, wird sie es auch nicht tun. Seufzend steht sie auf und blickt Raul unterwürfig an.

»Soll ich auf deinem Zimmer warten?«

Er nickt kurz, dann widmet er sich wieder seinem Essen, als wir schon wieder gestört werden. Die Tür wird aufgerissen, und ein Wirbelsturm in Form einer kleinen, blonden Frau kommt hereingeplatzt. Ihre blauen Augen funkeln angriffslustig, während ihr roter Mund zusammengepresst zum Küssen einlädt. Ihre Wangen sind leicht gerötet, während sie sich aufrecht hinstellt. Dennoch ist sie nicht größer als eins sechzig und geht mir damit gerade mal bis zur Brust. Einen Moment blickt sie sich zwischen uns um, bevor sie ihre Aufmerksamkeit auf Raul richtet.

»Ich brauche einen Job«, sagt sie, ohne den hauch von Skrupel. »Ich bin bereit, meinen Körper zu verkaufen, solange ich mitentscheiden darf, mit wem ich es treibe und mit wem nicht. Ein Jahr lang, dann bin ich wieder weg.«

Raul zieht eine Augenbraue nach oben und mustert sie einen Moment. Sein Blick gleitet von ihrem blonden, glatten Haar über ihre kleinen Brüste, ihre schmale Taille, bis hin zu den flachen Schuhen, die sie trägt.

»Kein Interesse, ich wüsste nicht, wo ich dich unter diesen Bedingungen einsetzen sollte.«

Anstatt zu widersprechen, hebt sie ihr Bein gerade ausgestreckt über ihren Kopf. Dabei rutscht ihr kurzer, schwarzer Rock hoch und gibt Einblick auf enge Hotpants, die sie darunter trägt. Wo ich vorhin mit Simone nur ein leichtes Zucken in meinem Schwanz gespürt habe, habe ich jetzt eine ausgewachsene Latte.

»Ich kann tanzen, ich kann aber auch so einige Bedürfnisse befriedigen. Ich bin gelenkig wie kaum eine, und ich brauche das Geld.« Den Blick hält sie fest auf Raul gerichtet, ohne dabei das Bein wieder auf den Boden zu setzen.

»Hm«, brummt er leise. »Wofür brauchst du das Geld?«

»Für mein Studium. Ich werde in diesem Jahr nur arbeiten, stehe damit vierundzwanzig Stunden zu deiner Verfügung. Nach dem Jahr verschwinde ich, und du wirst mich nie wiedersehen.«

»Nimm dein Bein herunter!«, fährt Raul sie an und geht langsam wie ein Raubtier auf der Jagd auf sie zu. An ihrem Hals pulsiert eine Ader, ihr Gesicht wird leicht blass, als sie das Bein sinken lässt. Dennoch hält sie seinem Blick stand, was nicht viele Frauen schaffen. Gott, wenn Raul sie nicht nimmt, ich tue es!

»Auf die Knie!«, befiehlt Raul kurz und knapp. Die Frau schluckt schwer, doch sie gehorcht. »Dann bin ich mal gespannt, was für Qualitäten du hast. Und ich sag es nur einmal, du wirst jeden Tropfen schlucken!« Seine Miene verbietet jeden Widerspruch, und doch rutscht die Frau vor ihm ein Stück nach hinten. »Nicht ohne Gummi und schlucken tu ich auch nicht.«

Raul, der bereits dabei war, seine Hose zu öffnen, schließt sie wieder und setzt sich zu mir an den Tisch.

»Du kannst gehen. Du bist hier für nichts zu gebrauchen.«

»Ich nehme dich.« Erschrocken über meine eigenen Worte, zucke ich kurz zusammen. Was ist das für ein Scheiß? Ich habe kein Bordell, in dem ich sie beschäftigen könnte, ich habe überhaupt keine Aufgabe für sie. Außer …

»Komm mit mir nach New York und arbeite ein Jahr für mich. Und nur für mich. Du verdienst im Monat sechstausend Dollar.«

Einen Moment blickt sie mich erschrocken an, dann holt sie tief Luft. »Die gleichen Voraussetzungen. Kein Schlucken, und ohne Gummi geht überhaupt nichts. Und ich bekomme achttausend und eine Unterkunft.«

Die Frau ist ganz nach meinem Geschmack, das muss ich schon sagen.

»Abgemacht. Und jetzt warte vor der Tür, du störst uns beim Essen.«

Sie nickt uns kurz zu, dann ist sie auch schon wieder weg. »Ihr dummen, schwanzgesteuerten Narren. Erst Jerome, dann Noel und nun auch noch du«, brummt Raul und schiebt sich einen Bissen in den Mund.

»Es gibt Frauen, die sind zu heiß, um sie sich entgehen zu lassen.«

Raul sagt nichts mehr dazu, und gemeinsam beenden wir unser Essen, bevor ich mich von ihm verabschiede. Es wird Zeit, dass ich nach Hause komme, ich möchte zurück sein, bevor Isa ihr Baby bekommt. Noch hat sie Zeit, doch durch alles, was geschehen ist, gehe ich nicht davon aus, dass sie es bis zum Geburtstermin halten wird. Doch seit dieser Woche wäre der kleine Racker nicht einmal mehr eine Frühgeburt, und somit ist alles in trockenen Tüchern.

Draußen wartet die kleine Blondine bereits auf mich. Zitternd liegen ihre Arme um ihren Körper geschlungen, ihre Haut ist mit einer zarten Gänsehaut übersät. Ihr Outfit ist alles andere als geeignet für das verregnete Seattle. Neben ihr steht ein kleiner Koffer. »Wie heißt du?«, frage ich und deute mit dem Kopf auf die Limousine, die uns zum Flughafen fahren wird. Über das Handy habe ich bereits ein zweites Ticket für sie hinzugebucht.

»Rielle. Und du?«

»Ich bin Nate. Ich bin gespannt, wie das nächste Jahr mit dir wird.«

Bevor sie etwas darauf antworten kann, stört uns mein Telefon, und ich nehme ab, während wir einsteigen.

»Scott, was kann ich für dich tun?«

Scott ist mein bester Mann überhaupt. Etwas durchgeknallt, doch immer da, wenn man ihn braucht. Obwohl er seit fünf Jahren auf seiner Insel völlig abgeschottet lebt, hat er uns mehr als einmal den Arsch gerettet.

»Ich hab Scheiße gebaut.«

Verwundert ziehe ich eine Augenbraue nach oben. So etwas erwarte ich von vielen, aber nicht von Scott. »Was hast du gemacht?«

Er atmet tief durch, und ich höre etwas rascheln. »Ich hab eine Frau entführt. Lena Joell, die Autorin.«

Oh Gott, das kann doch nicht wahr sein! »Okay, du hast wirklich Scheiße gebaut. Lass sie frei, sofort! Du kannst doch nicht einfach eine Frau entführen, noch dazu, wenn die ganze Welt nach ihr suchen wird, weil sie eine bekannte Autorin ist!«

Scott hat nicht viele Menschen, mit denen er reden kann, und so höre ich ihm ab und an zu. Schon seit Längerem hat er mir von seiner Schwärmerei erzählt, doch nie hätte ich gedacht, dass er so weit gehen würde. Ich wusste ja nicht einmal, dass er bereit war, seine Insel zu verlassen, nachdem er das seit einer Ewigkeit nicht getan hat.

»Das geht nicht, sie ist schon bei mir. Nate, ich muss sie schützen.«

Die ganze Welt ist doch verrückt. »Und was meint sie dazu?«

»Noch gar nichts, sie ist noch bewusstlos.«

Verdammt. »Scott, überleg dir gut, ob du das durchziehen willst. Sie wird dich hassen, weil du sie entführt hast. Da wird nichts draus mit großer Liebe und so.«

Scott atmet tief durch, und ich höre im Hintergrund ein leises Seufzen. »Hell, sie wacht auf. Ich melde mich, wenn ich wieder Zeit habe.«

Ohne auf eine Erwiderung zu warten, legt er auf, und ich schüttle den Kopf. Die Welt ist verrückt, und ich bin wohl der Verrückteste. Immerhin sitzt neben mir eine Frau, die ich ein Jahr exklusiv für mich gemietet habe, wenn man es so sehen will.

Kaum betreten wir den Flughafen von New York, klingelt mein Telefon. Noel, ich kann nur hoffen, dass alles gut ist.

»Was gibt's?«

»Er ist da!«

»Der kleine Scheißer?«, frage ich und beschleunige den Schritt.

»Ja, er ist eben zur Welt gekommen. Wann bist du zurück?«

»Bin grad gelandet, ich komme sofort.«

Damit lege ich auf und renne fast nach draußen, wo Riccardo zum Glück schon auf uns wartet. Rielle kann mir kaum folgen, sagt aber kein Wort. Überhaupt habe ich noch kaum ein Wort mit ihr gesprochen, weil ich mir die ganze Zeit Sorgen um Scott gemacht habe.

Als ich zu Hause ankomme, springt mir Sarah schon entgegen. Sie ist so lebensfroh wie eh und je, und mir geht das Herz auf. Sie ist nicht mehr meine Schwester, und doch empfinde ich mehr für sie als für eine Nichte. Ich würde mein Leben für sie geben.

»Schnell, Noel und Isa warten schon, sie wollen seinen Namen erst bekannt geben, wenn du da bist!«, ruft sie mir entgegen, greift nach meiner Hand und zieht mich hinter sich her. Lincoln schenkt mir nur ein müdes Lächeln, bevor er Rielle mit hochgezogener Augenbraue mustert.

»Riccardo, zeig Rielle ihr Zimmer. Gib ihr eins von meinen Gästezimmern und führ sie ein bisschen rum«, befehle ich, woraufhin der Mann nickt und sich Rielle widmet. Ich habe heute wohl nicht so schnell Zeit für sie.

Lincoln fragt zum Glück nicht weiter nach, während Sarah Rielle nicht einmal wahrgenommen hat. Auf und ab hüpfend zieht sie mich durch das ganze Haus, bis wir bei Noels Schlafzimmer ankommen. Ohne anzuklopfen reißt sie die Tür auf, hinter der ich eine strahlende Isa und einen Noel vorfinde, der auch noch nie breiter gegrinst hat. Isa sieht müde aus, doch unendlich glücklich. In ihren Armen liegt ein kleines Bündel mit braunem Flaum auf dem Kopf. Auch mein Herz geht auf, als ich auf meinen Bruder zugehe und ihn kurz in die Arme schließe. »Scheiße, das hast du echt gut gemacht!«

Dann gehe ich weiter zu Isa und hauche ihr einen Kuss auf die Wange. »Und du noch besser, ich bin stolz auf dich.«

Isa schlägt mir mit der Faust auf den Arm. »Als ob du davon auch nur die geringste Ahnung hast!«

Lachend reibe ich mir über den Arm, während sich Noel auf die andere Seite ihres Bettes setzt. »Und wie heißt der kleine Scheißer?«, frage ich und betrachte dieses Wunder in ihren Armen. Ich erinnere mich noch daran, wie Sarah damals zur Welt kam, die sich jetzt neben ihren Vater setzt, Lincoln wie fast immer an ihrer Hand.

»Wenn du ihn noch mal Scheißer nennst, wirst du entonkelt«, scherzt Isa und küsst das Wunder in ihren Armen. »Simion Luca«, flüstert Isa, woraufhin Sarah leise quietscht.

»Guter Name«, kommentiere ich.

»Simion wird ein wundervolles Leben haben.«

Das werden wir alle. Es gibt seit Monaten keine Bedrohungen mehr, die Straßen sind ruhig, und Sarah geht sogar richtig zur Schule, wie sie es sich immer gewünscht hat. Unser Glück könnte nicht perfekter sein.

– Ende –

Oder auch nicht.

Hier sollte eigentlich »Ende« darunter stehen, denn die Geschichte von Isa und Noel ist erzählt und beide haben ihr Happy End bekommen. Genauso wie Sarah, die auf ihren Traum hinarbeitet. Dennoch passt das Wort Ende nicht, wie ihr euch nach diesem Epilog vielleicht denken könnt. Denn sowohl Scott als auch Nate rufen laut nach mir, weil sie wollen, dass ich ihre Geschichte noch erzähle. Ich bin gespannt, wohin mich dieser Weg führen wird.

Bis dahin, danke fürs Lesen! Danke, dass ihr mich auf meiner Reise begleitet, dass ihr mit mir mitfiebert, mithofft, mitbangt und vieles mehr. Ohne euch wären meine Bücher nicht das, was sie sind.

Danksagung

Wo beginne ich nur? Es gibt so viele Menschen, denen ich zu Dank verpflichtet bin!

Allen voraus meinem Mann. Daniel, ich liebe dich! Du und unsere Kinder seid der Mittelpunkt meines Universums und ich kann mir ein Leben ohne euch nicht mehr vorstellen. Ich danke dir dafür, dass du immer für mich da bist. Dass du immer hinter mir stehst. Und dass du an mich geglaubt hast, als ich noch nicht zu hoffen gewagt habe, jemals etwas aus meinem Schreiben machen zu können.

Außerdem danke ich Andrea. Dem Menschen, der vom ersten Moment an alles gelesen hat, was ich geschrieben habe. Ohne dich würde ich heute weder schreiben noch veröffentlichen. Manchmal muss man eben die Pistole auf die Brust gesetzt bekommen. Danke dafür! ;)

Ich danke auch Anja und Coco, die Age, Isa, Sarah, Lincoln, all die anderen Charaktere dieser Geschichte und mich vom ersten Moment an begleitet haben. Oft habe ich gestockt, wusste nicht weiter, und ohne eure Unterstützung würde es diese Reihe bis heute noch nicht geben. Ohne euch würde sie auf meinem Computer auf Vollendung warten. Ich hab euch wahnsinnig lieb!!! <3

Dann gibt es da noch zwei wundervolle Kolleginnen. Emma und Sarah! Ich kann euch gar nicht sagen, wie froh ich bin, euch gefunden zu haben. Gemeinsam mit euch die Books of Passion gegründet zu haben. Gemeinsam mit euch zu schreiben, Buchmessen vorzubereiten und vieles mehr. Ich hoffe, dass wir noch viele Jahre gemeinsam arbeiten und wir Freunde bleiben! Ihr seid mir unendlich wichtig! <3

Natürlich danke ich auch all meinen anderen Testlesern! Anna, Birgit, Denise, Kerstin, Linda, Miriam, Natascha, Su, Claudia,

Dominique und Stephanie. Ich hoffe, ich habe hier jetzt niemanden vergessen, doch da meine Bücher verschiedene Runden durchlaufen, verliere ich Chaot ab und an den Überblick. ;) Ihr seid einfach spitze, ihr habt so viel gefunden, was das Buch zu seiner jetzigen Perfektion gebracht hat. Ich hoffe, ihr bleibt mir für weitere Werke erhalten! <3

So, nun kommen wir zu den Menschen, ohne die ich nicht veröffentlichen könnte! Manch einer weiß, dass ich Legasthenie habe. Und dieser Umstand ist es, der es Natalie bestimmt nicht immer einfach macht. Natalie, ich danke dir von Herzen! Ich kann mir niemand Besseren als dich vorstellen, der meine vielen Rechtschreibfehler findet und der meinen Büchern den letzten Schliff gibt! Ich liebe es, mit dir zusammenzuarbeiten, und freue mich auf alles, was noch kommen wird!

Und dann gibt es noch Sarah, meine Coverdesignerin! Ich glaube, ich bin nicht einfach, was meine Cover angeht, doch die Arbeit mit Sarah ist perfekt! Sie setzt die Dinge so um, wie ich sie mir vorstelle, sagt offen ihre Meinung, und so bekommen wir das bestmögliche Ergebnis hin. Ich danke dir für jedes Cover, für jedes Lesezeichen und alles, was du mir noch so zauberst. Auf dass wir noch lange so zusammenarbeiten und ich dich vielleicht irgendwann mal im realen Leben kennenlerne! <3

Habe ich noch jemanden vergessen? Bestimmt. Es tut mir leid, doch mein Kopf ist oft wie ein Sieb. Oh stimmt! Ich bedanke mich bei dir! Du, der du sogar die Danksagung bis zum Ende liest. Es gibt so viele Menschen, dir mir eine Rezension schreiben, um mir mitzuteilen, wie ihnen das Buch gefallen hat. Es gibt so viele Menschen, die mich über Facebook direkt anschreiben. Ihr seid wundervoll und erfüllt mich mit Glück. Denn ihr spiegelt mir, dass meine Arbeit wichtig für euch ist. Dass sie euch in fremde Welten entführt, in denen wir gemeinsam Zeit verbringen können. DANKE!!!

Scott

Klappentext:

Lane: Mein Leben – ein Scherbenhaufen. Nichts, das man wieder hätte zusammenflicken können, und doch war es ihm gelungen. Dem Mann, der mein Untergang hätte sein sollen. Dem Mann, der als Einziger meine zerbrochene Seele gesehen hat, die geheilt werden musste.

Scott:
Ich konnte sie nicht ziehen lassen. Nicht nachdem ich war, wer ich war. Nicht nachdem ich herausgefunden hatte, was auf sie zukommen würde. Ich musste sie in Sicherheit bringen, an einen Ort, an dem sie nichts von alldem, was ihr angetan werden sollte, mitbekommen würde.
Denn auch wenn sie es nicht wusste, sie war mein Leben und würde es immer sein. Auch wenn sie sich nicht einmal an mich erinnern konnte.

Lane ist 23 Jahre alt und lebt ihren Traum. Als Autorin kann sie sich ihren Lebensunterhalt verdienen und verbringt sogar ein verlängertes Wochenende mit zwei ihrer Testleserinnen auf der BookExpo in New York.
Doch als die Messe vorbei ist, verändert sich ihr Leben schlagartig. Sie findet sich auf einer einsamen Insel wieder, ohne Internet, ohne Kontakt zur Außenwelt. Doch warum? Warum wurde sie in dieses Paradies geschafft, nur um dort gefangen gehalten zu werden?

Eine Reise in Lanes Vergangenheit beginnt, in der sie ihr wirkliches Ich kennenlernt und vor Realitäten geschützt wird, die sie zerstören könnten.

»Anna, es ist mir scheißegal, was du dazu sagst!« Sein intensiver Blick durchbohrt mich, während seine Hand an meinen Oberarm greift, sodass sich ein Kribbeln in meinem Körper ausbreitet. »Ich lasse nicht zu, dass du dich aus Sturheit in Gefahr bringst!«

Nach dem tragischen Tod ihrer Mutter zieht Anna in die USA.

Neue Stadt, neue Freunde, neues Leben, und ein geheimnisvoller Mann, der immer wieder in ihrer Nähe auftaucht.

Obwohl sie sich von ihm fernhalten will, ist die Anziehungskraft dieses Mannes mit den strahlend blauen Augen, der Jazz genannt wird, zu groß, und sie befindet sich schon bald in einem Wirrwarr aus Gefühlen wieder.

Je näher sie diesem Mann kommt, desto öfter holen sie die Dämonen der Vergangenheit ein.

Leidenschaftlich, gefühlvoll, prickelnd – der neue New Adult Roman der Autorin Samantha Green!

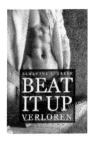

»Stars can`t shine without darkness«, ist Annas Lebensphilosophie.

Doch wie hell kann sie scheinen, wenn alles um sie herum zusammenbricht und die Dunkelheit von ihr Besitz ergreift?

Nicht nur ihre Depressionen und der Kampf um ihre Beziehung mit Jazz haben sie fest im Griff. Immer öfter erhält sie anonyme Anrufe und sie sieht sich mit einer Gefahr konfrontiert, mit der sie niemals gerechnet hätte.

Und auch Jazz' Vergangenheit lässt die beiden nicht zur Ruhe kommen.

Schaffen es Anna und Jazz, um ihre Liebe zu kämpfen?

Und wie gefährlich ist dieser unbekannte Stalker wirklich?

Spannend, einfühlsam, prickelnd und gefühlvoll.

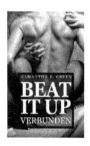

Gerade, als Anna und Jazz sich in Sicherheit glauben, zerbricht ihre Welt erneut.

Annas Dämonen halten sie gefangen und Jazz wird es beinahe unmöglich, sie zu beschützen. Seine Selbstzweifel und die noch unbekannte Bedrohung bringen sie in höchste Gefahr.

Haben die beiden trotz aller Widrigkeiten die Chance auf eine glückliche Zukunft?

Oder werden sie daran zerbrechen?

Spannend, einfühlsam, prickelnd und gefühlvoll.

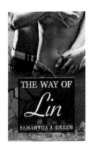

„Oh mein Gott, was für eine Frau! ... schüchtern und aufbrausend zugleich. Nein, ihr barbiehaftes Äußeres kann mich nicht täuschen. In ihr steckt Feuer, und soeben ist der Funke auf mich übergesprungen."

Wenn das ganze Leben in Trümmern liegt, gibt es nur eine Lösung: einen Neuanfang!

Lins Leben ist ein Desaster. Nach einigen Fehlentscheidungen in der Vergangenheit muss sie sich alleine in New York durchschlagen. Bisher gelingt es ihr ganz gut: Nur oberflächliche Freundschaften und keine Verpflichtungen sind ihre Devise. Bis ihr neuer Nachbar in ihr Leben platzt und ihre sorgsam errichtete Welt aus den Angeln hebt. Fordernd und intensiv schleicht er sich in ihren Alltag und weckt längst vergessene Wünsche in ihr. Doch die Erinnerungen halten die junge Frau fest in ihren Klauen, lauern tief in ihrem Bewusstsein und drohen, jeden Funken Hoffnung zu ersticken.

Wird sie es schaffen, sich aus den dunklen Tiefen zu befreien?

The Way of Lin ist ein **in sich abgeschlossenes** Spin off der Beat it up - Reihe und kann auch ohne Vorkenntnisse gelesen werden. Da das Buch aber das große Finale der Beat it up – Reihe verrät und somit **Spoiler enthält**, sollten die, die die Reihe noch lesen wollen, damit beginnen.

»Selbst ein Vogel im Käfig gibt die Hoffnung auf Freiheit nie auf!«

Entführt. Verkauft. Gefangen.
Anstatt mit netten Leuten einen ausgelassenen Abend zu verbringen, wird Faith betäubt und findet sich in ihrer neuen persönlichen Hölle wieder – einem Sexclub.
Erworben von einem Mann mit verhängnisvoller, gefährlicher Ausstrahlung hofft Faith dennoch, in Sicherheit zu sein. Denn sein Versprechen ist eindeutig. Er will nichts tun, was sie nicht auch will.
Doch sein Handeln ist ein Widerspruch in sich: Dominierend und besitzergreifend achtet er doch auf ihr körperliches und seelisches Wohl. Dabei ist alles, was sie sich erwünscht, Freiheit und Unversehrtheit. Ein Leben mit einer Zukunft statt einem Leben in einem Sexclub.
Was verbirgt der mysteriöse Fremde vor ihr?
Kann sich Faith aus den kriminellen Machenschaften befreien und vor allem: Will sie das überhaupt noch?

Eine Geschichte um Verrat, Macht – und die große Liebe?

Das Buch ist ein Einzelband.

Milton Keynes UK
Ingram Content Group UK Ltd.
UKHW041025090823
426580UK00004B/149